Das Buch

Zahlreiche Gemäldediebstähle, die alle nach demselben Muster verlaufen sind, schlummern seit Jahren bei der römischen Polizei im Regal für ungelöste Fälle. Da bekommt General Bottando, der die Spezialeinheit für Kunstkriminalität leitet, einen Brief von einer alten Frau, der einen entscheidenden Hinweis liefert. Endlich kann Bottando seinem bürokratischen Erzfeind Corrado Argan, der seiner Abteilung mangelhafte Arbeit vorwirft, Paroli bieten! Die Ermittlerin Flavia di Stefano erhält den Auftrag, die Spur von »Giotto«, wie man den unbekannten Gemäldedieb seiner außerordentlichen Kunstfertigkeit wegen getauft hat, nach Florenz zu verfolgen. Währenddessen reist Flavias Lebensgefährte, der Kunsthändler Jonathan Argyll, nach London. Dort soll er in Flavias Auftrag ebenfalls einige Nachforschungen anstellen. In einem englischen Landhaus findet Argyll einen Toten...

Der Autor

Iain Pears, Jahrgang 1955, studierte in Oxford und war in Rom und Paris Korrespondent einer Nachrichtenagentur. Heute lebt er als Schriftsteller, Journalist und Kunsthistoriker in Oxford. Neben seinen hochgelobten Kunstkrimis hat er ein Sachbuch zur Kunstgeschichte verfaßt und den Roman *An Instance of the Fingerpost* (dt. *Das Urteil am Kreuzweg*, Diana Verlag), der weltweit in 15 Sprachen übersetzt wurde.

Iain Pears

Giottos Handschrift

Roman

Aus dem Englischen von
Peter Meier

DIANA VERLAG

Diana Taschenbuch Nr. 62/0070

Die Originalausgabe
»Giotto's Hand«
erschien 1994 bei HarperCollinsPublishers, England

Deutsche Erstausgabe 10/99

Der Diana Taschenbuchverlag ist ein Unternehmen der
Wilhelm Heyne Verlag GmbH & Co. KG, München
Printed in Germany 1999

Umschlaggestaltung: Hauptmann und Kampa
Werbeagentur, CH-Zug, unter Verwendung des
Gemäldes »Johannes der Täufer« von Leonardo da Vinci
Satz: Schaber Satz- und Datentechnik, Wels
Druck und Bindung: Elsnerdruck, Berlin
Gedruckt auf chlor- und säurefreiem Papier

ISBN: 3-453-15881-4

http://www.heyne.de

Für Régine

1

Den Anstoß zu dem triumphalen Feldzug, mit dem General Bottando den undurchsichtigen englischen Kunsthändler Geoffrey Forster als größten Kunstdieb seiner Generation entlarvte, gab ein in Rom abgestempelter Brief, der eines besonders schönen Morgens im späten Juli auf seinen Schreibtisch im dritten Stock der Abteilung Kunstraub flatterte. Die kuvertierte und frankierte Nachricht war hochbrisant, blieb aber zunächst liegen. Der General hielt sich wie jeden Morgen an ein starres Schema, solange er zum Improvisieren noch nicht wach genug war. Er goß die Topfpflanzen, studierte die Zeitungen und trank eine Tasse von dem Kaffee, den die Bar auf der anderen Seite der Piazza San Ignazio in regelmäßigen Abständen anlieferte.

Dann arbeitete er sich Stück für Stück durch die Post, die seine Sekretärin unter ›Eingänge‹ abgelegt hatte. Langsam nahm der Stapel vermischter Nachrichten ab, bis der General gegen 8 Uhr 45 endlich das besagte Kuvert, es war aus dünnem, billigem Papier, in die Hand nahm und mit dem Brieföffner aufschlitzte.

Sein Interesse an diesem Brief hielt sich sehr in Grenzen. Das Gekrakel der handgeschriebenen Adresse ließ auf einen recht alten Menschen schließen. Wahrscheinlich war es reine Zeitverschwendung, sich damit zu befassen. Öffentliche Einrichtungen ziehen für gewöhnlich ein Sammelsurium von Spinnern an, die auf sich aufmerksam machen wollen, und die Spezialeinheit Kunstkriminalität machte hierin keine Ausnahme. Jeder

Angehörige der Einheit hatte seinen Lieblingsspinner in dieser buntscheckigen, zumeist harmlosen Schar. Bottando mochte jenen Trientiner am liebsten, der sich für die Reinkarnation Michelangelos hielt und den David für sich beanspruchte, weil die Medici ihm damals nicht genug dafür gezahlt hätten. Flavia di Stefano, deren eigenartiger Humor damit zu tun haben mochte, daß sie mit einem Engländer zusammenlebte, hatte eine besondere Schwäche für einen Mann, der immer wieder damit drohte, das Viktor-Emanuel-Denkmal in Rom mit Marmelade zu beschmieren, um die Aufmerksamkeit der Weltpresse auf das schwere Los der apulischen Wühlmaus zu lenken. Am liebsten hätte sie den Mann brieflich in seinem Vorhaben bestärkt, da ihrer Ansicht nach dieses Monstrum-Monument durch so einen kulinarischen Anschlag nur gewinnen konnte und in anderen Ländern solche Aktionen aus staatlichen Kunsttöpfen gefördert wurden.

Bottando lehnte sich also zurück, faltete den Brief auseinander und las ihn flüchtig. Dann las er ihn noch einmal, diesmal gründlicher, und runzelte die Stirn, als versuche er sich vergeblich an einen Traum zu erinnern.

Er telephonierte mit Flavia in ihrem Büro und bat sie, sich den Brief ebenfalls anzusehen.

Sehr geehrter, hochgeschätzter Herr, begann die Briefschreiberin, *ich schreibe Ihnen, um ein Geständnis abzulegen. Ich war in den Diebstahl eines Gemäldes verwickelt, das sich im Besitz des Palazzo Straga in Florenz befand. Dieses Verbrechen, zu dem ich mich voll und ganz bekenne, ereignete sich im Juli 1963. Möge Gott mir vergeben, ich selbst kann es mir nicht verzeihen.*

Ihre Maria Fancelli

Flavia kam in Bottandos Büro und überflog den Brief ohne großes Interesse. Sie ging ihn noch einmal durch, um zu prüfen, ob ihr nichts entgangen war. Dann strich sie sich die langen blonden Haare aus der Stirn, rieb mit der flachen Hand nachdenklich über den Nasenrücken und gab ihr Urteil ab:

»Pah! Das hat doch nichts zu sagen!«

»Wer weiß? Vielleicht doch.«

»Wie kommen Sie darauf?«

»Wissen Sie, das Alter bringt auch gewisse Vorteile mit sich«, sagte er feierlich. »Zum Beispiel die bruchstückhafte Erinnerung an eine graue Vorzeit, die einem jungen Ding wie Ihnen völlig fremd ist.«

»Ich bin letzte Woche dreiunddreißig geworden.«

»Gut – einem mittelalten Ding wie Ihnen, wenn Ihnen das lieber ist. Palazzo Straga. Da war doch was ...« Bottando tippte sich mit dem Bleistift an die Zähne, runzelte die Stirn und hob den Blick zur Decke. »Hm«, machte er. »Straga ... Florenz ... 1963. Ein Bild. Hm.«

Dann saß er eine ganze Weile einfach nur da und schaute versonnen aus dem Fenster. Flavia ließ sich geduldig ihm gegenüber nieder und wartete darauf, daß er sie an seinen Gedanken teilhaben ließ.

»Ha!« sagte er mit einem erleichterten Lächeln, als sein Gedächtnis nach einigen weiteren Minuten endlich wieder spurte. »Ich hab's. Wären Sie so nett, einen Blick in die Ausschußkammer zu werfen, meine Liebe?«

›Ausschußkammer‹ war die verunglückte Bezeichnung für die Besenkammer im Keller, die als letzte Ruhestätte für hoffnungslose Fälle diente. Sie war mit Akten von Verbrechen vollgestopft, bei denen die Aufklärungschancen gegen Null tendierten.

Flavia stand auf. »Sie haben ein phänomenales Gedächtnis«, sagte sie und fügte skeptisch hinzu: »Meinen Sie wirklich?«

Bottando machte eine lässige Handbewegung. »Wir werden ja sehen, was Sie finden«, sagte er zuversichtlich. »Wissen Sie, mein Gedächtnis läßt mich nie im Stich. Alte Elefanten wie ich ...«

Für Flavia hieß das, ab in den Keller, wo sie dicke Staubschichten aufwirbelte und ihre Kleidung ruinierte. Eine halbe Stunde später tauchte sie sehr schlechtgelaunt wieder aus der Besenkammer auf, obwohl sie fündig geworden war.

Als sie mit ihrer dicken Akte in das Büro ihres Chefs trat, wollte sie sich gleich beschweren, wurde aber durch anfallartiges Niesen daran gehindert.

»Gesundheit«, sagte Bottando.

»Das ist Ihre Schuld«, beklagte sie sich. »Da unten herrscht das reinste Tohuwabohu. Wenn nicht ein ganzer Aktenstoß umgekippt wäre, hätte ich die richtige nie gefunden.«

»Aber Sie *haben* sie gefunden.«

»Bloß nicht da, wo sie hingehört hätte, sondern ganz woanders. In einem riesigen Aktenbündel mit der Aufschrift ›Giotto‹. Was hat man sich denn darunter vorzustellen?«

»Ah!« rief Bottando. »Deshalb kam mir das so bekannt vor. Giotto!«

»Giotto?«

»Eines der ganz großen Genies seiner Zeit«, sagte der General mit zuckenden Mundwinkeln.

Flavia streifte ihn mit einem irritierten Blick.

»Nicht der Giotto, den Sie meinen«, erläuterte Bottando. »Ich spreche von einem äußerst scharfsinnigen Herrn, dessen Kühnheit einem den Atem verschlägt, der fast übermenschliche Fähigkeiten besitzt und sich anscheinend unsichtbar machen kann, und den es, Gott sei's geklagt, gar nicht gibt.«

Für dieses rätselhafte Gerede strafte ihn Flavia mit einem sehr finsteren Blick.

»Giotto ist das Hirngespinst eines geruhsamen Sommers vor ein paar Jahren«, fuhr er fort. »Damals, als aus Mailand dieser Velásquez verschwunden war. Wann war das noch gleich? Ach ja, 1992.«

Damit hatte er Flavias Interesse geweckt. »Das Porträt aus der Sammlung Calleone?«

»Ja. Praktischerweise war die Alarmanlage defekt. Jemand ging rein, hängte das Bild ab und verschwand damit. Still und leise. Das Porträt eines Mädchens namens Francesca Arunta. Zwei Jahre sind eine lange Zeit, aber bisher ist es nirgends wieder aufgetaucht. Es gibt kein Foto davon, aber es soll ein wunderschönes Bild sein.«

»Wie bitte?«

»Nein. Kein Foto. Erstaunlich, nicht wahr? Leute gibt's! Aber das kommt sogar ziemlich oft vor. Jedenfalls hat mich das auf die Idee mit Giotto gebracht. Aus einem Haus voller Bilder wird genau das gestohlen, das als einziges nie fotografiert worden ist. Aber es gibt wenigstens aus dem 19. Jahrhundert einen Druck von dem Gemälde. Da drüben.«

Er zeigte auf das Schwarze Brett an der Wand, an das Fotos von spurlos verschwundenen Gemälden, Skulpturen und sonstigem Krimskrams geheftet waren. Halb verdeckt von der Abbildung eines goldenen Kelchs aus dem 14. Jahrhundert, der vermutlich längst zu Barren eingeschmolzen war, hing dort die eselsohrige Fotokopie eines Gemäldedrucks. Die Kopie war so schlecht, daß vor Gericht wohl wenig damit anzufangen gewesen wäre, vermittelte aber immerhin eine ungefähre Vorstellung von dem Bild.

»Dieser Fall war für uns ziemlich unangenehm«, fuhr er fort. »Nicht zuletzt, weil der alte Calleone uns kräftig eingeheizt hat. Aber unsere Informanten konnten uns nicht weiterhelfen. Wir hatten es weder mit einem alten Bekannten noch mit dem organisierten Verbrechen zu tun – und doch mit einem Vollprofi. Aus lauter Verzweiflung habe ich in sämtlichen unerledigten Fällen nach Anhaltspunkten gesucht. Das Ergebnis war eine ganze Liste von Bildern, von denen es auch keine Fotos gab und die auf ähnliche Weise gestohlen worden waren. Die Akte ist so dick, weil ich mich richtig in die Sache hineingesteigert habe. Ich hatte sogar schon Ermittlungen eingeleitet, als ich endlich merkte, daß an der Sache nichts dran war.«

»Für mich hört sich das recht plausibel an«, sagte Flavia, setzte sich und legte die Akte neben sich auf das Sofa. »Sind Sie sicher, daß Sie falsch lagen?«

»Oh, in der Theorie war an meinen Überlegungen nichts auszusetzen, aber daran sieht man nur, was von Theorien zu halten ist. Dummerweise hätte das nämlich bedeutet, daß ein Mann, den ich übrigens Giotto taufte ...«

»Warum ausgerechnet Giotto?«

Bottando lächelte. »Weil meine imaginäre Figur ein wahrer Meister seines Fachs und ein Mann von großer Bedeutung schien, über den wir praktisch nichts wußten. Ein bißchen eben wie bei Giotto. Und das hätte bedeutet, daß diese Kopfgeburt für über zwei Dutzend Diebstähle verantwortlich war, die mindestens bis ins Jahr 1963 zurückreichten und in vier verschiedenen Ländern verübt wurden, wobei immer Bilder entwendet wurden, von denen es keine Fotos gab – und von denen kein einziges je wieder aufgetaucht ist. Ohne daß in über einem Dutzend Spezialeinheiten anderer Länder irgendwer auch nur etwas von der Existenz dieses Mannes ahnte. Und ohne daß jemals ein Hehler oder ein Käufer abgesprungen wäre und Informationen geliefert hätte.«

»Hmm.«

»Und dann ist ohnehin alles wie eine Seifenblase geplatzt, als ich nämlich erfahren habe, daß die Carabinieri schon ein halbes Jahr vorher einen Diebstahl aufgeklärt hatten, der mir Giottos Handschrift zu tragen schien. Der Täter war Giacomo Sandano. Sie erinnern sich?«

»Der weltschlechteste Dieb?«

»Richtig. Er hat einen Fra Angelico aus Padua gestohlen und sich natürlich dabei erwischen lassen. Sandano konnte aber kaum Giotto sein. Sonst hätte er schon im Alter von dreieinhalb Jahren im Palazzo Straga zuschlagen müssen. Einmal ganz abgesehen davon, daß der Mann so dumm ist, daß er mit allem, was er anfängt, unweigerlich in kürzester Zeit auffliegt. Damit war meine Theorie widerlegt, und ich habe das ganze Material in die Ausschußkammer gepackt, wo es schon ein paar Jahre lang verstaubt ist und wo es wohl am besten gleich wieder hinwandert ...«

»Guten Morgen, General.«

Zuerst war die Stimme zu vernehmen, dann schob sich die zugehörige Gestalt ins Büro – ein kleiner, stämmiger Mann mit einem überlegenen, amüsierten Lächeln, der eine verblüffende Ähnlichkeit mit einer wohlgenährten Siamkatze hatte. Bottando setzte eine verbindliche Miene auf, die Flavia, die ihn ziemlich gut kannte, mühelos als falsch durchschaute.

»Guten Morgen, Dottore«, sagte der General. »Schön, Sie zu sehen.«

Leute wie Dottore Corrado Argan brachten große Organisationen offensichtlich in regelmäßigen Abständen hervor, um ihren Bediensteten das Leben zu vergällen. Er hatte als Kunsthistoriker begonnen, was er ständig als Ausweis seiner Intellektualität ins Feld führte, aber weil die italienischen wie die ausländischen Universitäten so vernünftig waren, ihn nicht anzustellen, zog es ihn bald in die Verwaltung, genauer gesagt in die *beni artistici,* die unübersichtliche Behörde, die für das künstlerische Erbe Italiens zuständig war.

Als er bereits mehrere Bereiche dieser vortrefflichen Organisation ins Chaos gestürzt hatte, wandte er sich der Verbrechensbekämpfung zu, weil ihn die Empörung darüber, daß andauernd kleine Stückchen des Kulturerbes abhanden kamen, auf den Gedanken brachte, daß ein wirksamer Kampf gegen das Verbrechen vor allem auf die stimulierende und zentrierende Wirkung eines überragenden Intellekts angewiesen war.

Er war nicht der erste, der sich einbildete, etwas bewirken zu können, und man mußte ihm lassen, daß er mit Feuereifer bei der Sache war, aber das machte ihn natürlich nur noch unausstehlicher. Bottando war daran gewöhnt, daß Leute von außerhalb mittels Eingaben Polizeiaktionen forderten und Strategien vorschlugen. Im Lauf der Jahre hatte er gelernt, den Verfassern stets für ihre großartigen Vorschläge zu danken - und keinen Gedanken mehr daran zu verschwenden.

Weniger gut kam er damit zurecht, wenn jemand von außerhalb in seinen Bereich eindrang, ein Büro bezog, Tag für Tag die Arbeit der Abteilung genau beobachtete und Berichte verfaßte. Aber genau das machte der widerliche Argan nun schon seit sechs Monaten. Er las alle Akten, nahm mit der Pfeife im Mund und einem arroganten Grinsen im Gesicht an Besprechungen teil, kritzelte Notizen, die er niemand sehen ließ und brummte vor sich hin, daß man sich in der Abteilung keinen hinreichend holistischen Begriff von der Polizeiarbeit machte.

Es kam Bottando teuer zu stehen, daß er sich, ausnahmsweise einmal, der Gefahr reichlich spät gestellt hatte, weil er den völlig überspannten Argan viel zu lange nicht ernst nahm. Erst als seine Sekretärin spätabends auf eigene Faust spionieren ging und ihm anschließend Fotokopien von unzähligen Berichten und Memoranden gab, die Argan an hochgestellte Persönlichkeiten geschickt hatte, war klar, was Argan im Schilde führte.

Kurz gesagt: Er legte sich mächtig ins Zeug, um Bottando zu beerben. Seiner Argumentation zufolge war dem internationalen Verbrechen nicht mehr mit altmodischen Polizeimethoden (gemeint war: mit Polizeibeamten wie General Taddeo Bottando) beizukommen, sondern nur mit einer effizienten Organisation, an deren Spitze ein Fachmann für Personalmanagement und Ressourcenallokation stand (gemeint war natürlich Corrado Argan).

Der Krieg war ganz im stillen und in kultivierten Formen ausgebrochen. Am liebsten hätte Bottando den Mann gleich vor die Tür gesetzt, aber dafür war es jetzt zu spät: Wenn er ihn jetzt einfach hinauswarf, setzte er sich dem Vorwurf aus, etwas vertuschen zu wollen. Statt dessen fütterte er ihn mit möglichst vielen Fehlinformationen, um ihn vielleicht irgendwann als Tölpel hinstellen zu können. Argan ließ sich davon jedoch nicht beirren, da ihm als Kunsthistoriker die Tatsachen ohnehin nicht so wichtig waren.

Auf Bottandos Seite standen die Polizisten, die in übereifrigen Amateuren sehr zu Recht eine Gefahr sahen. Auf Argans Seite standen die Vewaltungsleute, die felsenfest davon überzeugt waren, daß sich das Niveau einer Organisation einzig und allein nach der Zahl der Verwaltungsstellen bemaß. Bottando war sich durchaus der Tatsache bewußt, daß sie am Geldhahn saßen.

Bottandos Gegenoffensive lief schon seit einem Monat ins Leere. Argan hatte alle zündenden Wörter besetzt – Wörter wie Effizienz, Erfolg und Kosten-Nutzen-Relation –, und Bottando wußte immer noch nicht, wie er dem Mann entgegentreten konnte, ohne alt, muffig und engstirnig zu wirken. Es blieb ihm daher nichts anderes übrig, als voller Ingrimm auf einen Fehler seines Gegners zu lauern. Wenn seine Geduld bisher nicht belohnt worden war, lag das vor allem daran, daß Argan im Grunde gar nichts tat, also auch keine Fehler machen konnte. Er beobachtete nur andere Leute und hatte im nachhinein leicht kritisieren.

»Wie geht es uns denn heute morgen?« fragte diese wandelnde Beleidigung für jeden guten Polizeibeamten. »Kurz vor der Aufklärung eines Falls? Ich habe gerade rein zufällig ihren faszinierenden Diskurs über die Ermittlungsarbeit gehört.«

Bottando warf ihm einen finsteren Blick zu. »Hoffentlich fanden Sie ihn instruktiv.«

»Sehr sogar. Was sagen Sie denn zu dem Kunstraub bei dieser etruskischen Fundstätte letzte Nacht?«

Die Nervensäge warf immer gleich am Morgen einen Blick in die Berichte aus der zurückliegenden Nacht, um den Anschein zu erwecken, daß er stets auf dem laufenden sei. Bottando war heute noch nicht dazugekommen.

Dennoch sagte er gleichmütig: »Tja ... Solange uns noch kein Bericht darüber vorliegt, was im einzelnen gestohlen wurde, können wir nicht viel machen.« Mit diesem Statement konnte man eigentlich nichts falsch machen.

»Ich finde, darauf können wir nicht warten. Bei so einem schönen Fall macht es immer einen guten Eindruck, wenn man sofort aktiv wird. Wir müssen schließlich auch an das Image der Spezialeinheit denken. Wenn Fundstätten von herausragender historischer Bedeutung geplündert werden und unser Kulturerbe Schaden leidet ...«

Er redete drauflos, als hätte er eine Klasse Fünfjähriger zu unterweisen. Wie Bottando einmal einem mitfühlenden Kollegen vom Korruptionsdezernat erklärt hatte, spielte sich Argan bei jeder sich bietenden Gelegenheit als Lehrer auf und agierte dabei außerdem weniger als Polizist denn als Werbemann. Es war ihm ziemlich egal, wie die Einheit arbeitete, wenn sie nur gut ankam.

Argan kam immer mehr in Fahrt, und Bottando sagte schließlich energisch: »Der Fall fällt noch nicht in unsere Zuständigkeit. Es sei denn, Sie wollen sich profilieren, indem Sie in fremden Revieren wildern. Ich kann ja mal bei den Carabinieri anrufen und sagen, daß Sie den Fall persönlich übernehmen möchten ...«

»Ach nein. In solchen Dingen haben Sie mehr Erfahrung«, sagte Argan, der viel zu gewieft war, um auf ein so durchsichtiges Manöver hereinzufallen.

»Und worum geht es bei Ihrer Besprechung mit dieser reizenden Signorina?«

Bottando lächelte, da er sah, daß die reizende Signorina mit den Zähnen knirschte. Argan ließ seinen Charme spielen, um ihm seine Leute abspenstig zu machen. Da war er bei Flavia allerdings an die Falsche geraten. Bei einigen anderen war sich Bottando da nicht so sicher …

»Die reizende Signorina und ich legen gerade das Tagesprogramm fest«, sagte Bottando.

»Mit sowas?« sagte Argan verächtlich und hob den Brief auf.

»Ich muß wirklich darum bitten, daß Sie meine Post nicht ohne meine Erlaubnis lesen.«

»Tut mir leid.« Mit einem Lächeln, das keine Spur von Bedauern verriet, legte Argan den Brief wieder auf den Schreibtisch und ging zum Sofa. Als er sich setzte, stand Flavia auf. »Sie werden sich jetzt doch nicht mit einem dreißig Jahre alten Fall befassen wollen?«

»Alle Fälle sind wichtig«, sagte Bottando salbungsvoll.

»Aber manche sind wichtiger als andere. Man befaßt sich doch nicht mit alten Geschichten und verschließt die Augen vor einem Raub der vergangenen Nacht …«

Als ob man an eine Wand reden würde, dachte Bottando.

»Wie oft muß ich das noch erklären? Die Sicherstellung von Kunstwerken hat eine höhere Priorität als die Verhaftung der Täter, und wenn wir ein Gemälde wiederbeschaffen können, spielt es keine Rolle, ob es letzte Nacht oder vor dreißig oder vor hundert Jahren verschwunden ist. Lassen wir uns eine Gelegenheit entgehen, weil wir Hinweise zu alten Fällen nicht beachten, ist das eine schwere Pflichtversäumnis.«

Argan lenkte verdächtig bereitwillig ein. »Gewiß, General. Sie sind der Chef«, säuselte er und verschwand. Erst als er sich einigermaßen beruhigt hatte, merkte Bottando, daß auch ein großer Teil des Giotto-Materials verschwunden war.

»Nein, das klingt gar nicht gut«, stimmte Jonathan Argyll zu. Flavia und er hatten es sich in ihrer Wohnung auf dem Balkon gemütlich gemacht. Die Sonne ging unter, es wurde endlich kühler. »Den müßt ihr loswerden.«

Flavia hatte beim Essen viel von Corrado Argans Niederträchtigkeiten erzählt. Sie kam nicht von diesem Thema los, weil sie fast den ganzen Vormittag dafür gebraucht hatte, ihren Chef zu besänftigen und davon zu überzeugen, daß mit einem kühlen Kopf mehr zu erreichen war als mit wutentbranntem Herumgestampfe.

»Was für ein Bild war es denn überhaupt?« fragte Argyll und beschloß, den Abwasch noch eine Weile hinauszuschieben. »Lohnen sich da überhaupt Ermittlungen?«

»Keine Ahnung. Eine Madonna mit Kind. Angeblich ein Uccello, aber ob das stimmt, kann ich dir nicht sagen. Es gibt kein Foto von dem Bild, und die Beschreibungen sind nicht besonders gut.«

»Es ist ja wirklich sehr lobenswert, daß ihr euch damit beschäftigt.«

»Dabei geht es in erster Linie um Interessenpolitik. Argan will nicht, daß Bottando die Sache weiterverfolgt. Wenn er es trotzdem tut, beweist er damit, daß er das Sagen hat. Doch weil er so getönt hat, daß man bei der Suche nach verschwundenen Bildern nicht ruhen und nicht rasten darf, muß er natürlich auch eine gewisse Aktivität entfalten.«

Argyll nickte, stand auf und stellte das schmutzige Geschirr aufeinander, weil heute einfach zu viele Fliegen herumschwirrten. »Früher oder später trägt ihm das Ärger ein«, sagte er weise. »Muß er denn unbedingt so aggressiv sein?«

»Man merkt, daß du nie bei einer großen Organisation gearbeitet hast«, antwortete Flavia mit einem wissenden Lächeln. »Argan ist ein Dummkopf, aber er hat ein ungeheures Selbstvertrauen und macht auf Leute, die sich nicht auskennen, großen Eindruck. Deshalb trägt man ihm eine leitende Stellung nach der anderen an, und alle anderen müssen viel Zeit darauf verwenden, ihn einigermaßen in Schach zu halten.«

»Da bin ich schon lieber Freiberufler.«

»Im Gegensatz zu dir bekommen wir unser Gehalt aber auch dann, wenn wir nicht viel tun. Bei Argan ist es sogar so, daß er um so mehr bekommt, je weniger er tut.«

Damit hatte sie einen wunden Punkt berührt. Argyll war zwar nach wie vor davon überzeugt, daß es Leute gab, die wenigstens eines seiner Bilder kaufen wollten, aber es war verdammt schwierig, sie zu finden. So schwierig, daß er sich ernsthaft, wenn auch mit umwölkter Stirn, Gedanken über Alternativen machen mußte. Und dann hatte ihm auch noch eine internationale Universität in Rom, an der jungen Leuten ein Einblick in Kunst und Kultur vermittelt wurde, einen Brief geschrieben. Da sich einer ihrer Kunsthistoriker in letzter Minute davongemacht hatte, um eine bessere Stelle anzutreten, hatten sie sich an Argyll gewandt. Ob er ein paar Jahre lang den Unterricht von Caracci bis Canova übernehmen würde?

Flavia sah hierin die Lösung all seiner Probleme, aber

er war sich da nicht so sicher. Schließlich hatte er viel Energie investiert, um als Kunsthändler Fuß zu fassen. Wenn er jetzt aufgab, sah es so aus, als sei er gescheitert, und das schmeckte ihm überhaupt nicht. Außerdem hatte er den Eindruck, daß man sich beim Unterrichten sein Geld sauer verdienen mußte.

Abgesehen davon war es schon ziemlich deprimierend. Er konnte sich zwar finanziell über Wasser halten, aber der Sprung in die nächsthöhere Liga wollte ihm einfach nicht gelingen. Ohne das nötige Startkapital war das aber auch nicht so einfach. Schon seit Wochen und Monaten zerbrach er sich den Kopf darüber, und hatte schließlich beschlossen, nach England zu fliegen und seinen früheren Arbeitgeber und Mentor um Rat zu fragen.

Mit Argyll zusammenzuleben war in letzter Zeit wohl nicht die reine Freude gewesen. Mit Flavia zusammenzuleben aber auch nicht. Daß er wenig verdiente, war ihr egal. Daß er zu keinem Entschluß kam, war ihr überhaupt nicht egal. Sie hatte sein ständiges Gegrübel satt. Der Brief von der internationalen Universität lag schon fast zwei Wochen unbeantwortet herum. Warum brachte er es nicht endlich hinter sich? Früher oder später mußte er sich ja doch entscheiden.

»Was hat es denn mit diesem Giotto auf sich?« fragte er, um dem Gespräch eine weniger unangenehme Richtung zu geben.

»Eigentlich gar nichts. Er ist der Phantasie des Generals entsprungen, als ihm dieser gestohlene Velásquez zu schaffen machte.«

»Dieser Velásquez, von dem er vor ein paar Jahren einen Druck an seinem Schwarzen Brett hängen hatte? Gab's wegen dem nicht mit dem Ministerium Ärger?«

»Doch. Der Besitzer verfügte eben über beste Beziehungen. Bottando hatte ein paar Dutzend Diebstähle ausgemacht, die alle dieselbe Handschrift zu tragen schienen. Immer wurden aus Häusern mit alten Sammlungen Bilder gestohlen, die seit Jahrzehnten, manchmal seit Jahrhunderten nicht mehr auf den Markt gekommen waren. Schlecht katalogisiert und in vielen Fällen niemals fotografiert. Kleine Bilder von hohem Wert, meist aus der Hochrenaissance. Alle mit Expertenblick ausgewählt und mit großem Geschick gestohlen: keine Gewalt, keine Anzeichen eines Einbruchs, keinerlei Beschädigungen. Der Täter war stets nur wenige Minuten im Haus, wußte genau, was er wollte, wurde nie gestört und hat immer nur ein Bild gestohlen. Die Sache war einen Versuch wert, aber Bottando hat sie dann zu Recht ad acta gelegt.«

»Klingt doch ganz plausibel. Warum schwenkte er um?«

»Weil das alles seinem Ersten Satz des Kunstdiebstahls widerspricht, wonach Kunstdiebe nicht sehr brillant sind. Was völlig stimmt. Kunstdiebe sind habgierig, ungeduldig, tolpatschig und meistens nicht sehr intelligent. Sie machen Fehler, reden zu viel und werden von Komplizen verpfiffen. Sie schaffen keine dreißigjährige Karriere als Dieb, bei der sie sich nie übernehmen, nie einen Fehler machen, nie dem Falschen trauen und nie der Versuchung erliegen, sich mit ihren Errungenschaften zu brüsten. Die meisten arbeiten sowieso längst für das organisierte Verbrechen; Einzelgänger unter den Dieben sind fast schon ausgestorben. Giotto war ein Hirngespinst, und Bottando ist viel zu klug, um so einem Unsinn aufzusitzen. Du kennst ihn ja. Übrigens – du bist mit Kaffee kochen dran, nicht?«

2

Das Haus im Stadtteil Parioli, in dem der lästige Brief geschrieben worden war, erwies sich als abgeschiedenes, nobles und bestimmt nicht billiges Pflegeheim für die gutsituierten Alten und Kranken der Hauptstadt.

Bevor sie es betrat, musterte Flavia das Gebäude eingehend. Sie war ziemlich früh gekommen, um nach Möglichkeit den Rückweg hinter sich zu bringen, bevor die Hitze unerträglich wurde. Aus der krakeligen, unsicheren Handschrift hatte sie nicht unbedingt auf polierte Türen, gewienerte Marmorfußböden und eine Atmosphäre effizienter, freundlicher und kostspieliger Betreuung geschlossen.

Als erste Hürde erwies sich die Rezeption, wo ihr eine kompetent wirkende Empfangsdame fröhlich mitteilte, daß noch nicht Besuchszeit wäre. Flavia wies sich mit ihrer Dienstmarke aus, aber das änderte nichts daran, daß keine Besuchszeit war. Als ihr Flavia auseinandersetzte, daß sie – Hausordnung hin, Hausordnung her – dringend mit Signora Fancelli sprechen müsse, schaltete sich ein Priester ein, der gerade an der Rezeption vorbeikam.

Nachdem er sich als Pater Michele vorgestellt und der Empfangsdame versichert hatte, er werde sich um die Besucherin kümmern, fragte er Flavia: »Hat sie Ihnen geschrieben?«

»Sie hat meinem Chef geschrieben«, antwortete Flavia. »Er hat mich hergeschickt, um mit ihr zu reden.«

»Da bin ich aber froh. Sie wußte nicht, was sie tun sollte. Es hat sie sehr gepeinigt.«

Flavia nickte, und Pater Michele geleitete sie zur Tür hinaus, wobei er ihr erklärte, daß sich im Sommer die meisten Heimbewohner – er sprach von ›Gästen‹ – in den Garten hinausschieben ließen, um die Sonne zu genießen.

»Es ist erstaunlich, wieviel Sonne die alten Herrschaften vertragen«, sagte er, als sie den Weg überquerten und auf eine kleine Baumgruppe zugingen. »Wenn man schon vor Hitze verschmachtet, verlangen sie noch nach einem Pullover.«

»Signora Fancelli muß finanziell gutgestellt sein, wenn sie hier wohnt«, sagte Flavia und überlegte sich, was der Diebstahl eingebracht haben könnte.

»O nein. Sie ist bettelarm.«

»Aber wie ...«

»Wie ich höre, kommt ihr Sohn in Amerika für die Kosten auf. Sie ist vor ein paar Monaten hierhergekommen, als sie nicht mehr allein zurechtkam. Und ich muß Ihnen leider sagen, daß sie auch hier sterben wird. Sie bereitet sich schon auf ihr Ende vor.«

Er deutete auf eine zerbrechliche Gestalt, die im Rollstuhl saß und ins Leere starrte.

»Das ist sie. Ich werde Sie mit ihr alleinlassen. Sie dürfen nicht denken, daß mit dem Körper auch der Geist hinfällig geworden ist. Sie schweift manchmal ab, weil die Schmerzmittel sie schläfrig machen, aber sie kann noch klar denken. Regen Sie sie bitte nicht allzu sehr auf.«

Hoffentlich schläft sie nicht, dachte Flavia, als sie an den Rollstuhl herantrat. Der Priester hatte zweifellos recht; die alte Frau war offensichtlich schwer krank.

Man merkte es an ihrer fahlen, kranken Haut, den streichholzdünnen Armen und dem sehr gelichteten Haar. Auch geistig war sie nicht so rege, wie Flavia gehofft hatte, aber sie unternahm sichtlich eine große Anstrengung, um sich zu konzentrieren, als sie angesprochen wurde.

»Signora Fancelli?« fragte Flavia. »Ich komme wegen Ihrem Brief. Wegen dem Gemälde. Ich möchte Ihnen ein paar Fragen stellen.«

»Ach ja«, sagte sie, hob den Blick und versuchte sich auf Flavia zu konzentrieren. »Dann habe ich Ihnen also geschrieben? Das ist schon lange her, nicht wahr?«

»Sie wollten mit diesem Brief einen Diebstahl auf sich nehmen. Ich muß sagen, das kommt mir sehr unwahrscheinlich vor.«

»Es hat die ganzen Jahre mein Gewissen schwer belastet, was ich getan habe«, sagte sie. »Ich bin froh, daß ich mit Ihnen sprechen kann. Was immer es mich kostet.«

Bei dem Gesundheitszustand der alten Dame und hinsichtlich der Geschwindigkeit der italienischen Justiz konnte man davon ausgehen, daß es sie nicht viel kosten würde. Jedenfalls nicht in dieser Welt. Sehr alt war sie noch nicht, vielleicht Anfang sechzig. Aber man sah, daß sie nicht mehr lange zu leben hatte.

»Wollen Sie es mir erzählen?«

Ein langes Schweigen trat ein, bis sie ihre Gedanken wieder sammeln konnte. »Ich wußte gar nicht, was ich da tat. Sonst wäre es auf keinen Fall so weit gekommen. Ich war arm, aber immer anständig. Hoffentlich glauben Sie mir das.«

Flavia nickte geduldig, da sie sonst nicht viel tun konnte.

»Meine Eltern waren arm, und ich war ledig und hatte niemand, der sich um mich kümmerte. Ich mußte von der Schule abgehen und wurde Dienstmädchen – eigentlich eher Putzfrau. In einer Schule für Ausländer, die von Signora della Quercia geleitet wurde, und später auch bei der Familie Straga. In Florenz war das. Hab' ich das schon gesagt?«

Obwohl es noch nicht einmal elf Uhr war und ein Baum Schatten spendete, wurde es bereits heiß. Die Wärme hatte längst keine belebende Wirkung mehr, da das Frühjahr in einen glühend heißen Sommer übergegangen war. Flavias Kopf sank immer tiefer, und ihre Gedanken schweiften ab. Sie begann zu schwitzen. Das war ihr unangenehm und hielt sie vermutlich davon ab, vollends einzunicken.

»Ich muß zugeben, daß ich nach einem Ehemann Ausschau gehalten habe«, sagte die Frau, irgendwo weit links von Flavias schwindendem Bewußtsein. »Heutzutage braucht man sich darüber keine Sorgen mehr zu machen, aber wenn man damals mit achtzehn noch nicht verheiratet war, dachten die Leute, mit der stimmt was nicht. Ständig wurde ich ausgelacht. Die alte Jungfer. Aber ich war romantisch veranlagt. Ich wollte nicht irgendeinen Ehemann, ich wollte mich Hals über Kopf in einen flotten, aufregenden Mann verlieben. Und es gab einen Mann, der sich viel bei den Dienstmädchen herumtrieb. Geoffrey hieß er. Geoffrey Forster. Ein Engländer. Sah sehr gut aus und war sehr charmant. Reich. Behauptete er wenigstens. Er redete ständig von berühmten Leuten wie von seinen besten Freunden, gab viel Geld aus und fuhr schnelle Autos. Als er sich ausgerechnet um mich bemühte, fühlte ich mich natürlich geschmeichelt und machte mir Hoffnungen. Ich habe mir eingebildet, er liebe mich. Noch nie hatte mich jemand so umworben. Aber es war natürlich nur ein Traum, der bald vorbei war.«

Aus reiner Höflichkeit – das Erzählen war für die alte Frau offensichtlich eine große Kraftanstrengung – nickte Flavia bedächtig und bekundete Interesse am Fortgang der Geschichte.

»Er hat gefragt, ob ich mit ihm ein Wochenende in der Schweiz verbringen wollte. Ich habe natürlich ja gesagt und wäre gar nicht auf die Idee gekommen, daß es dabei nicht mit rechten Dingen zugehen könnte. Bis dahin war ich noch nie aus der Toskana herausgekommen, und daß ich nun in die Schweiz fahren und in einem Nobelhotel wohnen würde, kam mir einfach traumhaft vor. Ich habe mir eingebildet, daß das bloß ein kleiner Vorgeschmack auf die ganzen Reisen wäre, die wir miteinander unternehmen könnten. Da hatte ich schon das Gefühl, daß ich schwanger war, müssen Sie wissen.«

Auf einmal sprach sie in einem scharfen, verbitterten Ton. Das weckte Flavias Interesse und riß sie aus ihrem Dämmerzustand. Sie betrachtete Signora Fancelli aufmerksam, sagte aber kein Wort, um sie nicht zu unterbrechen.

»Er nahm ein Paket mit«, sagte sie. Sie zeichnete die Umrisse mit den Händen nach und ließ sie erschöpft sinken. Demnach war es mehr oder weniger quadratisch, knapp fünfzig Zentimeter lang und breit.

»Was drin war, hat er mir nicht verraten. Er hat nur gesagt, er wolle einem Freund einen Gefallen tun. Ich habe gleich gewußt, daß das nicht stimmt. Naiv wie ich war fand ich außerdem, daß Liebende keine Geheimnisse voreinander haben sollten. Deshalb habe ich das

Paket im Zug aufgemacht. Nur so weit, daß ich hineinblinzeln konnte.

Es war ein Bild der Heiligen Jungfrau aus dem Palazzo Straga. Ich erkannte es sofort, weil es mir im Palazzo immer so gut gefallen hatte. Ich habe die Verpackung wieder zugeklebt, und später ist Geoffrey mit dem Bild weggegangen und ohne Bild zurückgekommen.«

»Was hat er damit gemacht?«

»Das weiß ich nicht. Wir wohnten in einem herrlichen Hotel. Ich habe mir eingebildet, daß ich nun wirklich ein Leben in großem Stil führen könne und war viel zu verliebt, um Fragen zu stellen.«

»Und dann?«

»Dann sind wir nach Florenz zurückgefahren, und vielleicht eine Woche danach habe ich zu Geoffrey gesagt, daß ich schwanger bin.«

»Er war wohl nicht gerade überglücklich?«

Sie schüttelte den Kopf. »Es war schrecklich«, sagte sie. »Er hat mich schrecklich beschimpft und herumgebrüllt, ich solle verschwinden, damit habe er nichts zu schaffen. Ich weiß nicht, was ich getan hätte, wenn es im Palazzo Straga nicht ein herzensgutes Dienstmädchen gegeben hätte.«

Flavia ging die Geschichte in Gedanken noch einmal durch. Im großen ganzen paßte alles recht gut zusammen: Bei dem Uccello, der aus dem Palazzo Straga gestohlen worden war, handelte es sich um ein Madonnenbild; man ging davon aus, daß das Gemälde ins Ausland verschoben worden war; es war um die Zeit herum gestohlen worden, von der Signora Fancelli sprach. Bei ein oder zwei Einzelpunkten hatte Flavia allerdings Zweifel ...

»Woher wußten Sie denn, daß das Bild gestohlen war?«

Erstaunt runzelte die Alte die Stirn. »Ich habe es erfahren, als ich zurückgekommen bin. Da wußten es schon alle. Wissen Sie, im Palazzo hatte ein Ball stattgefunden. Die Signora lud nämlich einmal im Jahr alle ihre Schülerinnen ein. Bei diesem Ball muß er es gestohlen haben.«

»Und Sie haben nichts gesagt? Wollten Sie es diesem Mann denn nicht heimzahlen?«

Sie brachte ein spöttisches Lachen zustande. »Genau das hätten alle gedacht. Die will es ihm doch nur heimzahlen. Wer hätte mir schon geglaubt? Ich wußte ja nicht, wem er das Bild gebracht hatte. Außerdem hatte ich Angst, man könnte mich auch einsperren. Wäre er überführt worden, hätte er bestimmt behauptet, daß ich seine Komplizin war.«

»Haben Sie diesen Forster je wiedergesehen?«

»Ich habe in Rom eine neue Stelle angetreten. Dort habe ich mein Kind bekommen und zu Verwandten nach Amerika geschickt. Wissen Sie, das war damals alles nicht einfach. Ganz anders als heute.«

Flavia spürte, daß es hier irgendwo Ungereimtheiten in der Geschichte gab, aber die alte Frau schien noch etwas sagen zu wollen. Da sie dann aber doch nicht mehr weiterredete, fragte Flavia: »Und nun haben Sie uns geschrieben. Darf ich fragen, warum?«

Signora Fancelli verwies mit einer Geste auf ihre Hinfälligkeit, als sei die Frage damit erschöpfend beantwortet. »Pater Michele hat mir dazu geraten, weil er meinte, das würde mein Gewissen erleichtern. Und das tut es auch.«

»Sehr schön. Wir müssen natürlich überprüfen, was Sie mir erzählt haben.«

»Und wird das Konsequenzen haben?«

Flavia schüttelte den Kopf. »Um Himmels willen, nein. Höchstens, wenn Sie sich das alles ausgedacht haben ...«

»Ich spreche nicht von mir. Wird es für ihn Konsequenzen haben? Für Forster?« Plötzlich sprach ein Haß aus ihr, der Flavia beinahe zusammenzucken ließ.

»Wir werden ermitteln. Mehr kann ich Ihnen nicht sagen. Aber vielleicht könnten wir jetzt Ihre Aussage zu Protokoll nehmen ...«

Kaum hatte Flavia in ihrem Büro ihre Tasche fallenlassen, als sie auch schon von Bottando in ein kleines Restaurant entführt wurde, um die Angelegenheit beim Mittagessen zu besprechen.

»Geoffrey Arnold Forster«, berichtete sie, »wurde am 23. Mai 1938 in England geboren, er ist also fünfundfünfzig. Er hat braune Augen und ist circa eins fünfundachtzig groß.«

Skeptisch hob Bottando die Augenbrauen. »Das muß ja eine sehr erstaunliche alte Dame sein, wenn sie das nach über dreißig Jahren noch so genau im Kopf hat.«

»Dachte ich zuerst auch. Aber es ist nicht ganz abwegig. Anscheinend hat sie die Angaben aus seinem Paß abgeschrieben, bevor sie sich zerstritten haben, weil sie nicht wollte, daß das Feld unter ›Vater‹ in der Geburtsurkunde ihres Kindes leerblieb.«

»Dann muß sie geahnt haben, daß er sie sitzenläßt?«

Flavia zuckte die Schultern. »Ich würde sagen, das war eine ganz vernünftige Vorsichtsmaßnahme. Sie war arm, ungebildet, schwanger und nahezu zehn Jahre älter als er. Na, jedenfalls haben wir jetzt ganz genaue Angaben zur Person – fragt sich nur, ob wir sie nutzen.

Wegen eines Verbrechens, das sechsunddreißig Jahre zurückliegt, kann man natürlich schnell mal nach Parioli fahren, aber man muß sich schon überlegen, ob man ein internationales Amtshilfeersuchen stellt und nach England fliegt. Vielleicht lebt der Mann ja gar nicht mehr.«

Bottando ließ sich das Ganze noch einmal durch den Kopf gehen und nickte. »Sie haben recht. Das gibt nur Scherereien, und es kommt ja doch nichts dabei heraus. Wenn sich leicht klären ließe, wer dieser Forster ist, könnte man ja mal sehen. Aber es hat sowieso nicht viel Sinn – die Chance, daß wir das Bild sicherstellen können, ist gleich Null.«

»Ich kann ja noch im Ganovenalbum nachsehen, ob Forster Stammkunde bei uns ist.«

Der General nickte. »Ja. Und schreiben Sie doch auch noch einen kurzen Bericht, damit alles seine Ordnung hat. Mit dem Vermerk: Keine weiteren Ermittlungen. Haben Sie die Aussage der Alten zu Protokoll genommen?«

»Ja. Sie ist so schwach, daß sie nicht aufs Revier kommen kann. Die arme Frau hat nicht mehr lange zu leben, und sie hat immer noch einen gewaltigen Zorn auf Forster. Sie glaubt, daß er ihr Leben verpfuscht hat.«

»Wenn es so war, wie sie sagt, hat sie damit vermutlich recht.«

»Ach, da fällt mir ein, daß Jonathan morgen nach England fliegt. Er könnte ja ein bißchen herumfragen. Nur um zu sehen, ob schon mal jemand von diesem Mann gehört hat. Und ich könnte in Florenz nachprüfen, ob die Geschichte der Frau stimmt. Wenn überhaupt noch jemand am Leben ist, der mir Auskunft geben kann.«

Nach kurzem Nachdenken schüttelte Bottando den Kopf. »Nein«, sagte er. »Das wäre ja doch reine Zeitverschwendung.«

»Wie Sie meinen.« Flavia war ein wenig enttäuscht. Der Kellner brachte die Rechnung, und dann fuhr Flavia fort: »Wo wir gerade beim Thema Zeitverschwendung sind – wie geht es unserem lieben Freund Argan?«

Bottando runzelte die Stirn. »Versuchen Sie mich nicht umzustimmen, indem Sie mir mit Argan kommen. Mit dem hat das nichts zu tun.«

»Natürlich nicht.«

»Im Moment ist er übrigens schrecklich nett.«

»Ach ja?«

»Er sitzt in seinem Büro und hat seine Nase den ganzen Tag noch in nichts gesteckt.«

»Meinen Sie, daß er doch noch vernünftig wird?«

»Ganz und gar nicht. Ich glaube, daß er etwas ausheckt.«

»Verstehe.«

»Wenn Sie in Erfahrung bringen könnten, was ihn so fröhlich stimmt ...«

»Ich werde sehen, was sich machen läßt.«

3

Am Tag darauf hatte Argyll bei der Ankunft in seinem Heimatland zunächst einmal mit der antiquierten Londoner U-Bahn zu kämpfen. Schlechte Laune hatte er schon seit der Paßkontrolle, als er feststellen mußte, daß offenbar alle Welt ein paar Minuten vor ihm gelandet war. Dann dauerte es eine Ewigkeit, bis er sein Gepäck bekam, und zu allem Übel hatte auch noch die U-Bahn vom Flughafen in die Stadt Verspätung, was eine knisternde Lautsprecherstimme ohne eine Spur von Bedauern auf technische Probleme zurückführte.

»Willkommen in England, einem Land der Dritten Welt«, brummte er eine halbe Stunde später vor sich hin, als er sich verzweifelt an einen Haltegriff über seinem Kopf klammerte, während die U-Bahn voller Reisenden, die an Jet-lag litten, quietschend aus dem Bahnhof ruckelte. Es schien unvorstellbar, daß sich noch mehr Leute in den Wagen quetschen könnten, aber genau das geschah an der nächsten Station, bevor die U-Bahn ein paar hundert Meter weiter im Tunnel stehenblieb und sich fünfzehn Minuten nicht mehr von der Stelle rührte. Als er ungefähr eine Stunde später am Piccadilly Circus aus dem Untergrund auftauchte, fühlte er sich wie Livingstone nach der Durchquerung eines besonders dichten Stücks Urwald. Er ging in ein Lokal, um sich ein wenig zu erholen.

Was ein Fehler war, wie er merkte, als ihm eine wäßrige graue Brühe mit undefinierbarem Geruch als

Kaffee vorgesetzt wurde. Guter Gott, was ist los mit diesem meinem Land? dachte er, als er daran genippt hatte und feststellen mußte, daß der Kaffee genauso schmeckte wie er aussah und roch.

Nach ein paar Schlucken ließ er die Brühe stehen. Es fröstelte ihn, als er den Piccadilly hinabging und in die Bond Street einbog. Wenn man im Juli von Rom nach England flog, konnte man bei der Ankunft leicht einen gelinden Kreislaufschock erleiden. Nun war er nur noch ein paar hundert Meter von seinem Ziel entfernt. Der Himmel war bleigrau. Er war zu leicht gekleidet und hatte seinen Schirm vergessen. Außerdem beschlich ihn das Gefühl, daß er mit dieser Reise einfach nur Zeit und Geld vergeudete, um sich noch ein paar Tage vor einer Entscheidung drücken zu können.

»Jonathan! Hattest du eine gute Reise, mein lieber Junge?« fragte Edward Byrnes, als Argyll die Galerie seines früheren Arbeitgebers und Mentors betrat, der soeben ein Gemälde von Pannini von der einen Wand zur anderen trug.

»Nein«, sagte er.

»Oh.« Byrnes stellte das Bild ab, betrachtete es ein paar Sekunden lang, rief einen Assistenten aus dem hinteren Raum zu sich und wies ihn an, das Bild genau da an die Wand zu hängen, wo er es hingestellt hatte. Dann sagte er zu Argyll: »Komm, wir gehen gleich essen. Vielleicht muntert dich das wieder auf.«

Da Byrnes immer schon ein Bonvivant gewesen war, konnte Argyll davon ausgehen, daß er zumindest ein gutes Essen bekommen würde. Byrnes vertraute seinem Bediensteten den Pannini an und gab ihm für den eher unwahrscheinlichen Fall, daß ein potentieller Kunde kam, genaue Verhaltensregeln. Dann führte er Argyll raschen Schritts durch immer engere Straßen und Gassen zu einer Art Restaurant im Souterrain, zu dem ausgetretene Stufen hinabführten.

»Hübsch hier, nicht?« sagte er, als sie hineingegangen waren.

»Was ist denn das für ein Lokal?«

»Ein Speiseclub. Gegründet von Kunsthändlern, die von den astronomischen Preisen der Restaurants in dieser Gegend genug hatten. Man möchte schon mal einen Kunden zum Essen einladen können, ohne gleich den Preis des Kunstwerks verdoppeln zu müssen. Eine tolle Idee. Man bekommt gutes Essen und gute Weine, ist Teilhaber an einem florierenden Geschäft und hat einen Ort, wo man sich in gepflegter Atmosphäre zusammensetzen kann.«

Da es Argyll vorzog, keinen allzu engen Kontakt mit seinen Kollegen zu pflegen, hielt er es für keine so gute Idee, sie nicht nur auf Auktionen, sondern auch noch beim Essen zu treffen, aber es war ihm natürlich klar, welchen Reiz das auf eine unverbesserliche Klatschbase wie Byrnes ausübte. Wenn er ein großes Stück des Kunstmarktes im Blick und gleichzeitig gute Speisen auf dem Teller hatte, kam das seiner Vorstellung vom Paradies wohl sehr nahe.

»Komm, mein Junge«, sagte Byrnes aufgekratzt, als sich seine Augen an das Dämmerlicht gewöhnt hatten. »Ich bin völlig ausgehungert.«

Sie setzten sich und bestellten einen Aperitif. Byrnes strahlte ihn ein paar Sekunden an, doch dann konnte er seine Neugierde nicht mehr bezähmen und ließ den Blick über die Nachbartische schweifen.

»Hmm«, machte er nachdenklich, als er einen mondgesichtigen jungen Mann mit geschliffenen Manieren erspähte, der einer langnasigen älteren Dame ein Glas Wein einschenkte.

»Ah …« Nun musterte er drei Gäste, die verschwörerisch die Köpfe zusammensteckten.

»Nun ja«, sagte er versonnen, als sein Blick auf zwei andere Männer fiel. Der eine trug einen exquisiten italienischen Maßanzug, der andere eine sportliche Kombination.

»Läßt du mich an deinen Beobachtungen teilhaben? Oder willst du sie für dich behalten?« fragte Argyll in leicht pikiertem Ton.

»Entschuldige, aber ich dachte, du gibst nichts auf Klatsch und Tratsch.«

»Tu ich auch nicht«, antwortete Argyll. »Aber ich hör's mir trotzdem gern an. Ein paar Namen kannst du mir doch wenigstens nennen. Wie wär's mit dem Pfau, der sich da drüben mit der alten Hexe unterhält?«

»Ah! Das ist der junge Wilson. Stets mit Feuereifer und dem IQ eines Sonnenblumenkerns bei der Sache. Er meint, Charme wäre alles. Wenn er mit dieser Frau ins Geschäft kommen sollte, wird sie ihm wohl eine Lektion erteilen, die er sein Lebtag nicht vergißt.«

»Und die drei Musketiere dort in der Ecke?«

»Zwei von ihnen kenne ich«, sagte Byrnes. »Der eine ist Sebastian Bradley, ein Mann mit viel Ehrgeiz und wenig Moral. Er hat sich in den letzten Jahren ganz darauf verlegt, Osteuropa um seine Kunstschätze zu bringen.«

»Legal?«

»Wo denkst du hin. Der Mann neben ihm heißt Dimitri. Den Nachnamen weiß ich nicht, aber mir ist bekannt, daß er Sebastian mit Kunstwerken versorgt. Mit Bildern, Möbeln, Skulpturen und was sonst noch alles von LKW-Pritschen verschwindet. Sein vergeistigter Freund ist mir noch nie begegnet.«

»Mir auch nicht.«

Byrnes seufzte. »Du bist wirklich keine große Hilfe, weißt du das?«

»Tut mir leid. Und die beiden, die sich neben der Säule unterhalten? Der Aalglatte und der Kahlgeschorene?«

»Also *wirklich,* Jonathan. Manchmal treibst du mich zur Verzweiflung. Der Aalglatte – sehr schön beobachtet übrigens – ist der gräßliche Winterton. Wenn du ihn selber fragst, sagt er dir rundheraus, daß er der beste und bekannteste Kunsthändler der Welt, wenn nicht des gesamten Universums ist.«

»Oh«, sagte Argyll. Winterton war Byrnes' einziger ernstzunehmender Rivale um den Titel des führenden Londoner Kunsthändlers, und die beiden hatten naturgemäß eine heftige Abneigung gegeneinander.

»Und der andere ist Andrew Wallace, der Chefeinkäufer von ...«

»Ah ja, ich weiß schon. Ob er wohl an der Skizze von Guido Reni interessiert wäre, die ich vor einem halben Jahr gekauft habe?«

»Dem würde ich nichts verkaufen. Bevor ich mich von dem aussaugen lasse, bringe ich mich lieber selber um.«

Sie studierten schweigend die Speisekarte, und Byrnes überwand den Schock, den es ihm versetzt hatte, daß er mit Winterton im selben Raum speisen mußte. Dann strahlte er Argyll wieder an. »Nun, wie gehen die Geschäfte?« fragte er.

Argyll zuckte die Schultern. »Geht so«, sagte er unfroh. »Das Moresby Museum zahlt mir nach wie vor mein monatliches Honorar für Dienste, die selten von mir verlangt werden. Davon kann ich meine Rechnungen bezahlen. Ansonsten habe ich vor kurzem ein paar Zeichnungen zu einem ganz passablen Preis verkauft. Aber das ist auch schon alles. Die übrige Zeit höre ich der Uhr beim Ticken zu. Ich hab's langsam ziemlich satt.«

Sie seufzten unisono. »Ich weiß, ich weiß«, sagte Byrnes wehmütig. »Die ruhmreichen Achtzigerjahre, das waren Zeiten! Als Habsucht, Selbstsucht und Protzerei noch Triumphe feierten. Die heilige Dreieinigkeit der schönen Künste. Wann werden diese unterschätzten Tugenden endlich wieder auf den Plan treten?«

Sie machten sich düstere Gedanken darüber, warum die Welt plötzlich von einer solchen Genügsamkeit heimgesucht wurde, und schüttelten den Kopf über die rücksichtslose Entschlossenheit der Leute, nicht mehr über ihre Verhältnisse zu leben. Byrnes führte wortreich Klage, daß er mehr oder weniger bankrott sei – und bestellte als Vorspeise Gänseleberpastete mit Trüffeln.

Als ihm dämmerte, daß Argylls Bedrücktheit nicht nur von seinem gewohnheitsmäßigen Pessimismus in beruflichen Dingen herrührte, fragte Byrnes: »Nun, was kann ich für dich tun?«

»Du könntest mir einen Rat geben. Ich verkaufe praktisch nichts, und jetzt hat man mir eine Stelle angeboten. Was soll ich machen? Ich kann schließlich nicht bis an mein Lebensende herumsitzen und darauf warten, daß sich etwas tut.«

»Nein, das geht natürlich nicht. Ich weiß aus Erfahrung, daß so eine Flaute sehr deprimierend sein kann. Vor allem, wenn man kein Finanzpolster hat. Du mußt einen Geldgeber finden – oder eine unerhörte Entdeckung machen. Mit hunderttausend Pfund Startkapital kommst du richtig ins Geschäft.«

»An eine Entdeckung oder einen Geldgeber kommt man doch noch viel schwerer heran als an Kunden. Außerdem habe ich nicht gerade viel vorzuweisen. Warum sollte jemand sein Geld ausgerechnet auf mich setzen?«

»Aber, aber«, sagte Byrnes. »Schwermut mag angehen, Verzweiflung nicht. Du hast ein oder zwei sehr hübsche Sachen verkauft.«

»Mehr aber auch nicht«, sagte Argyll. Das Gespräch mit dem Erfolgsmenschen Byrnes hatte seine düstere Stimmung bisher kein bißchen aufgehellt. »Mit ein oder zwei hübschen Sachen kann man niemanden beeindrucken.«

»Was genau willst du denn erreichen?«

»Ich will einfach nur Bilder verkaufen. Wozu ist man sonst Kunsthändler? Geld scheffeln will ich gar nicht unbedingt. Mir ist schleierhaft, was ich falsch mache.«

»Du machst überhaupt nichts falsch. Zur Zeit verkauft auch sonst niemand etwas. Jedenfalls nicht mit Gewinn. Aber ich könnte mir denken, wo der Hase im Pfeffer liegt.«

»Wo denn?«

»Ehrlichkeit ist zweifellos eine Zier, aber im Kunsthandel doch ein gewisses Handicap. Ich glaube, du bist manchmal ein bißchen zu aufrichtig. Denk nur an den Chardin.«

Byrnes sprach von einem kleinen Bild, das Argyll vor einem Jahr bei einer Auktion erstanden hatte. Er hatte es für einen Chardin gehalten, war sich aber nicht hundertprozentig sicher gewesen und wußte nur, daß er es zu einem guten Preis verkaufen konnte. In der folgenden Woche fand er dann heraus, daß es doch kein Chardin war, sondern von einem viel weniger renommierten Maler stammte.

»Das war ein sauberes, ehrliches Geschäft«, sagte Byrnes tadelnd. »Und was machst du? Du legst dem Käufer Material vor, auf das er selber nie gestoßen wäre, und beweist ihm, daß es kein Chardin ist. Dann nimmst du das Bild zurück und erstattest ihm den Kaufpreis in voller Höhe. Offen gesagt zeugt das zwar von einer bewundernswürdigen Aufrichtigkeit, aber nicht gerade von Geschäftstüchtigkeit.«

»Aber eigentlich war das doch eine gute Idee«, wehrte sich Argyll. »Dadurch habe ich das Vertrauen eines bedeutenden Sammlers gewonnen. Der hätte wieder bei mir gekauft ...«

»Wenn er nicht drei Wochen später wegen Bestechung und Verstrickung in das organisierte Verbrechen verhaftet worden wäre«, betonte Byrnes. »Du wolltest ihn nicht um sein Geld bringen, dabei war es gar nicht sein Geld.«

»Weiß ich, weiß ich«, sagte Argyll mißmutig. »Aber diese Seite des Kunsthandels mag ich nun mal nicht. Mir ist schon klar, daß ich es manchmal nicht so genau nehmen sollte. Aber wenn ich ein bißchen tricksen will, geht mein Gewissen auf die Barrikaden. Im übrigen brauchst du mir nichts zu erzählen. Bei dir ist das doch auch nicht anders.«

»Es gibt da allerdings einen kleinen Unterschied, auf den ich nur ungern hinweise. Ich habe viel mehr Geld als du und kann mir ein reines Gewissen leisten. Das ist nämlich ein kostspieliger Luxus.«

Obwohl Argyll nun noch verdrießlicher dreinschaute, ließ Byrnes nicht locker. Er fand, daß es nötig war, schließlich mochte er Argyll und hatte eine hohe Meinung von ihm. Gerade deswegen hatte er schon seit geraumer Zeit vor, ihm ein wenig Nachhilfe in den Gegebenheiten des wirklichen Lebens zu erteilen.

»Du mußt den Tatsachen ins Auge sehen, Jonathan«, sagte er freundschaftlich. »Du findest deine Kunden nett, und du magst Bilder – zwei Eigenschaften, die bei Kunsthändlern eher selten vorkommen und, offen gesagt, nicht sehr hilfreich sind. Man muß möglichst viel Geld herausschlagen und oft etwas, was man in Erfahrung bringt, für sich behalten. Ein Kunstliebhaber oder Kunsthistoriker posaunt natürlich nur zu gerne in die Welt hinaus, daß ein Chardin doch kein Chardin ist, aber ein Kunsthändler tut sich damit keinen Gefallen. Entweder Skrupel oder Einkommen – beides kann man nicht haben.«

Wohlwollend und freundschaftlich sagte Byrnes seinem Freund all das, was er längst wußte, aber nicht hören wollte. Er kam zu dem Ergebnis, daß Argyll, sofern er die Stelle als Dozent nicht annehmen wollte, keine andere Wahl hatte, als zu warten, bis sich der Markt stabilisierte. »Wie in den guten alten Zeiten wird es nie mehr werden, aber es geht garantiert wieder aufwärts. Wenn du noch ein Jahr durchhältst, ist das Schlimmste überstanden.«

Unzufrieden runzelte Argyll die Stirn. Es war töricht gewesen, von Byrnes einen wundersamen Lösungsvorschlag zu erwarten. Tja, man müßte eben eine bedeutende Entdeckung machen, aber das waren nichts als Träumereien.

»Ich muß mir das noch mal durch den Kopf gehen lassen«, sagte er.

»Ich bin keine große Hilfe, was?« sagte Byrnes mitfühlend.

»Naja, ich muß mich wohl selber entscheiden. Aber eine Flasche Wein könntest du noch bestellen ...«

Byrnes ließ sich nicht zweimal bitten.

Seit Argyll wußte, daß selbst Byrnes nichts einfiel, besserte sich seine Laune allmählich, da er nun wenigstens davon ausgehen konnte, nichts übersehen zu haben. Außerdem hatte allem Anschein nach selbst Byrnes zu kämpfen, und man fühlte sich doch gleich besser, wenn es einem nicht allein schlecht ging.

Als der Wein gebracht wurde, trank er auf einen Zug gleich ein halbes Glas und sagte: »Wechseln wir das Thema. Mit Einsichten in meine Situation bin ich fürs erste bedient. Kannst du mit dem Namen Forster etwas anfangen? Geoffrey Forster?«

Byrnes sah ihn aufmerksam an. »Warum?«

»Flavia interessiert sich für ihn. Jemand behauptet, daß er ein Bild gestohlen hat. Allerdings schon vor Jahrzehnten. Es ist nicht besonders wichtig, aber Flavia würde gern wissen, wer dieser Forster ist.«

»Forster ist Kunsthändler«, sagte Byrnes. »Oder war es zumindest. Ich habe ihn seit Jahren nicht mehr gesehen. Als das Ende der Achtzigerjahre über uns hereingebrochen ist, hat er auf freiberuflicher Gutachter umgesattelt.«

»Ach ja? Und was macht er da konkret?«

»In erster Linie macht er den Aasgeier und nagt lebende Leichen aus alten Familien ab«, sagte Byrnes beinahe anerkennend. »Er berät verarmte Adlige und hilft ihnen beim Verscherbeln ihrer Sammlungen. Bei einer älteren Dame in Norfolk hat er fast so etwas wie eine feste Anstellung. Jetzt wohnt er sogar dort oben. Das ist ein Tätigkeitsfeld, das du dir vielleicht mal näher ansehen solltest. Als Beispiel dafür, wie man schlechte Zeiten übersteht.«

»Der hat es anscheinend gut getroffen.«

»Ja. Das ist wohl ziemlich lukrativ. Sein Problem besteht darin, daß er ein bißchen schwierig ist.«

»Wie meinst du das?«

»Na ja, ich mochte ihn noch nie, obwohl er in gewisser Weise sehr charmant ist. Aber auch das ist ja nicht jedermanns Sache. Er war nie besonders erfolgreich, weil seine Kunden meistens nicht lange mit ihm klargekommen sind. Irgendwie hat der Mann etwas Hinterhältiges an sich.«

»Ein Betrüger?«

»Nicht, daß ich wüßte. Um was für ein Bild geht es denn überhaupt?«

Argyll erklärte, worum es ging.

»Ein Fall von jugendlichem Leichtsinn?« überlegte Byrnes. »Könnte doch sein. Will Flavia ihn einlochen?«

Argyll zuckte die Schultern. »Nicht unbedingt. Aber sie würde ihm gern ein bißchen die Hölle heiß machen, wenn das ohne viel Aufwand ginge. Mehr ist wohl auch kaum drin.«

»Nein, dafür ist es zu lange her. Selbst wenn es ihm nachzuweisen wäre. Möchte sie, daß du Licht in die Sache zu bringen versuchst?«

»Eigentlich nicht. Aber ich bin ja auf jeden Fall noch einen Tag hier und habe an sich nichts zu tun. Ich könnte ihn wenigstens mal anrufen. Hast du seine Adresse?«

Byrnes schüttelte den Kopf. »Er hat sich bei Winterton eingemietet, um mit einer anständigen Adresse aufwarten zu können. Zwar ist er nie dort, aber der Laden ist nur fünf Minuten von hier entfernt. Du könntest einfach vorbeigehen und dich erkundigen. Die müßten ja Bescheid wissen.«

Obwohl er keinen Schritt weitergekommen war, hatte Byrnes mit seinem Wohlwollen und seiner Weinkennerschaft doch dafür gesorgt, daß Argylls Stimmung nicht mehr auf dem Nullpunkt war. Da er nun einer Sache nachging, die nichts mit seiner beruflichen Misere zu tun hatte, hellte sich seine Laune immer weiter auf, und als er die Winterton Galleries betrat, war er schon ziemlich gut drauf.

Er nannte der Sekretärin den – unvollständigen – Grund seines Besuchs und erkundigte sich, ob Forster vielleicht sogar im Hause wäre.

Nein.

Ob sie ihm sagen könnte, wo er zu erreichen wäre?

In welcher Angelegenheit?

In einer geschäftlichen Angelegenheit. Da er in England nur eine Stippvisite mache, wäre ihm daran gelegen, vor seinem Rückflug nach Italien noch mit Forster zu sprechen.

Nicht gerade freundlich ließ sie ihn wissen, daß er sich zweifellos in Norfolk aufhielte und praktisch nie ins Büro käme. Wenn es wirklich wichtig wäre, könnte sie ihn anrufen.

Ja, es war wirklich wichtig.

Forster sprach ein Englisch, das bei englischen Kunsthändlern eines bestimmten Schlags zum Handwerkszeug gehörte. Mit seinem Tonfall konnte er auch noch bei einem Earl in neunzehnter Generation ein Gefühl gesellschaftlicher Unterlegenheit hervorrufen. Das war einer der Gründe, derentwegen sich Argyll in Italien ziemlich wohl fühlte. Sogar schon am Telefon brachte Forsters gedehnte Frage, was er denn nun genau von ihm wolle, Argyll auf die Palme.

Er erklärte ihm, daß er an Informationen über ein

Gemälde interessiert sei, das offenbar einmal Forster gehört habe.

»Was soll das werden? Ein Ratespiel? Sie müssen mir schon sagen, um welches Bild es sich handelt. Ich hatte in meinem Leben schon mit mehr als einem zu tun.«

Argyll sagte, daß es vielleicht besser wäre, wenn sie sich treffen würden, weil es sich um eine recht heikle Angelegenheit handle.

»Nun stellen Sie sich nicht so an! Sagen Sie mir endlich, worum es geht, und stehlen Sie mir nicht noch mehr Zeit.«

»Ganz wie Sie wollen. Ich möchte Ihnen ein paar Fragen zu einem Uccello stellen, der sich in Ihrem Besitz befand, kurz nachdem er im Jahre 1963 aus dem Palazzo Straga gestohlen worden war.«

Was nach einer langen Funkstille vom anderen Ende der Leitung kam, klang ärgerlicherweise sehr nach schallendem Gelächter.

»Was Sie nicht sagen!« rief Forster spöttisch. »Wissen Sie was? Vielleicht sollten wir uns doch unterhalten. Wer Sie auch sein mögen.«

Obwohl ihm der Mann sehr unsympathisch war, verabredete Argyll sich mit ihm für den folgenden Tag um elf Uhr vormittags in Norwich. Zu schade, daß sich Flavia wohl kaum davon überzeugen ließ, daß ein dringendes öffentliches Interesse daran bestand, den Kerl einzulochen.

»Sie haben recht«, sagte die Sekretärin in ihrem monotonen Südlondoner Tonfall. »Das ist ein arrogantes Arschloch.« Womit sie Argylls säuerliche Miene genau richtig interpretiert hatte.

Er blickte sie an und entschloß sich, ganz offen mit

ihr zu reden. »Ist er wirklich so schlimm, wie er sich anhört?«

»Und ob. Eher noch schlimmer. Gott sei Dank kreuzt er fast nie auf.«

»Wieso kommt er denn überhaupt her? Ich dachte, er ist bei einer alten Dame angestellt.«

»Tja, die ist Ende letzten Jahres gestorben. Die Nachfolgerin hat ihn gleich rausgeschmissen, und jetzt ist er ziemlich knapp bei Kasse. Weiß der Henker, warum er hier nicht längst rausgeflogen ist. Der Chef kann ihn eigentlich auch nicht ausstehen. Wahrscheinlich gehört er quasi zum Inventar. Aber was haben Sie da gerade gesagt? Der war mal ein richtig böser Junge, was?«

Argyll hob die Schultern. »Wenn überhaupt, würde ich eher sagen, ein richtig raffinierter Junge«, antwortete er leichthin und schämte sich kein bißchen, einen Menschen schlechtzumachen, der vielleicht gar nichts verbrochen hatte.

»Ach ja? Wann hat er denn dieses Bild gestohlen?«

Da er nun doch nicht völlig indiskret sein wollte, sagte er nur, daß er über die Einzelheiten nicht informiert wäre und fragte, wie man in das Dorf Weller in Norfolk käme. Das Mädchen schien enttäuscht und sagte nur, Liverpool Street wäre wohl der richtige Bahnhof.

Als er die Galerie verlassen hatte, blieb er auf dem Gehsteig stehen und überlegte sich, ob er überhaupt hinfahren sollte. Er mußte sich zwar bis zum Rückflug noch ziemlich viel Zeit vertreiben, wollte sich aber nicht in Flavias Arbeit einmischen. Wie sich im Laufe der Jahre gezeigt hatte, war es für ihre Beziehung am besten, wenn er die Polizeiarbeit weitestgehend ihr überließ. Nur aus dem boshaften Wunsch heraus, dem arroganten Schnösel ein wenig einzuheizen, hatte er trotzdem nicht vor, die Sache einfach auf sich beruhen zu lassen.

Er beschloß aber, ein wenig abzuwarten. Heute abend wollte er Freunde besuchen, und hinterher konnte er sich das Ganze noch einmal in aller Ruhe durch den Kopf gehen lassen. Morgen früh würde er sich dann entscheiden.

4

Während sich Argyll in England die Zeit vertrieb, war Flavia mit Dingen beschäftigt, die ihrer Ansicht nach nicht unbedingt einen Beitrag zur Stärkung der wackligen italienischen Rechtsordnung leisteten. Den Tag, an dem er abreiste, verwendete sie zum größten Teil auf Schreibarbeiten.

In den letzten Tagen war aller mögliche Papierkram bei ihr auf dem Schreibtisch gelandet, wo es ihm offenbar gut gefiel, denn er wuchs und mehrte sich. Es hatte eben auch Nachteile, daß sie sich im Laufe der Jahre mehr oder weniger unentbehrlich gemacht hatte. Warum sie sich mit dieser oder jener verwaltungstechnischen Frage befassen mußte, war ihr zwar oft schleierhaft, aber so war es nun einmal. Vor ihr lagen eine ganze Menge Berichte über Diebstähle, eine verschwindend geringe Anzahl von Berichten über Festnahmen und Sicherstellungen, und ein Berg von Schreiben, die sich mit allem möglichen Unsinn befaßten. Das Archiv hatte ein neues Kopiergerät beantragt. Bekam Susannah denn nun nächsten Donnerstag frei, damit sie zur Hochzeit ihres Exgatten gehen konnte? Ein etwas eigenwilliger Urlaubsantrag, aber warum nicht? Es konnte nichts schaden, wenn man sich ein wenig in Toleranz übte. Die Rechnungsprüfung wollte wissen, ob ein Fahnder auf einer ganz normalen Dienstreise wirklich im teuersten Hotel Mantuas absteigen mußte.

Und so weiter und so fort. Am besten wäre das ganze Zeug im Reißwolf aufgehoben. Aber das ging natürlich nicht. Eine ganze Kunstgalerie konnte abhandenkommen, ohne daß ein Hahn danach krähte, aber wegen einer verlorenengegangenen Quittung stellte man unweigerlich den Laden komplett auf den Kopf. Statt dessen beschloß sie, Zeit zu schinden. Auf jedes Formblatt, jede Aktennotiz und jedes Memorandum setzte sie ganz groß ihre Initialen und schickte alles dahin zurück, wo es hergekommen war. Mal sehen, wie lange die Absender brauchten, bis sie sich einen Reim darauf gemacht hatten.

Als das erledigt war, kamen die eigentlichen Berichte an die Reihe, und zwar zuerst die Erfolgsmeldungen über Festnahmen und Sicherstellungen, von denen es genau zwei gab. Erstens waren in einem Schließfach im Bahnhof von Neapel Keramiken aus dem 17. Jahrhundert gefunden worden, wahrscheinlich Diebesgut. Ob jemand wußte, wo sie gestohlen worden waren? Zweitens berichtete Paolo triumphierend von der Festnahme des Leonardo-Mannes. Mit diesem Schreiben ging Flavia gleich zu Bottando. Wenn sie schon einmal einen Fall vollständig aufklären konnten, also einen geständigen Täter und eine klare Beweislage vorzuweisen hatten, wollte er sofort informiert werden.

»Ah, das ist schön«, sagte Bottando, als sie ihm das Schreiben gegeben und den Inhalt erzählt hatte. »Gott sei Dank. Was ist das für einer?«

»Bloß ein Kunststudent, der nebenbei ein bißchen was verdienen wollte. Was fängt man mit so einem an? Gar nicht so einfach.«

Dem Leonardo-Mann war mehr Aufsehen zuteil geworden, als ihm an sich zukam, weil die Presse seinen Fall als schöne italienische Kriminalgeschichte groß herausgebracht hatte. Dabei lagen die Dinge ganz einfach: Jemand hatte »Jugendwerke Leonardos« hergestellt und einem einfältigen, vorwiegend ausländischen Publikum angedreht. Mindestens ein halbes Dutzend Personen zockelten mit Skripten nach Hause, die angeblich vom jugendlichen Forscherdrang des Renaissance-Genies zeugten.

Die Fälschungen zählten nicht gerade zur Spitzenklasse. Die Handschrift war in Ordnung, aber das Papier war neu, und daß ein Kugelschreiber verwendet worden war, sah eigentlich jedes Kind. Auch angesichts des Inhalts hatte Flavia vor Vergnügen gegluckst, als ihr die ersten geprellten Sammler hellauf empört gegenübersaßen. Hatten sie im Ernst geglaubt, daß dieser Entwurf eines Staubsaugers aus dem späten 15. Jahrhundert stammen könnte? Ein genialer Einfall, und das Gerät war vielleicht sogar funktionstüchtig, sofern ein Diener einen riesigen Blasebalg trat, aber ich bitte Sie … Dann eine Renaissance-Küchenmaschine, die mit einer Kurbel angetrieben wurde? Das war doch ein Witz, und Flavia sah eigentlich gar nicht ein, warum die italienischen Strafverfolgungsbehörden auf Kosten des Steuerzahlers Leuten aus der Patsche helfen sollten, die auf so etwas hereinfielen. Aber natürlich hatten die Zeitungen den Fall aufgegriffen, und Corrado Argan hatte beschlossen, daß sofort etwas geschehen mußte. Gestern abend war der Täter gefaßt worden. Anscheinend ein netter Junge, der mit Hilfe seiner Kunstfertigkeit einen Lebensstandard erreichte, der geringfügig über dem mageren Niveau der meisten anderen italienischen Kunststudenten lag. Außerdem war nicht er, sondern ein Händler der eigentliche Drahtzieher gewesen.

»Wir werden ihn wohl am besten in aller Strenge verhören und darauf hinwirken, daß es bei einer Verwarnung bleibt oder die Strafe wenigstens zur Bewährung ausgesetzt wird.«

»Finde ich auch«, sagte Bottando, doch dann revidierte er seine Meinung gleich wieder: »Andererseits wird es langsam Zeit, daß man uns mal so richtig durchgreifen sieht. Wissen Sie was? Sie machen dem Richter in Florenz klar, daß er ihn erst mal einsperren sollte. Eine Woche oder so. Wer ist für den Fall zuständig?«

»Branconi, glaube ich.«

»Na, dann geht das schon in Ordnung. Ach ja, buchten Sie auch den Händler ein. Wenn das Interesse an dem Fall verflogen ist, lassen Sie ihn wieder laufen. Dem kann es auch nicht schaden, wenn man ihm einen gehörigen Schrecken einjagt. Ein oder zwei scharfe Verhöre, würde ich sagen.«

»Ich schicke Paolo hin. Der könnte einen Ausflug gebrauchen.«

»Nein, den will ich für ein paar Tage nach Palermo beordern. Könnten Sie das nicht selber übernehmen?«

»Doch, doch. Ich könnte gleich morgen fahren, wenn Sie wollen. Kann ich dann auch gleich die Aussage von Maria Fancelli überprüfen? Wenn ich schon mal dort bin?«

Bottando mußte lächeln, weil sie so hartnäckig war. »Meinetwegen. Aber denken Sie daran …«

»Ich weiß, ich soll keine Zeit verplempern. Ach ja, da habe ich noch etwas für Sie.« Sie zog einen Umschlag aus ihrer Handtasche.

»Was ist das?«

»Das sind Kopien von Argans Computerdisketten. Ich war so frei, bei ihm im Büro vorbeizuschauen, als er gestern zum Mittagessen gegangen war. Könnte Sie vielleicht interessieren.«

»Flavia, Sie sind großartig.«

»Ich weiß.«

Als sie am Tag darauf nach Florenz fuhr, hatte sie eine Liste der zu erledigenden Aufgaben dabei, damit die Reise auch ihr Geld wert war und nicht gegen Bottandos Effizienzkriterien verstieß. Das meiste hätte sie auch telefonisch erledigen können, aber bei einer ganzen Reihe von Punkten sprach doch viel dafür, persönlich vorzusprechen. Sie wollte Berichte über Diebstähle abholen, Tatorte von Einbrüchen besichtigen, ein bißchen mit Kollegen plaudern, den Leonardo-Mann verhören und mit dem Richter besprechen, was mit ihm geschehen sollte; dann galt es ein Vorstellungsgespräch mit jemandem zu führen, von dem Bottando annahm, daß er sich für eine bestimmte Stelle eignen könnte, und noch einiges mehr.

Zuerst ging sie jedoch zum Haus von Signora della Quercia. Daß sie noch unter den Lebenden weilte, hatte sie mit Hilfe eines ganz vorzüglichen Hilfsmittels der polizeilichen Ermittlungsarbeit herausbekommen, nämlich mit dem Telefonbuch. Wäre Flavia nicht ohnehin in Florenz gewesen, hätte sie die Sache wohl auf sich beruhen lassen. Aber sie war nun einmal da und mußte zudem bis zu ihrem ersten Termin noch eine halbe Stunde herumbringen. Das Haus befand sich in einer dunklen, aber dennoch imposanten Nebenstraße, ein paar hundert Meter von der Piazza della Repubblica entfernt. Auf den ersten Blick konnte man meinen, daß die Signora eines der Stadtschlösser des Florentiner Establishments bewohnte, doch schon der zweite verriet, daß der alte Palazzo verkauft und saniert worden war und einer großen Firma als Bürogebäude diente. Flavia ging trotzdem zum Empfang und fragte nach der neuen Adresse der Signora, die früher hier gewohnt habe.

Die Empfangsdame, die anscheinend nichts zu tun hatte, gab ausführlicher Auskunft, als Flavia lieb war. Die Signora hatte das Haus vor ungefähr zwölf Jahren verkauft, aber den Erlös hatte ihr Sohn bekommen – oder eigentlich eher gestohlen. Er lebte in Glanz und Gloria in Mailand, sie stand mit leeren Händen da. Teils aus Mitleid, teils aus Angst vor den Prozeßkosten bei einer Räumungsklage und den Auswirkungen einer schlechten Presse hatten ihr die neuen Eigentümer ein Zimmer unter dem Dach überlassen, dort wo früher die Dienstboten untergebracht waren. Sie hatten angenommen, daß sich das Problem bald von selbst erledigen würde, doch die alte Dame lebte immer noch und dachte noch längst nicht ans Sterben. Bestimmt lag das daran, daß sie genug Bewegung bekam, weil sie tagtäglich sechs Treppen hinunter- und wieder hinaufsteigen mußte. Die Empfangsdame schätzte die Signora auf mindestens neunzig und hielt sie für einen ziemlich komischen Vogel. Von den früheren Bewohnern war nur sie übriggeblieben. Falls Flavia die Signora besuchen wolle, könne sie ruhig hinaufgehen. Aber viel bringen würde es wohl nicht.

Als Flavia in den Hinterhof kam, von dem eine dunkle Treppe zum Dienstbotengeschoß hinaufführte, blieb sie unschlüssig stehen. Sechs Treppen? Sollte sie wirklich sechs Treppen hochsteigen?

Im Treppenhaus war es stockdunkel und trotz des Sommerwetters unangenehm kühl. Flavia brauchte ziemlich lange, bis sie oben war. Um zu vermeiden, daß sie nachher völlig außer Atem vor Signora della Quercias Tür stand und sich gar nicht richtig vorstellen konnte, blieb sie mehrmals stehen. Schließlich hatte sie es geschafft und klopfte kräftig.

Sie blieb ganz ruhig stehen und lauschte auf Lebenszeichen. Nach einer Weile hörte sie an den knarrenden Bodendielen, daß jemand zur Tür kam. Eine sehr kleine, vom Alter gebeugte Frau öffnete die Tür und sah sie fragend an. Flavia stellte sich vor.

»Wie?« fragte sie und legte die Hand ans Ohr.

Flavia wiederholte sehr laut, daß sie Polizeibeamtin sei und mit ihr reden wolle.

Die alte Frau glaubte ihr nicht so recht und hob ihren Stock ein wenig, um anzudeuten, daß sich ihre Besucherin vorsehen sollte. Offenbar gedachte sie Flavia windelweich zu prügeln, wenn sie auch nur einen falschen Schritt machte. Flavia konnte den Mut der alten Frau nur bewundern, obwohl die kämpferische Haltung wenig realistisch war. Flavia hätte sie mit einer Hand hochheben können.

»Darf ich hereinkommen?« fragte sie.

»Kommen Sie doch herein«, sagte Signora della Quercia mit ihrer piepsigen Stimme, als ob ihr die Idee zu dieser Aufforderung soeben selber gekommen wäre.

Das Zimmer, in dem die alte Dame wohnte, war ungefähr vier Meter lang und drei Meter breit. Flavia hatte selten einen so vollgestellten Raum gesehen. Ein Bett, ein Sofa, ein Sessel, zwei Eßzimmerstühle, drei Tische, ein Bücherschrank, eine Waschschüssel, Topfpflanzen, ein halbes Dutzend Teppiche, ein kleiner Herd, drei Lampen, von denen eine matt leuchtete. Wo zwischen den Möbeln ein Stück Wand freigeblieben war, hatte die Signora es mit Fotos, Kruzifixen, gerahmten Briefen und anderen Erinnerungsstücken eines außergewöhnlich langen Lebens zugehängt. Es war unmöglich, mehr als einen Schritt zu machen, ohne über etwas zu stolpern. Um nach Möglichkeit nichts zu zerbrechen, schlängelte sich Flavia, ohne erst lange auf eine Einladung zu warten, vorsichtig zum nächsten Stuhl und setzte sich.

Signora della Quercia hinkte ihr nach und setzte sich auf den Stuhl gegenüber.

»Ich muß Ihnen ein paar Fragen über eine ehemalige Hausangestellte stellen«, sagte Flavia.

»Wissen Sie, ich bin eine Medici«, sagte die Frau.

»Sie haben doch früher eine Schule für Ausländer geleitet, nicht wahr?«

»Das stimmt, und zwar eine der besten. Nur für junge Damen aus allerbestem Hause. Die europäische Elite. Reizende Mädchen.«

»Ich interessiere mich für eine gewisse Maria Fancelli.«

»Sie waren mir so dankbar und haben oft eine zweite Mutter in mir gesehen.«

»Sie haben sie damals entlassen, nicht wahr?« Flavia gab nicht auf, obwohl sie das Gefühl nicht loswurde, daß zwei ganz verschiedene Gespräche nebeneinander herliefen.

»Die Engländerinnen!« zwitscherte Signora della Quercia und setzte sich ungeniert über Flavias Frage hinweg. »Die wußten, was sich für Leute von Stand gehörte und waren damals meist sehr würdevoll und formvollendet. Mittlerweile scheinen sie ja ziemlich aus der Art geschlagen zu sein.«

»Sagt Ihnen der Name Fancelli etwas?« Flavia hatte die Hoffnung immer noch nicht aufgegeben.

»Und sie hatten vor der italienischen Kultur den höchsten Respekt. Was man von den Französinnen nicht unbedingt behaupten konnte. Alle meine Schülerinnen waren natürlich aus bestem Hause. Das war die europäische Elite. Und sie haben selbstverständlich standesgemäß geheiratet.«

»Ihr Hausmädchen?«

»Keine Spur von der Gewöhnlichkeit heutiger Frauen. Es war eben eine vornehmere Zeit. Dann sind meine jungen Damen plötzlich auf dumme Gedanken gekommen. Eine Anstandsdame kam gar nicht mehr in Frage, und manche von ihnen haben bei Abendgesellschaften sogar Alkohol getrunken und mit Leuten getanzt, denen sie nicht in aller Form vorgestellt worden waren. Können Sie sich das vorstellen?«

Flavia schüttelte traurig den Kopf.

»Sie stimmen mir zu? Da bin ich aber froh. Bald darauf habe ich mir Gedanken über den Ruhestand gemacht, und das war wohl auch besser so. Was man heutzutage alles in der Zeitung liest! Daß Damen aus den besten Familien, die eine vorzügliche Erziehung genossen haben, völlig unstandesgemäße Vorstellungen haben!« Sie schnaubte verächtlich. »Ich habe meinen Schülerinnen immer gesagt, wenn Gott gewollt hätte, daß ihr arbeitet, dann wärt ihr in die Arbeiterschaft hineingeboren worden, und wenn er gewollt hätte, daß ihr eure Kinder selber aufzieht, wärt ihr in einer bürgerlichen Familie zur Welt gekommen. Sie haben immer auf mich gehört. Sie hatten Respekt vor mir. Einer Medici!«

»Forster?« Flavia hoffte, daß dieser Name alte verstaubte Erinnerungen wachrief. Eine richtige Frage zu stellen, schien wenig sinnvoll, da das Gespräch offenbar irgendwelchen Gedankenassoziationen folgte.

»Zum Glück gab es bei mir nie einen Skandal«, flötete die alte Dame. »Aber da hatte ich wohl großes Glück. Die jungen Männer wurden von meinen Schülerinnen angezogen wie die Motten vom Licht. Motten? Nein, das waren keine Motten. Das waren die reinsten Raubtiere! Ich habe stets darauf bestanden, nur unschuldige junge Mädchen bei mir aufzunehmen, und sie waren auch noch im Besitz ihrer Unschuld, wenn ich sie entließ. Können Sie sich vorstellen, was es für eine Katastrophe gewesen wäre, wenn eine von ihnen entehrt zu ihren Eltern zurückgekehrt wäre?«

Mit einem Seufzer fand sich Flavia mit der Rolle der passiven Zuhörerin ab und warf einen verstohlenen Blick auf die Uhr. Es war schon reichlich spät.

»Aber das passiert eigentlich immer nur Dienstmädchen«, fuhr die alte Frau fort. »Nun ja, was kann man da anderes erwarten? Wobei man aber auch sagen muß, daß von den jungen Männern, die mir als Kavaliere empfohlen wurden, manche diese Bezeichnung absolut nicht verdienten. Wie komme ich jetzt eigentlich darauf? Nun ja. Jedenfalls hat sich in dem Jahr, in dem Miss Beaumont meine Schule besuchte, ein Dienstmädchen entehrt und mußte entlassen werden. Maria hieß sie. Natürlich war mir längst klar gewesen, daß es mit ihr kein gutes Ende nehmen würde.«

Flavia hatte Forster ins Gespräch zu bringen versucht, und nun erzählte die alte Frau von einem Dienstmädchen namens Maria.

»Forster!« schrie sie erneut.

»Der junge Mann, der sie verführte, hatte keinerlei Schamgefühl. Er wollte sich eigentlich bei Miss Beaumont einschmeicheln und ist ständig um sie herumgestrichen wie ein Hund um sein Frauchen. Aber sie begegnete ihm mit der Geringschätzung, die er verdiente, und da hat er sich eben andernorts trösten lassen. Sehr bezeichnend übrigens. Letztlich ist es eben doch so, daß gleich und gleich sich gern gesellt. Miss Beaumont hat später natürlich eine glänzende Partie gemacht – wie so viele meiner Schülerinnen. Wie hieß der Mensch doch gleich? Foster? Nein, Forster. Wie bin ich jetzt eigentlich darauf gekommen?«

»Keine Ahnung. Und wie hieß sie?«

»Das war ein herausragender Jahrgang. Gleich zwei Herzogstöchter weilten bei mir und auch noch die Tochter eines amerikanischen Millionärs. Bei der war ich natürlich etwas skeptisch, trotz ihrer hervorragenden Referenzen. Und wie sich zeigte, waren meine Zweifel berechtigt. Sie hat sich ständig mit den Dienstboten unterhalten, und das ist doch sehr gewöhnlich. Ein wohlerzogener Mensch tut das einfach nicht. Nicht einmal in Amerika.«

»Wie hieß sie?«

»Emily, glaube ich. Emily Morgan. Aus Virginia. Das liegt doch in Amerika, nicht? Ich könnte nicht behaupten, daß es mich da jemals hingezogen hätte.«

»Die meine ich nicht.« Flavia baute sich vor der alten Frau auf und blickte mit finsterem Blick auf sie hinunter, um ihr durch reine Willenskraft wenigstens einmal eine normale Reaktion abzutrotzen. »Wie hieß das Dienstmädchen Maria mit Nachnamen?«

Schockiert und aus ihren Tagträumen gerissen fuhr die Signora zurück.

»Fancelli«, sagte sie. »Maria Fancelli.«

»Ah.« Flavia atmete auf, machte einen Schritt rückwärts und stieß sich am Sofa.

»Ich versuchte sie natürlich möglichst schnell loszuwerden. Das versteht sich ja von selbst. Und zum Glück ist der Vorfall nicht zur Kenntnis des erlesenen Kreises gelangt, in dem ich damals verkehrte. Heute wäre das natürlich anders.«

»Allerdings«, sagte Flavia, die nur noch mit halbem Ohr zuhörte.

»Signorina Beaumont hat der Vorfall allerdings erschüttert, aber ich habe sie damit getröstet, daß Menschen dieses Schlages stets auf die ihnen gemäße Stufe sinken, und wenn man ihnen ein noch so gutes Vorbild gibt. Sie wollte dem Mädchen sogar helfen, weil sie meinte, es sei nur aus jugendlicher Torheit geschehen. Aber das stimmte natürlich nicht.«

Flavia hoffte, daß die Grimasse, die sie schnitt, als Lächeln durchging. Das war ja eine schreckliche alte Frau.

»Ach ja! Die alten Zeiten sind längst dahin!« schnatterte die Alte. »Früher betrachtete es die junge europäische Elite als Auszeichnung, daß sie hierherkommen durfte. Und heute? Nur noch Rucksäcke, Camping und lärmende Musik. Ich habe schon immer gesagt – wenn der europäische Adel überleben will, darf er sich nicht mit den niederen Ständen gemein machen. Wissen Sie, Signorina, ich sehe schwarz für unsere Zukunft.«

»Ach, wirklich?« meinte Flavia und gab den ungleichen Kampf auf.

Nicht zuletzt weil sie gegen die chaotische Senilität Signora della Quercias nichts ausgerichtet hatte, unterzog Flavia der Welt schlechtesten Dieb Sandano den ganzen Abend einem unnötig scharfen Verhör. Diese Behandlung hatte der arme Mann eigentlich nicht verdient, zumal er die Strafe für den kleinen Ausrutscher mit dem Fra Angelico verbüßt hatte. Es war jedoch mit einigem Ärger verbunden gewesen, den Mann ausfindig zu machen, und Flavia hätte es schade gefunden, wenn die ganze Arbeit umsonst gewesen wäre. Außerdem wollte sie, wenn sie schon sonst nichts vorzuweisen hatte, wenigstens ihre Gründlichkeit unter Beweis stellen, um vor Bottandos kritischem Blick zu bestehen.

Flavia hatte Sandano in einer Bar in einem etwas heruntergekommenen Stadtteil aufgestöbert. Sie hätte eigentlich gedacht, daß er längst wieder im Gefängnis säße. Als ausgesprochen hoffnungsfroher Mensch gelangte Sandano nämlich stets aufs Neue zu der Überzeugung, daß bei seinem jüngsten Plan gar nichts schiefgehen konnte. In der Spezialeinheit Kunst liebte man ihn heiß und innig, denn wenn er vom schmalen Pfad der Tugend abkam, konnte man bald darauf einen Erfolg verbuchen, da Sandano jedesmal verhaftet und angeklagt wurde. Kurz und gut, er war ein kläglicher Krimineller, was ihm sogar schon einmal ein Richter gesagt hatte, und stellte eine größere Gefahr für sich selber als für irgend jemand anderen dar. Außerdem brachten seine zwanghaften Diebereien und Betrügereien so wenig ein, daß eigentlich niemand verstand, warum er es nicht endlich sein ließ.

Man brauchte sich nur seine jüngste Großtat anzuschauen, bei der er versucht hatte, Kerzenständer aus einer Kirche zu stehlen, was ihm offensichtlich nur eine kurze Haftstrafe eingetragen hatte. Wie der Staatsanwalt außerhalb des Gerichtssaals sagte, war es gar keine schlechte Idee, sich im Altar zu verstecken und darauf zu warten, daß die Kirche am Abend zugesperrt wurde. Es war jedoch ziemlich ungeschickt, sich ausgerechnet den Heiligen Abend auszusuchen, den einzigen Tag des Jahres, an dem die Kirche die ganze Nacht offen blieb und fast bis zum Morgengrauen voller Menschen war.

Um sechs Uhr abends hatte er sich hineingezwängt, und um zwei Uhr früh verriet er sich, weil er so schlimme Krämpfe bekam, daß er vor Schmerz aufschrie. Dem Priester und der Gemeinde versetzte er damit einen Schock, da aus dem Altar die Stimme Gottes zu ertönen schien, aber als sie sich einigermaßen erholt hatten, zerrten sie ihn hervor, brachten ihn mit Brandy wieder auf die Beine und benachrichtigten die Polizei, die ihn wieder einmal ins Gefängnis steckte.

Sandano war ein schmächtiger Mann in den Dreißigern, der immer die Schultern hochzog und stets von kaltem Zigarettenrauch umgeben war. So ein Versager, dachte Flavia, als sie von hinten auf ihn zuging. Ein bißchen Mühe könnte er sich doch wenigstens machen.

»Hab' ich dich endlich!« rief sie launig und legte ihm die Hand schwer auf die Schulter. Sandano fuhr hoch.

»Los, Giacomo, gestehe!« befahl sie, damit er ein wenig ins Schwitzen kam.

»Was?« stotterte der kleine Mann in panischer Angst. »Was wollen Sie von mir?«

»Kleiner Scherz«, sagte sie. »Komm, ich geb dir einen aus. Ich bin auf der Durchreise, und da dachte ich mir, es ist schon eine ganze Weile her, seit du deinen alten Kumpel Giacomo zum letzten Mal gesehen hast. Bei dem mußt du unbedingt vorbeischauen. Wie geht's dir denn so?«

Er schüttelte sich kräftig, um den Schock zu überwinden. »Gut«, sagte er argwöhnisch. »Was wollen Sie wirklich?«

Flavia sah ihn traurig an. »Die Aufklärungsquote ist niedriger als je zuvor«, sagte sie, »und weil das nicht so bleiben kann, haben wir, also Bottando und ich, uns gesagt, nehmen wir erst mal den alten Giacomo fest, der hat garantiert schon wieder was ausgefressen.«

Sandano fing an zu zucken. »Das ist ein für allemal vorbei«, sagte er. »Ich bin jetzt ein ehrlicher Mensch, und das wissen Sie auch.«

»Red doch keinen Unsinn«, sagte Flavia. »Nach einer Nacht in der Zelle kommt dir das bestimmt auch zum Bewußtsein.«

»Warum lassen Sie mich nicht in Ruhe?« jammerte Sandano.

»Weil ich jemand einsperren will, und da kommst du mir gerade recht. Du eignest dich sogar besser als die meisten anderen. Nehmen wir mal die Sache mit den Kerzenständern. Als du das versucht hast, wie lange warst du da raus aus dem Knast? Komm, sei ehrlich!«

»Eine Woche«, sagte er trotzig.

»Und warum warst du drin? Nun? Ist es da nicht um ein Gemälde gegangen? Einen Fra Angelico, nicht wahr? Damit hast du uns wirklich überrascht. Das war ja nicht unbedingt deine Kragenweite, oder? Aber du bist glimpflich davongekommen. Wie lange hast du gesessen? Sechs Monate?«

»Neun.«

»Tatsächlich! Man hat dich an der Grenze geschnappt, stimmt's? Wie kam es eigentlich, daß man dich nicht schon beim Diebstahl selber erwischt hat?«

Sandano fingerte an seinem Glas herum und zündete sich dann noch eine Zigarette an, bevor er sagte: »Das war gar nicht ich.«

»Was warst du nicht?«

»Ich habe es nicht gestohlen.«

Sie hob die Augenbrauen. »Hör mal, das Bild lag auf dem Rücksitz, als man dich geschnappt hat, und du hast ein Geständnis abgelegt.«

»Aber ich war's nicht.«

»Und warum hast du dich schuldig bekannt?«

»Weil man mir einen Deal angeboten hat. Die Carabinieri wollten eure Spezialeinheit nicht einschalten, und allein konnten sie den Fall nur mit meinem Geständnis abschließen. Dafür haben sie dann ein paar andere Kleinigkeiten vergessen.«

»Das Meißener Porzellan?« fragte sie. Sandano hatte das kostbare Tafelservice aus dem 18. Jahrhundert aus dem Haus der Eigentümer geschafft, indem er es aus dem dritten Stock fallen ließ. Sein Komplize sollte es auffangen, aber wie üblich schlug sein Plan fehl.

»Ja«, sagte er zerknirscht. »Das habe ich irgendwie vermasselt. Es ist mir immer noch schleierhaft, warum mein Bruder auf der anderen Seite gewartet hat. Aber sonst war es eine gute Idee. Erst als das Zeug auf den Boden geknallt ist, kam die Polizei.«

»So ein Pech aber auch. Und dann hast du ein Geständnis abgelegt, obwohl der Diebstahl gar nicht auf dein Konto gegangen ist. Ganz schön doof, was?«

»Werden Sie doch nicht gleich persönlich. Die haben gesagt, ›wir wissen ganz genau, daß du das warst, und wir kriegen dich auf jeden Fall dran. Da kannst du noch so oft behaupten, daß du bloß der Kurier warst. Lege lieber ein Geständnis ab, dann sorgen wir für eine leichte Strafe und vergessen das Meißener Porzellan.‹«

»Und sie haben Wort gehalten, oder?«

»Ich sag ja gar nichts. Aber ich war's nun mal nicht.«

»Ach, du Armer«, sagte sie. »Laß mich raten. In Wirklichkeit hast du das Bild in einem Mülleimer gefunden. Wär doch ein schönes Geschenk für Mami, hast du dir gedacht. Du legst es also ins Auto, und bevor du es hübsch einpacken und deiner Mami verehren kannst, fallen diese schrecklich mißtrauischen Polizisten über dich her.«

»Gar nicht so falsch.«

Flavia gab ihm mit einem sehr irritierten Blick zu verstehen, daß sie langsam die Geduld verlor.

»Hören Sie zu, ich sage Ihnen, wie es war«, brummte er. »Man hat sich bei mir erkundigt, ob ich an einem Auftrag als Kurier interessiert bin. Ich sollte etwas über die Grenze schaffen. Fünf Millionen Lire für einen Tag Arbeit, die Hälfte im voraus. Ich wollte wissen, was ich transportieren soll, und der Mann hat gesagt, ein Paket ...«

»Welcher Mann?«

Sandano musterte sie spöttisch. »Ein Freund von einem Freund von einem Freund von mir, der mir gelegentlich einen Auftrag vermittelt. Wer der Auftraggeber war, ging mich nichts an. Ich sollte einfach nur das Paket im Bahnhof aus einem Schließfach holen und in Zürich wieder in ein Schließfach stecken. Den Schlüssel sollte ich an ein Postfach in Bern schicken. Dann wäre die zweite Hälfte des Gelds fällig gewesen. Ich konnte die Carabinieri nicht überzeugen, weil ich da noch keine Ahnung hatte, wer hinter der Sache steckte.«

»Aber heute weißt du es?« fragte Flavia.

»Warum sollte ich es Ihnen sagen?«

»Weil es sonst sehr unangenehm für dich werden könnte. Andererseits ist es ja nur eine Frage der Zeit, bis du das nächste Mal hopsgehst, und dann wäre ich möglicherweise bereit, deinen Fall in einem milderen Licht zu sehen. Betrachte es als Zukunftsinvestition. Also, wer hat das Bild gestohlen?«

Sandano tippte die Fingerspitzen aneinander und sah sie verstohlen und verschlagen an, was ein sehr unschönes Bild ergab.

»Sie halten meinen Namen aus der Sache heraus?«

»Natürlich.«

»Und Sie haben ein gutes Gedächtnis für Leute, die Ihnen einen Gefallen getan haben?«

»Giacomo! Ich vergesse meine Freunde nicht – und meine Feinde auch nicht. Sag mir alles, was du weißt.«

Sandano holte tief Luft. »Okay. Ich verlasse mich auf Sie.«

»Nun mach schon.«

»Damals hatte ich, wie gesagt, keine Ahnung, wer hinter der Sache steckte. Das wurde ja alles telephonisch geregelt. Für mich war das ein Auftrag wie jeder andere, und je weniger ich wußte, desto besser. Ich bin erwischt worden und habe meine Strafe abgesessen, und damit war der Fall erst einmal erledigt. Aber vor drei Monaten ist ein sehr eleganter Herr zu mir gekommen. Er wollte wissen, wie es dazu gekommen wäre, daß die Sache mit dem Fra Angelico schiefgelaufen ist, und man hat gemerkt, daß er ziemlich genau Bescheid wußte. Dann hat er gefragt, ob ich auch wirklich niemand etwas erzählt habe. Sonst wäre ich ja wohl nicht im Knast gelandet, habe ich gesagt, und das hat ihn wohl überzeugt. Er hat mir Geld gegeben und mich sehr für meine Diskretion gelobt.«

»Und was weiter?«

»Nichts weiter. Das ist alles.«

»Wieviel hat er dir gegeben?«

»Drei Millionen Lire.«

»Und nun kommt die entscheidende Frage: Weißt du, wer das war?«

»Ja.«

»Ja?«

»Ein Engländer.«

»Wie heißt er?«

»Forster.«

5

Constable Frank Hanson war ein besonnener Mann, wie geschaffen für den Alltag eines Polizisten auf dem Lande. Praktisch täglich machte er mit dem Auto feste Runden, fuhr von Dorf zu Dorf und hielt immer wieder an, um mit Leuten zu reden und seine Bürgernähe zu bekunden. Die kleinen Rechtsverstöße, die überall um ihn herum begangen wurden, übersah er, und so wurde er als guter, gewissenhafter Polizist geschätzt.

Hanson fand, daß man ihm zuviel Arbeit zumutete. Sein Bezirk war vor langer Zeit abgesteckt worden, in den glücklichen Tagen, als man auf dem Lande seines Lebens noch sicher war und außer einer gelegentlichen Wirtshausschlägerei und vereinzelten Fällen von Gewalttätigkeit in der Familie praktisch nichts anfiel. Inzwischen gab es jedoch kaum noch einen Unterschied zwischen dem Stückchen Norfolk, das ihm anvertraut war, und den schlimmsten Vierteln Londons, wo man ständig damit rechnen mußte, ins Jenseits befördert zu werden. In den letzten Jahren war eine Welle von Einbrüchen, Vergewaltigungen, Brandstiftungen, Autodiebstählen über die Dörfer der Gegend geschwappt und hatte ihm das Leben vergällt. Er fuhr nur noch von einem Weiler zum nächsten, um ein Protokoll aufzunehmen und den Betroffenen wider besseres Wissen zu versichern, daß die Täter bestimmt zur Rechenschaft gezogen würden. Jetzt war er gerade auf dem Weg zu Jack Thompson, einem sehr erfolgreichen Farmer, der wutschnaubend gemeldet hatte, daß sich seine Herde über Nacht um drei Kühe verkleinert hatte. Offenbar bekam es die Norfolker Polizei nun auch noch mit Viehdiebstahl zu tun. Viehdiebstahl! Er schnaubte angewidert. Und was kam als nächstes? Wurden die Dörfer demnächst von bewaffneten Banden Halbstarker aus Norwich überfallen? »Würde mich nicht wundern«, brummte er.

Es gibt eben keine Disziplin mehr, überlegte er dann – womit er bei seinem Lieblingsthema war.

Das ganze Land geriet ins Wanken. Nur noch Selbstsucht. Er gab der Regierung die Schuld. Sie gab den Leuten ein schlechtes Beispiel – und Staatsdienern wie ihm zu wenig Geld.

Man braucht sich nur diesen Idioten da vorne anzuschauen, dachte er. Eine vielbefahrene Landstraße mit gut ausgebautem Gehweg. Und was macht dieser Mensch? Hüpft auf der Straße herum, als wäre sie sein Privatbesitz. Denkt er vielleicht an die Gefahr, in die er sich und andere bringt? Natürlich nicht. Elf Uhr vormittags und schon betrunken.

Das ging nun wirklich zu weit. Oder der Kerl war nicht ganz richtig im Kopf. Was der für Luftsprünge machte! Diese Leute wurden ja heutzutage einfach in ihre Gemeinden zurückgeschickt, und niemand scherte sich darum, wie gefährlich das werden konnte. Auch das war ein Thema, über das sich Hanson manchmal ereiferte. Er trat auf die Bremse, um dem Mann gehörig die Leviten zu lesen.

»Gut, daß Sie mich gesehen haben«, sagte der blonde Mann, der einen etwas verwirrten Eindruck machte, sich aber deutlich artikulieren konnte.

»Das war kaum zu vermeiden, Sir«, sagte Hanson,

der sich gern in der besten Tradition des trockenen Polizistenhumors übte. »Meinen Sie nicht, daß Sie auf dem Gehweg besser aufgehoben wären?«

»Ich wollte nicht, daß Sie mich übersehen. Es ist wichtig.«

»Ach ja? Was ist denn so wichtig, Sir?«

Der Mann zeigte auf eine Einfahrt in ungefähr hundert Metern Entfernung. »In dem Haus, da ist einer …«, stotterte er.

»Würde mich nicht wundern, mein Herr. Das ist schließlich ein Wohnhaus und kein Hühnerstall.«

»Das sehe ich auch«, sagte der Mann ungeduldig. »Aber der Mann ist tot. Deshalb habe ich Sie angehalten.«

»Ach ja? Dann sehen wir uns das doch gleich mal an.«

Der Farmer Thompson mußte eben warten; seine Rindviecher waren vermutlich sowieso längst zu Hamburgern verarbeitet. Er gab über Funk seine Position durch und bog in die Einfahrt zum Old Mill House ein. Der Mann, der ihn angehalten hatte, lief hinter dem Polizeiauto her.

Hanson stieg aus. »Wären Sie so freundlich, mir Ihren Namen zu nennen, Sir?«

»Argyll. Jonathan Argyll. Ich war mit Forster verabredet. Auf mein Rufen hat niemand reagiert, aber die Tür stand einen Spaltbreit offen. Ich bin hineingegangen, und da lag er – und liegt er wohl noch.«

»Das sehen wir uns am besten gleich mal an.«

Constable Hanson schob sich vorsichtig durch die Haustür und trat in den Flur.

Der Mann am Fuß der Treppe war zweifelsohne tot. Der unnatürliche Winkel zwischen Kopf und Hals und die mit Blut verklebten schütteren blonden Haare deuteten auf die wahrscheinliche Todesursache hin. Constable Hanson wußte, daß Geoffrey Forster bis zum Tod von Miss Beaumont als Kunstexperte in Weller House tätig gewesen war.

Sein erster Gedanke war, daß Forster vielleicht einen Einbrecher überrascht hatte, da es in den letzten Wochen in dieser Gegend eine Einbruchsserie gegeben hatte. Vielleicht handelte es sich aber auch nur um einen Unfall. Diese alten Häuser mit ihren Reetdächern und weißgetünchten Mauern, die es den Städtern angetan hatten, mochten ja ganz hübsch sein, aber sie waren hoffnungslos unpraktisch und oft sogar für ihre Bewohner richtiggehend gefährlich. Er dachte jedenfalls gar nicht daran, in so ein Haus zu ziehen. Hanson stieg die Treppe hinauf, die spiegelglatt gebohnert war. Die oberste Stufe wackelte. Dann stieg er wieder herunter und forderte vom Auto aus über Funk Verstärkung an. Es war durchaus möglich, daß der Mann einfach nur die Treppe hinuntergestürzt war und sich das Genick gebrochen hatte. Wenn man wußte, ob etwas gestohlen worden war, sah man weiter.

Als er seine Meldung durchgegeben hatte und wieder aus dem Wagen gestiegen war, sah er Argyll zum Hoftor gehen: »Hallo! Wo wollen Sie hin?«

Erschrocken fuhr Argyll herum. »Ich sehe mich nur ein wenig um!« rief er. »Vielleicht finde ich einen sachdienlichen Hinweis.«

O Gott, dachte Hanson. So einer ist das. Der mußte natürlich auch noch einiges erklären.

»Lassen Sie das, und kommen Sie her. Ich will Sie im Blickfeld haben. Wer sind Sie denn eigentlich?«

Argyll kam auf dem knirschenden Kiesweg zu ihm und antwortete erst, als er vor ihm stand.

»Ich bin Kunsthändler und wollte mit Mr. Forster über ein Bild sprechen.«

»Über was für ein Bild?«

»Über ein Bild, das ihm vielleicht einmal gehört hat. Es ist gestohlen worden.«

»So, so«, sagte Hanson und hob die Augenbrauen.

»Ja«, fuhr Argyll nervös fort. »Ich wollte ihm ein paar Fragen zu diesem Bild stellen.«

»Woher rührt Ihr Interesse an dieser Sache? Ist das Bild in Ihrem Besitz?«

»O nein.«

»Hat er es Ihnen gestohlen?«

»Um Himmels willen, nein.«

»Aha. Ich würde sagen, Sie bleiben da stehen und warten, bis Sie Ihre Aussage machen können. Und rühren Sie ja nichts an.«

»Ich könnte mich doch ein wenig im Haus umsehen. Vielleicht finde ich etwas.«

»Nein, Sir«, sagte Hanson mit demonstrativer Engelsgeduld. »Sie rühren sich nicht von der Stelle, ja?«

Argyll vergrub die Hände in den Taschen und wartete die nächste halbe Stunde neben dem Polizeiauto auf das Eintreffen der Verstärkung. Es ging ein kalter Wind, und er fröstelte. Wenn er doch nur daran gedacht hätte, wie kalt ein englischer Sommer sein konnte.

Ein bißchen machte er sich aber doch nützlich, indem er die Leute abwimmelte, die zufällig auf der Straße vorbeigingen und von dem Polizeiauto angelockt wurden.

»Ein Unfall. Das überläßt man am besten den Fachleuten«, sagte er zu dem schmuddligen Mann, der mit seinem zottigen Hund und einer Plastiktüte voller Tiefkühlkost als erster durch das Tor kam. Der Mann hob die Brauen und schlenderte davon.

»Ein Unfall«, sagte Argyll kurz darauf erneut, diesmal zu einem gedrungenen jungen Mann, der nach einem Schlägertyp aussah und fasziniert zu dem Haus hinüberstarrte.

»Könnte aber auch ein Einbruch gewesen sein«, setzte Argyll hinzu. Das Gesicht des jungen Mannes verfinsterte sich schlagartig, und er hastete schnell davon.

»Ein Unfall.« Diesmal kam eine Frau Mitte fünfzig mit hellwachen Augen auf das Haus zu, um zu sehen, was vorgefallen war. »Weitergehen, bitte.« Das hatte er immer schon einmal zu jemandem sagen wollen.

»Reden Sie keinen Unsinn.« Seine angemaßte Autorität wurde so wenig ernst genommen, wie sie es verdiente. Dann rief die Frau erstaunlich laut: »Hanson! Kommen Sie doch mal!«

Es machte großen Eindruck auf Argyll, daß der Polizist sofort aus dem Haus kam und der Frau sehr viel freundlicher begegnete als ihm. Fast schon ehrerbietig.

»Was ist denn um Himmels willen hier los?« fragte sie.

»Mr. Forster ist tot, Mrs. Verney. Wie es aussieht, ist das Genick gebrochen.«

Mrs. Verney sah ihn überrascht an, bewahrte jedoch Haltung und verschwendete auch keine Zeit auf Ausrufe des Bedauerns oder Entsetzens.

»Wann ist das passiert?«

Hanson schüttelte den Kopf. »Ich glaube, es ist schon eine ganze Weile her. Die Leiche ist bereits kalt. Er scheint die Treppe hinuntergestürzt zu sein.« Er zeigte auf Argyll.

»Dieser Gentleman hat ihn gefunden.«

»Vor circa zehn Minuten«, erläuterte Argyll. »Ungefähr um elf. Ich war mit ihm verabredet.«

Die Frau musterte ihn kurz und beachtete ihn dann nicht mehr. »Könnten Sie mich auf dem laufenden halten?« fragte sie Hanson. »Das Haus hat früher uns gehört, und die Treppe ist wahrscheinlich immer noch nicht repariert. Die oberste Stufe wackelt. Aber ich habe Forster extra darauf hingewiesen ...«

Constable Hanson sagte, das müßten die Spezialisten untersuchen. Mrs. Verney blieb unschlüssig stehen und dachte nach.

»Nun ja«, sagte sie dann. »Sollten Ansprüche gegen mich geltend gemacht werden, weil ich das Haus mit einer schadhaften Treppe verkauft habe, würde ich das gern so schnell wie möglich erfahren. Komm, Frederick.« Sie pfiff dem Labradorhund, der unter den Rosenhecken herumgeschnüffelt hatte. Falls man es doch mit einem Verbrechen zu tun hatte und der Täter Fußabdrücke oder sonstige Spuren auf dem Hof hinterlassen hatte, waren sie vielleicht längst verwischt.

Die Frau ging weiter.

»Wer war denn das?« fragte Argyll. Er versuchte ein Gespräch anzuknüpfen, um sein Verhältnis zu dem Polizisten zu verbessern.

»Mrs. Mary Verney«, sagte Hanson. »Die Gutsbesitzerin am Ort. Aber machen Sie sich keine falschen Vorstellungen. Eigentlich ist sie gar nicht von hier, und besonders viel Land besitzt sie auch nicht mehr. Sie hat das Gut erst vor kurzem übernommen. Nach dem Tod ihrer Cousine.«

»Ah.«

Damit war ihr Gespräch auch schon beendet, da die

Verstärkung eintraf. Alle möglichen Spezialisten machten sich an die Arbeit.

Die Mühlen der Gerechtigkeit begannen also langsam und bedächtig zu mahlen. Man knipste Fotos, maß Entfernungen ab, runzelte die Stirn, inspizierte Fenster, kratzte sich am Kinn. Eine Leiche wurde weggebracht und eine Aussage zu Protokoll genommen. Die ganze Prozedur dauerte Stunden und erbrachte, soweit Argyll sah, nicht gerade viel.

Die Spezialisten für Fingerabdrücke qualmten wie die Schlote und gelangten, wie alle anderen Experten auch, zu der vorläufigen Einschätzung, daß der Tod durch einen Sturz von der Treppe verursacht worden war. Sie hatten sich jedoch noch keine Meinung dazu gebildet, was zu diesem Sturz geführt hatte.

Da sie nichts wirklich Aussagekräftiges fanden, reagierten sie so ähnlich wie Flavia bei Sandano: Sie hielten sich an Argyll schadlos und unterzogen ihn einem stundenlangen Verhör. Er machte den Vorschlag, man könnte bei der Spezialeinheit Kunstkriminalität in Rom anrufen, wenn man Referenzen über seinen untadligen Charakter und seine guten Beziehungen zur Polizei einholen wollte. Am wenigsten Verständigungsschwierigkeiten hätte man wohl, wenn man nach einer gewissen Signorina di Stefano fragte, die hervorragend Englisch spräche.

Sehr ungern kam der versammelte polizeiliche Sachverstand schließlich zu der Erkenntnis, daß Forster zwar möglicherweise von der Treppe gestoßen worden war, Argyll aber kaum als Täter in Frage käme. Das vorläufige ärztliche Gutachten stellte fest, daß Forster mindestens schon zwölf Stunden tot gewesen war, als er gefunden wurde, und Argyll konnte ohne Schwierigkeiten nachweisen, daß er sich da noch in London aufgehalten hatte. Das ließ sich schlecht miteinander verbinden, wenn man auch ein besonders raffiniertes Täuschungsmanöver nicht ausschließen wollte. Außerdem hatte Bottando – da Flavia nicht da war – ohne weiteres bestätigt, daß er Argyll an sich für einen gesetzestreuen Bürger hielt.

»Sind Sie davon ausgegangen, daß dieses Bild in Forsters Besitz war?« fragte Inspector Wilson.

»Nein. Das hätte mich sogar sehr überrascht. Wer ein Bild stiehlt, wird es kaum mehr als zwanzig Jahre lang behalten.«

»Aber Sie hatten den Eindruck, daß er weiß, wovon Sie reden, als Sie ihn am Telefon auf das Bild angesprochen haben.«

»Ja, den Eindruck hatte ich.«

»Kennen Sie das Bild?«

»Es wurde mir erst vor ein paar Tagen beschrieben. Davor hatte ich noch nie von dem Bild gehört. Es war eine Madonna mit Kind.«

»Ein Foto haben Sie nicht zufällig?«

Argyll schüttelte den Kopf und sagte, daß gar kein Foto von dem Gemälde existiere.

»Aha. Vielen Dank, Sir. Als Sie dann hier angekommen sind ...«

Und schon ging es weiter mit den Fragen.

Irgendwann war es dann endlich überstanden.

»Ach, eins noch. Ihr Paß.«

»Was ist damit?«

»Könnte ich ihn haben, Sir?«

»Was? Wieso?«

Wilson lächelte bedauernd. »Bestimmt bekommen Sie ihn in ein paar Tagen zurück.«

»Soll das heißen, ich sitze hier fest?«

Wilson lächelte ihn erneut an.

»Und was ist mit meinem Geschäft? Ich lebe doch in Italien.«

»Eben. Deshalb möchte ich ja Ihren Paß.«

»Aber ich bin doch nicht verhaftet? Verdächtigen Sie mich einer Straftat?«

»Nein, nein. Es könnte aber sein, daß wir noch einmal mit Ihnen sprechen müssen, und dann ist es für uns viel einfacher, wenn Sie in der Nähe sind.«

Der Inspektor war sehr höflich, ließ sich aber nicht erweichen. Mißmutig und ein wenig beunruhigt überreichte ihm Argyll seinen Paß. Er hatte sich nie klargemacht, daß er so einfach eingezogen werden konnte. Nun war er weg und fehlte ihm doch sehr.

Nachdem man ihm gesagt hatte, daß zu gegebener Zeit eine weitere Aussage von ihm benötigt würde, überließ man ihn sich selbst. Er wußte allerdings nicht so recht, was er in einem Dorf wie Weller mit sich anfangen sollte. Er ging durch die Dorfstraße und kam zu der Bushaltestelle. Auf dem Fahrplan sah er, daß der letzte Bus nach Norwich schon weg war, und einen Zug nach London gab es bestimmt nicht mehr. Er mußte sich wohl hier eine Unterkunft suchen oder die Polizei bitten, ihn nach Norwich mitzunehmen.

Da ihm die Zigaretten ausgegangen waren, ging er zuerst einmal in den Laden, um Nachschub zu besorgen und sich auch gleich nach einer Unterkunft zu erkundigen.

Hinter dem Ladentisch des winzigen Raums, der als Dorfladen und Post in einem diente, stand eine mürrische Frau mit einem käsigen Gesicht.

»Fünf Päckchen Rothmans«, sagte er und sah sich nach geeigneten Notrationen um, aber alles Eßbare befand sich entweder in Dosen oder seit ewigen Zeiten tiefgefroren in einer Kühltruhe oder war mit einer Staubschicht bedeckt. Er begnügte sich also mit Keksen. Richtig gute Kekse gab es in Italien nämlich nicht. Jedenfalls keine mit Schokoguß.

Er wandte sich noch einmal an die Frau, die ihm ein Musterbeispiel für die Gefahren von Inzucht und schlechter Ernährung zu sein schien. »Können Sie mir sagen, ob es im Dorf ein Gasthaus gibt? Oder Fremdenzimmer?«

»Sind Sie Polizist?«

»Nein.«

»Zwölf Pfund fünfzig.«

»*Was?*«

»Für die Zigaretten. Zwölf Pfund fünfzig.«

»Meine Güte«, sagte er und reichte ihr widerstrebend das Geld. »Gibt es ein Hotel?«

»Kein Hotel.«

»Aber ein Pub gibt es«, sagte eine fröhliche Stimme hinter ihm, die ihm bekannt vorkam. Er drehte sich um und sah den Labradorhund Frederick in der offenen Tür stehen. »Die Fremdenzimmer sind allerdings mit Vorsicht zu genießen.«

»Ratten«, sagte er enttäuscht.

»So ist es«, bestätigte Mary Verney gleichmütig und folgte dem Hund in den Laden. »Für ein oder zwei Nächte wird es aber schon gehen. Läßt man Sie wegen Geoffrey nicht weg?«

Von Diskretion hielt diese Frau anscheinend nicht viel. Argyll ging zur Tür, weil er aus den Augenwinkeln sah, wie sich die blasse Verkäuferin langsam näherschob und die Ohren spitzte. Mrs. Verney folgte ihm aus dem Laden.

»Wie heißen Sie?« fragte sie.

Sie hatte eine angenehme, melodische Stimme, die allerdings schwer einzuordnen war. Aber das kam ihm wahrscheinlich nur so vor, weil sie weder Anleihen bei dem breiten ländlichen Idiom der Einheimischen noch bei der mandelstrangulierenden Sprechweise englischer Adliger machte.

Argyll stellte sich vor.

Sie war eine Dame von angenehmem, sehr englischem Äußeren im Tweedkostüm, das mit Labradorhundehaaren übersät war. Eine resolute Person mit frischem Teint, den sie womöglich Jagdausflügen bei jedem Wetter verdankte.

»Ich will nachher gleich Abendbrot machen. Möchten Sie mitessen? Dann könnte ich Sie so richtig über die Sache mit Geoffrey ausquetschen. Ich muß Sie warnen. Die Polizei gibt sich schrecklich zugeknöpft, und ich sterbe vor Neugier.«

Nach kurzem Zögern nahm Argyll die Einladung an. Es war eine nette Abwechslung, und vielleicht erfuhr auch er Neuigkeiten.

Sie gingen gemeinsam die Dorfstraße zurück und bogen in einen breiten Zugang ein. Seine Gastgeberin erzählte ihm von einer Eichelhäherfamilie und von einem verheerenden Ulmensterben, das die ganze Gegend verändert hatte. Frederick tollte umher und schnupperte genüßlich an allen morastigen Stellen. Mrs. Verney unterbrach ihr Geplauder immer wieder, um ihn zu rufen oder ihm zu pfeifen.

Jetzt fand Argyll, daß es im Grunde gar kein übles Dorf war. Wenigstens lag es in einem der wenigen Winkel von East Anglia, die nicht topfeben und den eisigen Polarstürmen schutzlos preisgegeben waren. Allerdings war nicht zu übersehen, daß es in vergangenen Jahrhunderten bessere Zeiten gesehen hatte. Es zählte vermutlich kaum tausend Einwohner, die größtenteils in winzigen Cottages an der Dorfstraße oder in abgelegenen Farmhäusern oder Landarbeiterhäuschen wohnten. Die Kirche hingegen hätte einer mittelgroßen Stadt alle Ehre gemacht: die gesamte Einwohnerschaft des Dorfes konnte nicht einmal die Sitzplätze füllen. Der wuchtige viereckige Turm beherrschte das Dorf und sein Umland. Man hatte den Eindruck, daß sich die Gegend noch nicht so recht vom Schwarzen Tod erholt hatte.

Außerdem gab es eine kleine Ansammlung von Neubauten am Dorfrand – und das Herrenhaus, auf das sie nun zugingen. Argyll schätzte Weller House auf das 17. Jahrhundert. Man erreichte es von der Straße aus auf einem großartigen, wenn auch etwas vernachlässigten Zufahrtsweg.

Allerdings hatte man dem Gebäude im 19. Jahrhundert auf einer Seite eine neoklassizistische und dann, ein paar Jahrzehnte später, auf einer anderen Seite eine neogotische Fassade gegeben. Seither hätte es sich vorzüglich als Paradebeispiel für ein Lehrbuch über Baustile geeignet. Trotzdem war es sehr ansprechend und imponierte im Umkreis von dreißig Kilometern allen mächtig; eben weil es kein gewaltiger Palast, sondern ein großzügiges Haus war, in dem es sich leben ließ.

Und himmlisch ruhig ist es hier, fügte er in Gedanken hinzu. Das Herrenhaus lag ungefähr einen Kilometer außerhalb des Dorfes. Vom gemeinen Volk trennte es ein weitläufiger, wenn auch etwas verwilderten Park, der in eine verwahrloste Waldung überging, und eine hohe Steinmauer mit einem großen, verrosteten Eisentor zur Hauptstraße hin. Früher einmal hielt man sich mit der Mauer die Bauern vom Leib, heute sperrte man den Lärm der modernen Zeiten aus.

Aber leider genügten Steinmauern dazu nicht. Während Argyll noch staunte, wie ruhig es hier war, hörte er von Ferne ein leises Donnergrollen, das immer lauter wurde und sich in ein hohes Jaulen verwandelte. Plötzlich schossen über ihren Köpfen, mit einem Knall, der den Boden unter den Füßen erbeben ließ, zwei äußerst bedrohlich wirkende schwarze Flugobjekte durch den Himmel. Als sie über den Bäumen verschwunden waren, verebbte der Krach allmählich.

»Was war denn *das?*« fragte er seine Gastgeberin, die diesem Phänomen keinerlei Beachtung zu schenken schien und nur auf ihre Armbanduhr sah.

»Halb sechs«, sagte sie kryptisch. »Die haben wohl mal wieder Schottland bombardiert.«

»Wie bitte?«

»Das sind F1-11er«, erläuterte sie gleichmütig, und für den Fall, daß es mit Argylls Flugzeugkenntnissen nicht zum besten bestellt sein sollte, fügte sie hinzu: »Amerikanische Bomber. Sie sind ungefähr acht Kilometer von hier stationiert, und wir liegen in der Einflugschneise. Manchmal sind sie ziemlich übermütig, und wenn sie dann zwischen den Bäumen diesen breiten Zugang sehen, müssen sie unbedingt direkt darauf zuhalten. Verdammt laut, was?«

»Kann das niemand unterbinden? Früher oder später stürzt das Haus ein, wenn es ständig so erschüttert wird.«

Sie zeigte auf einen langen Riß im Mauerwerk. »Ich versuche den Amerikanern klarzumachen, daß das ihre

Piloten waren und daß sie dafür aufkommen müssen. Zwar hege ich den Verdacht, daß die Brüder Wright noch nicht einmal auf der Welt waren, als sich der Riß gebildet hat, aber das brauche ich ihnen ja nicht auf die Nase zu binden. Wenn ich Glück habe, bekomme ich noch eine Entschädigung, bevor sie abziehen.«

»Wohin wollen die denn?«

Sie zuckte die Schultern. »Dahin, wo sie hergekommen sind. Sie schließen den Stützpunkt, weil sie finden, es gibt nichts mehr, wogegen man uns verteidigen müßte. Eine Katastrophe ist das.«

»Warum denn? Dann wird es hier doch viel ruhiger.«

»Das ist es ja gerade. Bisher sind wir hier von Pendlern verschont geblieben, weil es ihnen zu laut ist. Wenn der Krach wegfällt, wird Weller zu einer Schlafgemeinde. Außerdem waren die Amerikaner sehr großzügig. Sie haben im weiten Umkreis für alle Häuser doppelverglaste Fenster bezahlt, und sie haben alle Straßen, auf denen ihre Lastwagen fahren, neu asphaltiert. Es ist ihnen eben sehr wichtig, daß man sie sympathisch findet. Großartige Leute. Dagegen kommt die Gemeinde nicht an. Aber jetzt ist das Fest vorbei.«

6

Flavia war guter Dinge aus Florenz zurückgekehrt und ging vor dem Feierabend noch im Büro vorbei, um Bottando zu berichten, was sie herausgefunden hatte. »Ist er da?« fragte sie Paolo, der vor der Kaffeemaschine stand.

»Glaub' schon«, antwortete ihr Kollege. »Aber paß auf. Er ist schon den ganzen Nachmittag der reinste Miesepeter. Eigentlich wollte ich für die Ergreifung des Leonardo-Manns einen Tag Sonderurlaub beantragen, aber als ich in sein Büro kam, hab' ich's mir anders überlegt. Er macht ein Gesicht, das eher nach einer Zusatzschicht am Sonntag aussieht.«

»Warum?«

»Keine Ahnung. Er wird wohl langsam alt. Da kann einer noch so gut gewesen sein; wenn er zu lange das gleiche macht ...«

Aha. Gewarnt sein, heißt gewappnet sein. Paolo war zum Feind übergegangen. Sie stieg die Stufen hinauf, um Bottando Bericht zu erstatten.

Er nahm allerdings nur mit einem geistesabwesenden Kopfnicken zur Kenntnis, was sie ihm sagte.

»Was ist passiert?« fragte sie. »Paolo sagt, Sie sind schon den ganzen Tag miesepetrig.«

»So, so. Er hält wohl nicht viel von Diskretion, und außerdem bin ich nicht miesepetrig, sondern so geladen wie noch nie.«

»Wegen Argan?«

Bottando nickte.

»Die Disketten, die ich Ihnen gegeben habe?«

Wieder nickte er. »Argan hat einen großen Teil der Giotto-Unterlagen geklaut und gelesen. Dann hat er ein langes Memorandum verfaßt, in dem es heißt, daß wir viel Zeit und Geld auf Fiktionen verschwenden und vom Wesen der modernen Kriminalität keine Ahnung haben. Er vermittelt den völlig falschen Eindruck, daß wir uns ernsthaft mit dem Giotto-Material befassen, und behauptet, ich sei von meinen Theorien so besessen, daß ich die Abteilung mit meinen einfältigen Ideen an einer effizienten Arbeit hindere. Seinen Vorwurf stützt er auf deinen Besuch bei dieser Fancelli und auf deine Reise nach Florenz. Woher er weiß, daß du dort auch etwas in dieser Sache unternommen hast, ist mir schleierhaft.«

»Hups!« Kein besonders erhellender Kommentar, aber eine verständliche Reaktion, da sich Flavia fragte, ob sich Paolo damit womöglich dem ›neuen Besen‹ zur Beförderung empfohlen hatte.

»Er stellt mich als unfähig, wenn nicht senil dar und kommt zu dem Schluß, daß die Spezialeinheit einen neuen Chef braucht.«

»Einen gewissen Corrado Argan?«

»Das sagt er natürlich nicht ausdrücklich.«

»Löschen Sie doch einfach die Diskette.«

»Was bringt das?«

»Einen gewissen Zeitgewinn.«

»Dafür ist es zu spät. Er hat das Memorandum bereits ausdrucken lassen und fünfzehnmal verschickt.«

»Fünfzehnmal?«

»Vom Minister an abwärts.«

»O je.«

»Mehr fällt Ihnen dazu nicht ein? Ich könnte den Mistkerl umbringen!«

»Ganz ruhig bleiben.«

»Warum zum Teufel sollte ich ruhig bleiben?«

»Es hat keinen Sinn, aus Argan einen Dämon zu machen.«

»Es würde mich nicht so in Rage bringen, wenn nicht ausgerechnet heute Anhaltspunkte dafür aufgetaucht wären, daß uns diese Frau auf eine heiße Spur gesetzt hat. Wohin sie führt, weiß ich natürlich nicht, und jetzt kann ich es mir nicht leisten, der Sache nachzugehen.«

»Was für Anhaltspunkte?«

»Die englische Polizei hat Erkundigungen über Ihren Jonathan eingezogen. Er hat herausgefunden, daß Forster Kunsthändler war. Der Mann ist neulich tot aufgefunden worden. Könnte Mord gewesen sein.«

»Wirklich?« sagte Flavia interessiert.

Bottando gab die paar Informationen, die er hatte, an sie weiter.

»Na, jedenfalls rechtfertigt das Ermittlungen«, kommentierte Flavia.

»Sofern es nicht doch ein Unfall war. Die englische Polizei will wissen, ob bei uns etwas gegen Forster vorliegt und ob er hier private oder geschäftliche Kontakte hatte. Das ist ziemlich unangenehm.«

»Warum? Das ist doch reine Routine.«

»Klar. Aber wenn sie ein offizielles Amtshilfeersuchen stellen, wird nicht verborgen bleiben, daß wir uns ohnehin schon für diesen Kerl interessieren, und dann wird mir Argan falsches Spiel vorwerfen, weil ich behauptet habe, daß wir uns nicht mit ihm beschäftigen. Ich meine, Ihre Aktionen hätte ich immer noch mit dem Übereifer einer unerfahrenen Untergebenen abtun können …«

»Oh, vielen Dank.«

»Bei einem Amtshilfegesuch, das auf Telephonate mit mir Bezug nimmt, kann ich das nicht. Vermutlich wollte uns Ihr Jonathan einen Gefallen tun, aber wie gewöhnlich hat er das Gegenteil erreicht. Sie haben ihm doch gesagt, er soll sich da raushalten?«

»Na ja …«

»Oh.«

»Aber es ist eigentlich ganz gut, daß er sich nicht rausgehalten hat«, fuhr sie energisch fort. »Ich habe nämlich mit Signora della Quercia gesprochen. Sie ist zwar total bekloppt, aber ihr Gequassel scheint im Einklang mit dem zu stehen, was uns die Fancelli erzählt hat. Sie hat sich sogar an Forster und Fancelli erinnert.«

»Hmm.«

»Für wichtiger halte ich allerdings meine Unterhaltung mit Sandano. Er behauptet, die Carabinieri hätten ihm ein falsches Geständnis abgepreßt, und in Wirklichkeit wäre er nur der Kurier gewesen und habe den Fra Angelico gar nicht gestohlen.«

»So, so.«

»Sein Auftraggeber war ein Engländer namens Forster.«

Bottando sah sie gequält an. »O Gott.«

»Mit seiner Ehrlichkeit ist es nicht weit her, aber das Ding in Padua war gut geplant und wurde ohne Pannen durchgeführt. Es ist nur gescheitert, weil ein Zöllner sehr gut aufgepaßt hat. Hört sich das etwa nach Sandano an?«

»Eigentlich nicht«, entgegnete Bottando nachdenklich. »Wir hätten also ein paar interessante Anhaltspunkte …« Er rieb sich das Kinn und trommelte mit den Fingern auf dem Schreibtisch herum. »Wenn wir ihnen nachgehen, lassen wir uns auf eine Art Glücksspiel ein.

Falls wir aber etwas zutage fördern, können wir Argan als Verleumder hinstellen …«

»Da werden Sie sich auf Ihr Gefühl verlassen müssen.«

»Mein Gefühl sagt mir, daß ich vorsichtig sein sollte, weil sich sonderbare Dinge ereignen.« Er ließ sich das Problem noch eine Weile durch den Kopf gehen, doch dann schlug er mit der flachen Hand auf den Tisch. »Gut«, sagte er. »Mir reicht's. Wir wollen doch mal sehen, was wir herausbekommen.«

7

Argyll lehnte am Tresen und versuchte sich zwischen hartgekochten Eiern, eingelegten Zwiebeln und Schweinebauch zu entscheiden. Er war kurz vor neun in den Pub gekommen und wollte noch schnell etwas essen, bevor er sich auf die Zimmersuche machte.

Man könnte ihm aber auch ein gutes Schinkensandwich herrichten, hieß es. Vielleicht war sogar noch eines von heute mittag übrig.

Entsetzt schüttelte er den Kopf und bestellte ein Bier und ein Päckchen Kartoffelchips.

»Das kann man Ihnen wirklich nicht verdenken«, sagte eine Stimme, die bestimmt nicht aus dem Dorf stammte. Schon eher aus Wisconsin oder so. Argyll wandte den Kopf und sah am anderen Ende des Tresens zwei Männer stehen: einen griesgrämigen alten Einheimischen und einen mürrischen jungen Amerikaner in Uniform, von dem wohl der Kommentar zur traditionellen Pubkost stammte.

Nun schaltete sich der verschrumpelte Alte in das Gespräch ein. »Sie sind neu hier, nicht wahr? Hab ich Sie heute morgen nicht beim Haus von Forster gesehen?« fragte er vorwurfsvoll von seinem Barhocker herab. »›Weitergehen‹ haben Sie gesagt. Sie sind wohl Polizist?«

Vermutlich wußte inzwischen ganz East Anglia, wer er war und wollte sich mit ihm über Geoffrey Forster unterhalten. Wenn – wie bei Mary Verney – für ihn auch etwas dabei heraussprang, konnte ihm das nur recht sein. Er sah keinen Grund zur Diskretion.

»Nein«, sagte er. »Ich habe nur die Leiche gefunden.«

»Haben Sie ihn umgebracht?«

Er fand diese Frage reichlich impertinent, beeilte sich jedoch zu versichern, daß Forster schon tot gewesen wäre, als er ihn gefunden habe.

»Wer war's dann?«

»Warum meinen Sie, daß es sich um Mord handelt?«

»Weil der Kerl nichts anderes verdient hat.«

»Genau«, sagte der Mann aus Wisconsin, der nicht gerade ein Konversationsgenie zu sein schien, und stierte in sein Bier.

»Das ist Hank«, sagte der Alte. »Einen Nachnamen hat er auch, aber der ist unaussprechlich. Ich heiße George.«

Argyll nickte höflich.

»Wen hat die Polizei in Verdacht?« hakte der Alte nach. »Hat man vielleicht jemand vom Tatort schleichen sehen?«

»Davon ist mir nichts bekannt. Ich weiß auch gar nicht, ob es ein Verbrechen war.«

»Mrs. Verney haben Sie vermutlich schon getroffen?« fragte George unvermittelt.

»Ja. Eine sympathische Frau.«

»Na ja, bei der weiß man nicht so recht.«

»Nein? Warum?«

»Sie ist gar nicht von hier. Sie ist erst zugezogen, als sie nach dem Tod von Miss Veronica Weller House geerbt hat.«

»Ich weiß.«

»Sie kennt die hiesigen Gepflogenheiten nicht.«

»Was für Gepflogenheiten?«

»Sie strengt sich an, das muß man ihr zugute halten, aber sie weiß nicht Bescheid. Ich denke da zum Beispiel an das Dorffest.«

»Was ist mit dem Dorffest?« fragte Argyll höflich und überlegte sich, wie er das Gespräch wieder auf Forster bringen könnte. Seltsamerweise schienen sie nicht über ihn reden zu wollen. Eigentlich hätte er gedacht, daß es nach einem richtigen Mord im Dorf nur noch ein Gesprächsthema gebe.

»Angeblich war sie verhindert und ist gar nicht gekommen. Sie ist eben viel zu wenig da. Ständig fährt sie nach London oder sonstwohin. Miss Veronica hat ihr Lebtag kein Dorffest versäumt, obwohl sie so oft krank war.«

»Du quasselst zuviel, George«, bemerkte der Wirt im Vorübergehen, als er ein leeres Bierglas abräumte. »Es interessiert den Gentleman nicht, was du über Mrs. Verney zu sagen hast.«

»Stimmt, ich würde lieber etwas über Geoffrey Forster hören.« Vielleicht ließ sich ja mit Direktheit mehr erreichen.

»Pah! Das war ein Dreckskerl!« verkündete George. »Es spricht für Mrs. Verney, daß sie nichts mit ihm zu tun haben wollte. Sie ist vielleicht ein bißchen eigenartig, aber dumm ist sie nicht.«

»Warum hat sie ihm dann ein Haus verkauft?«

»Das war Miss Veronica. Sie fand ihn ganz großartig, aber sie war natürlich auch ein bißchen ...«

»Jetzt reicht's, George«, sagte der Wirt in scharfem Ton. »Solches Gewäsch dulde ich hier nicht.«

Was für Gewäsch? dachte Argyll. Komm schon, alter Dummkopf. Hör nicht auf ihn ...

»Das ist kein Gewäsch«, maulte George. »Ich sag ja gar nichts.«

»Noch ein Bier?« fragte Argyll.

»Nichts dagegen. Für mich ein Pint, bitte. Und für meinen Hund ein halbes.« Vom Fußboden blickte eine kleine Promenadenmischung, die einen ziemlich alkoholisierten Eindruck machte, erwartungsvoll zu ihnen herauf. Der amerikanische Flieger sagte, er müsse in die Kaserne und verließ mit einigen Kameraden, die erstaunlich gut Darts gespielt hatten, das Lokal.

Als Herr und Hund ihr Bier schlabberten, machte Argyll einen weiteren Vorstoß.

»Was war denn mit Miss Beaumont?«

Verstohlen wandte George den Kopf, und als er sah, daß der Wirt gerade am anderen Ende des Tresens ein Guinness zapfte, nutzte er die günstige Gelegenheit. Er tippte sich an die Schläfe und flüsterte so laut, daß man es auch noch auf dem Parkplatz hören konnte: »Die war plemplem. Das sollte natürlich keiner erfahren, aber anscheinend mußte sie haufenweise Tabletten schlucken. An Tabletten ist sie dann ja auch gestorben. Die arme Mrs. Verney hat sie gefunden. Sie hat sich um Miss Veronica gekümmert, als sie so schwer krank war. Sonst wollte von den Verwandten ja niemand etwas mit ihr zu tun haben. Dann war sie mal einen Tag in London, und als sie abends zurückkam, lag Miss Veronica tot im Bett.«

»Und Forster? Auf den sind Sie ja nicht gut zu sprechen.«

George verzog das Gesicht. »Das war ein übler Bursche. Um den tut es mir wirklich nicht leid. Schade, daß *Sie* ihn nicht umgelegt haben, junger Mann.«

»Wieso denn?«

»Weil ich Ihnen sonst einen ausgegeben hätte.«

»Das nächste Bier geht sowieso auf Ihre Rechnung. Was war denn so übel an Forster?«

»Er war ein verlogener und bösartiger Hund.«

»Wie hat sich das denn konkret geäußert«, fragte Argyll.

»Etwas Konkretes erfahren Sie von mir nicht. Ich habe nur nie verstanden, wie Miss Veronica Umgang mit ihm pflegen konnte, wenn Sie verstehen, was ich meine. Die arme Frau hätte sich längst von ihm trennen sollen.«

»Ah.«

»Das war einer von denen, die sich nie im Pub sehen ließen«, steuerte der Wirt mißbilligend bei.

Argyll nippte an seinem Bier. Er fand das alles nicht sehr interessant, aber wenn Forster auf Distanz zum Dorf bedacht war, wußten die Dörfler wohl ohnehin nicht viel über seine Tätigkeit als Kunsthändler. Da konnte ihm höchstens Mrs. Verney weiterhelfen. Er mußte sie noch einmal in ein längeres Gespräch verwickeln.

»Sagen Sie, haben Sie Fremdenzimmer?« fragte er und gab den Versuch auf, im Pub neue Erkenntnisse zu gewinnen.

Schon beim ersten Blick in die kahle Kammer, in die er ein paar Minuten später geführt wurde, lief es ihm kalt über den Rücken. Wenn man sich umbringen wollte, und vielleicht auch wenn man möglichst romantisch ein mißachtetes Meisterwerk schreiben wollte, war man hier richtig; wollte man einfach nur gut schlafen, bestimmt nicht. Der Preis, den der Wirt nannte, wobei er anständigerweise verlegen lächelte, schreckte Argyll endgültig ab – und brachte ihn auf eine Idee. Es war zwar ein bißchen unverschämt, aber schließlich hatte sie es ihm angeboten.

Er ging die Dorfstraße noch einmal zurück, und das freundliche Licht in mehreren Räumen von Weller House ermutigte ihn, zu klopfen.

»Guten Abend. Ich bin's noch mal«, sagte er mit

einem unsicheren Lächeln, als Mrs. Verney erstaunt den Kopf durch die Tür steckte.

»Jonathan! Das ist eine schöne Überraschung! Ich dachte schon, der Einbrecher, den wir hier im Dorf haben, verschont mich jetzt doch nicht mehr. Kommen Sie herein. Ich sitze am Kamin und trinke Kakao.«

»Im Regenmantel?«

»Wie? Nein, nein. Ich habe gerade Holz hereingeholt. Das habe ich übrigens mit meinen eigenen zarten Händen gespaltet. Auch eine der Fähigkeiten, die ich meiner privilegierten Stellung verdanke. Kommen Sie. Möchten Sie auch einen Kakao? Und vielleicht ein Stück Kuchen?«

Das Wasser lief ihm im Munde zusammen, und obwohl er versuchte, sich nichts anmerken zu lassen, war ihm offenbar anzumerken, daß mit einem Stück Kuchen allein nicht viel getan wäre.

»Haben Sie Hunger?« fragte sie mütterlich besorgt.

»Hmm«, machte er unschlüssig.

»Ich habe recht, nicht wahr?«

Der Hunger besiegte die Höflichkeit. »Ich bin schon halb verhungert«, sagte er. »Ich habe den ganzen Tag nichts gegessen.«

»Sie Armer. Die Küche im Pub ist wirklich nicht jedermanns Sache. Haben Ihnen die Wurstbrötchen den Appetit verdorben?«

»Die hätte ich schon noch verkraftet. Aber die hartgekochten Eier in Wurstbrät ...«

»Ach ja, die Scotch Eggs. Habe ich einmal und nie wieder gegessen. Ich kann Ihnen Eier mit Speck machen, und ich habe frisches Brot und Butter im Haus. Das ist auch schon alles, aber wenigstens sind die Eier ganz frisch. Ich habe nämlich eine Henne. Ich halte sie im Prunkschlafzimmer.«

»Nicht doch«, sagte er. Wobei er allerdings hoffte, daß sie seinen Protest als Höflichkeitsfloskel übergehen würde, und das tat sie auch, indem sie seinen Einwand auf das Huhn bezog.

»Warum denn nicht? Ich habe sonst keine Verwendung für dieses Zimmer, und Hennen sind recht sauber, wenn man sie richtig hält. Kommen Sie in die Küche. Es dauert nicht lange.«

Er machte es sich bequem und genoß das behagliche Gefühl, das es einem Mann vermittelt, wenn er von einer Frau bekocht wird, die seine Mutter sein könnte.

»Gibt es wirklich einen Einbrecher im Dorf?« fragte er.

»Ich würde schon sagen, daß es ein Einheimischer ist.« Sie schlug Eier in eine Schale und machte sich mit dem Speck zu schaffen.

»Warum?«

»Weil nur bei den fremden Eindringlingen eingebrochen wird.«

»Bei den Amerikanern?«

»Gott bewahre. An die traut sich keiner ran, weil man allgemein der Ansicht ist, Amerikaner schlafen mit der Maschinenpistole unter dem Kopfkissen. Nein, bei den englischen Eindringlingen wird eingebrochen. Die Polizei sieht den Grund darin, daß sie die größeren Häuser haben, aber meiner Meinung nach ist es die Rache der Dörfler. Mir hat man freilich keine Schwierigkeiten gemacht. Man betrachtet mich zwar nicht als Einheimische, aber doch als eine Art Fremdling mit angestammtem Wohnsitz.«

»Wen haben Sie im Verdacht?«

»Ich tippe auf Gordon. Das ist ein recht ungestümer junger Mann mit vielen zweifelhaften Freunden. Vom Lohn können sie sich die Autos, mit denen sie herumfahren, bestimmt nicht leisten. Die meisten von ihnen haben sowieso keine Arbeit.«

Sie schob Eier und Speck in den Backofen, schnitt dicke Scheiben Brot ab, und legte sie auf den Tisch.

Argyll versuchte zur Sache zu kommen. »Ich dachte, auf dem Land gibt es praktisch keine Kriminalität.«

»Wenn man bedenkt, daß Sie heute morgen vielleicht ein Mordopfer entdeckt haben, ist das eine etwas blauäugige Feststellung. Manchmal geht es hier zu wie im Wilden Westen. Sie müßten mal sehen, wie die sich am Freitagabend vollaufen lassen, und was es dann für Schlägereien gibt.«

»Unter den Dörflern?« fragte er ungläubig.

»Wenn sie nicht doch lieber die eigene Frau verprügeln.« Sie sah ihn grinsend an. »Man merkt, daß Sie noch nie auf dem Land gelebt haben. Sie meinen, da gibt es nichts als reetgedeckte Cottages, Apfelwein und lebhaftes Treiben im Heu.«

Argyll mußte lächeln, weil sie ihm eine so absurde Meinung unterstellte.

»So ist es aber nicht, mein Lieber«, fuhr sie fort. »In einem englischen Dorf gibt es das ganze Leben mit all seinen Grausamkeiten. Jane Austen hat nur einen Bruchteil vom Leben auf dem Lande gekannt. Ehebruch, Inzest und was es da noch so alles gibt. Sogar einen gräßlichen Mörder haben wir zu bieten. Es ist der Kirchenvorsteher.«

»Sie scherzen.«

»Er hat seinen Bruder gehaßt, und der hat es auf äußerst mysteriöse Weise fertiggebracht, sich mit der Kettensäge das Bein abzusägen und auf einem Feld zu verbluten. Man könnte daraus schon gewisse Schlüsse ziehen. Nicht, daß die Polizei sich dazu genötigt gesehen hätte.«

»Haben die Angehörigen denn nicht protestiert?«

»Außer seiner Frau gibt es keine. Und ihre Affäre mit seinem Bruder hat ihn vermutlich zum Mord getrieben.«

»Oh«, sagte er, mit vollem Mund Brot kauend.

»Sie sind wirklich halb verhungert, nicht?«

Er nickte. »Aber glauben Sie bitte nicht, daß ich hergekommen bin, um mich bei Ihnen sattzuessen.«

»Das hätte mir nichts ausgemacht. Ich genieße meine Freiheit, seit meine Kinder flügge geworden sind, aber am Abend fühle ich mich in diesem riesigen Kasten manchmal doch ein bißchen einsam.«

»Hm.«

»Hier sind Ihre Eier mit Speck und Ihr Kakao«, sagte sie, womit das Gespräch fürs erste endete, da er sich ganz auf das Essen konzentrierte. Er hatte einen Bärenhunger und merkte zudem nach einer Weile, daß es vorzüglich schmeckte. Sie hatte den in Streifen geschnittenen Speck gegrillt und den Boden einer Schüssel damit belegt. Dann hatte sie ein Stückchen Butter, drei verquirlte Eier und einen Schuß Sahne zugegeben, reichlich frischgemahlenen Pfeffer darübergestreut und die Schüssel in den Backofen geschoben. Wunderbar.

Schließlich sah er mit gelblich umrandetem Mund vom Teller auf. »Entschuldigen Sie die Frage, aber haben Sie im Ausland gelebt?«

»Wie kommen Sie darauf, Sherlock?«

»Ihre Eier mit Speck sind dermaßen unorthodox«, antwortete er.

»Ach ja. Sie haben recht. Beim Kochen verraten einen schon Kleinigkeiten. Da genügt es, daß ich die Bohnen nicht eine Dreiviertelstunde lang koche. Aber verraten Sie mich bitte nicht. Es ist schon schlimm genug, daß die Leute hier mich für eine Londonerin halten. Trotzdem hätte ich jetzt nicht gedacht, daß Sie durch das Essen draufgekommen sind.«

»Warum?«

»Weil Sie im Pub waren. Es hätte mich nicht gewundert, wenn Ihnen sofort meine Lebensgeschichte aufgetischt worden wäre.«

»Ein oder zwei Bemerkungen sind gefallen«, sagte er. »Nicht, daß man Sie schlechtgemacht hätte, aber die Sache mit dem Dorffest scheint Ihr Ansehen etwas lädiert zu haben.«

»O Gott!« rief sie entnervt. »Das wird man mir wohl nie verzeihen! Wissen Sie, seit Veronicas Tod habe ich außer diesem einen Fest praktisch keine Veranstaltung im Dorf versäumt. Andauernd gehe ich zu irgendwelchen Feiern. Daß Privilegien soviel Arbeit mit sich bringen, hätte ich wirklich nicht gedacht. Von den ganzen Babys und Schweinen und preiswürdigen Pfingstrosen, die ich bewundern muß, bekomme ich schon Alpträume. Und das nächste Rosinenbrötchen, das ich essen muß, kommt mir bestimmt gleich wieder hoch. Ich hatte am Tag des Dorffests einen Termin und konnte nicht hier sein. Der Pfarrer hat es bestimmt viel besser eröffnet, als ich es gekonnt hätte. Die Leute hier begreifen nicht, daß es Leben außerhalb von Norfolk gibt.«

»Kann ich mir vorstellen.«

»Entschuldigen Sie, aber manchmal ist es wirklich zum Verrücktwerden. Was hat man Ihnen sonst noch erzählt?«

»Nicht viel. Ich wollte eigentlich mehr über Forster erfahren.«

»Und?«

»Ich habe herausbekommen, daß Ihre Cousine ihn

mochte und ihm ein Haus verkauft hat, und daß Sie ihn nicht mochten. Das ist eigentlich schon alles.«

»Von George Barton?«

»Ich glaube schon. Von einem alten Mann mit einem Hund.«

»Genau. George ist die örtliche Radarstation.«

»Er wirkt etwas trübsinnig.«

»Ich hätte gedacht, er ist in Festtagsstimmung. Forster wollte ihn per Räumungsklage aus seinem Cottage vertreiben, um ein Wochenendhaus für reiche Londoner daraus machen zu können. Jetzt kommt George vermutlich in den Genuß eines Vollstreckungsaufschubs. Aber verraten Sie mir doch, was Sie noch einmal hergeführt hat, wenn es nicht das Essen war.«

»Das traue ich mich kaum zu sagen. Ich wollte Sie um einen noch größeren Gefallen bitten.«

»Heraus damit.«

»Sie haben mir doch quasi eine Unterkunft angeboten ...«

»Ist im Pub kein Zimmer frei?«

»Schon, aber ...«

»Es ist nicht gerade das Hilton, stimmt's? Mit dem größten Vergnügen. Es ist ja nicht so, daß ich keinen Platz hätte. Sie haben die Wahl zwischen zwölf Schlafzimmern. In den meisten hat seit mindestens zehn Jahren niemand mehr geschlafen.«

»Erinnert irgendwie an das Pub.«

»Aber hübscher eingerichtet sind die Zimmer bei mir schon. Jedenfalls die, in denen sich nicht die Tapeten abgelöst haben, weil es hereingeregnet hat. – Sagen Sie, sind Sie verheiratet?«

»Wie?«

»Sind Sie verheiratet?«

»Nein. Noch nicht direkt.«

»Aber bald?«

»Vielleicht.«

»Noch nicht direkt? Vielleicht?«

»Flavia ist zwar in den meisten Dingen schnell wie ein geölter Blitz, aber wenn es darum geht, ob wir heiraten sollen, bewegt sie sich so langsam wie eine Schnecke.«

»Vielleicht sollten Sie selber aktiver werden?«

»Bitte?«

»Entschuldigung. Geht mich schließlich nichts an.«

»Schon in Ordnung. Sie haben vermutlich recht. Also jedenfalls ...«

»Hat sie auch mit Kunst zu tun?«

»Wer?«

»Ihre Verlobte.«

»In gewisser Weise schon«, sagte Argyll. »Macht es Ihnen wirklich nichts aus, mich aufzunehmen? Ich weiß, es ist eine Zumutung, und ich frage Sie mit einem furchtbar schlechten Gewissen ...«

»Sie können bleiben oder gehen. Aber bleiben Sie nicht mit schlechtem Gewissen. Das ist völlig fehl am Platz.«

»Dann bleibe ich.«

»Na also. War doch gar nicht so schwer, oder?« sagte sie mit einem freundlichen, ein wenig spöttischen Lächeln. »Es macht mir überhaupt nichts aus. Ich habe gern Gesellschaft. Und wenn Sie mir dann noch sagen, was Ihrer Meinung nach Geoffrey Forster zugestoßen sein könnte ... Das ist vermutlich das Aufregendste, was seit dem Einfall der Sachsen in Weller geschehen ist.«

8

Flavia legte auf und rief zufrieden: »Ha!« Argyll hatte gegen elf Uhr vormittags (nach Greenwicher Zeit gegen zehn) angerufen, um sich zu erkundigen, was er ihrer Ansicht nach denn nun machen solle. East Anglia war zwar durchaus ein hübsches Fleckchen Erde, wenn man sich auch leicht einen Schnupfen holen konnte, aber er wollte die Gastfreundschaft nicht überbeanspruchen.

»Bei wem bist du denn?« hatte sie gefragt. Bei seiner Antwort hatte er ziemlich weit ausgeholt und nicht nur von der berühmten Gastfreundschaft und den vielen überzähligen Zimmern des englischen Adels erzählt, sondern auch davon, daß die Zentralheizung englischer Herrenhäuser den Unbilden eines englischen Sommers nicht unbedingt gewachsen war.

»Es liegt mir fern, dich einfach so für uns einzuspannen, aber ich fände es schon gut, wenn du dortbleiben und die Ohren aufsperren könntest. Falls du dabei herausfinden solltest, daß Forster ein Dieb war, vielleicht sogar ein großer Fisch, wären wir dir dankbar bis in alle Ewigkeit. Bottando setzt sich endlich zur Wehr.«

»Ich weiß zwar nicht, wovon du redest, aber das macht nichts.«

»Könntest du eventuell Forsters geschäftliche Unterlagen durchsehen?«

»Wohl kaum. Ich würde da jedenfalls niemanden dranlassen, wenn ich bei der englischen Polizei wäre. Aber ich kann's ja mal versuchen.«

»Das ist nett von dir. Ach ja, wie ist es in London gelaufen?«

»Bei Byrnes?« Argyll kam nur ungern auf seine berufliche Misere zu sprechen. »Ganz gut, würde ich sagen. Er findet, ich sollte in meinem Geschäftsgebaren nicht so zimperlich sein – und diese Dozentenstelle in Betracht ziehen.«

»Das meine ich auch. Wirst du auf ihn hören?«

»Ich bin mir nicht so sicher, ob ich der gleichen Meinung bin wie du und Byrnes. Und wie Mrs. Verney. Aber ich werde mich jedenfalls noch diese Woche entscheiden.«

»Das ist ja schon ein großer Fortschritt. Deine Gastgeberin – was ist das denn für eine Frau?«

»Sie ist ganz reizend. Eine großartige Lady.«

»Will sie nicht zufällig ein paar Bilder kaufen?«

»Leider nicht. Sie ist ungefähr so flüssig wie ich, aber bei ihr spielt sich das natürlich in anderen Dimensionen ab. Sie würde wohl eher welche verkaufen.«

»Sie hat Bilder?«

»Ziemlich viele sogar. Ich habe mich heute morgen ein bißchen umgesehen, als sie nicht da war. Die Bilder sind ganz in Ordnung, aber etwas Besonderes ist nicht dabei. Die Familie Beaumont hatte wohl einen recht konventionellen Geschmack, und alle wertvollen Stücke hat Forster verkauft.«

»Wer?«

»Na, Forster.«

»Nein. Ich meine doch ... Hast du nicht Beaumont gesagt?«

»Ja. Warum?«

»Weil es bei Signora della Quercia eine Beaumont gab, hinter der Forster her war.«

»Klingt nach Cousine Veronica«, sagte Argyll. »Mrs. Verney war wohl nie der Typ für ein Mädchenpensionat, in dem man sich die feine Lebensart beibringen läßt. Soll ich sie fragen?«

»Das wäre nett.«

Nach dem Gespräch ging Flavia zu Bottando. Er hatte schon wieder schlechte Laune und erzählte ihr, daß Argan eine Haftstrafe für den Leonardo-Fälscher durchzusetzen versuchte und den Einbruch in einem Antiquitätengeschäft in der Via Giulia zum Anlaß nahm, die ganze Einheit der Schludrigkeit zu bezichtigen. Die Täter waren mit einem kleinen Lastwagen rückwärts in das Schaufenster gestoßen, hatten aufgeladen und waren davongefahren. So etwas gab es doch fast jeden Tag. Bottando hatte nicht begriffen, warum sich Argan ausgerechnet über diesen Fall so ereiferte, bis jemand darauf hingewiesen hatte, daß das geplünderte Geschäft Argans Schwiegersohn gehörte.

»Bei diesen vergeblichen Leonardos habe ich gesagt, das sind doch Lappalien, aber das läßt er natürlich nicht gelten. Wenn ein Fall die Presse interessiert, muß man sich eben profilieren.«

»So schnell wird das aber nicht gehen. Bei diesem Fall brauche ich für die Berichte und den ganzen Schreibkram mindestens einen Monat.«

»Ach ja?«

»Wenn Ihnen daran liegt, auch noch länger.«

»Großartig«, sagte Bottando und nickte zufrieden. »Wir machen doch noch einen richtigen Apparatschik aus Ihnen. Und wie sieht es im Fall Forster aus?«

»Gar nicht schlecht. Signora Fancellis Beschuldigungen werden zum Teil durch das erhärtet, was Signora della Quercia erzählt, und Sandano bringt Forster mit dem Diebstahl des Fra Angelico in Verbindung. Außerdem war er für eine Beaumont tätig, die Signora della Quercias Mädchenpensionat absolviert hat. Und jetzt ist er bekanntlich tot, aber die englische Polizei weiß noch nicht, ob er einfach von der Treppe heruntergestürzt ist oder gestoßen wurde.«

»Hmm. Irgendwelche Hinweise auf Langfingrigkeit?«

»Jonathan hat nichts dergleichen gehört, aber er weist zu Recht darauf hin, daß die Polizei ihn wohl kaum ins Vertrauen ziehen würde. Es ist nicht gerade ideal, daß wir uns ganz auf seine Informationen stützen müssen.«

Bottando nickte nachdenklich. »In schnörkellose Prosa übersetzt heißt das wohl, Sie wollen nach England, um sich selber ein Bild zu machen.«

Flavia gab zu, daß ihr dieser Gedanke auch schon durch den Kopf gegangen war.

»Und was ist mit unserem Freund Argan? Für den war schon Ihre Fahrt an den Stadtrand von Rom eine krasse Verschwendung öffentlicher Mittel.«

Sie sah zur Decke hinauf und studierte die Spinnweben, die sich in einer Ecke ausbreiteten. »Noch hat er Ihr Amt nicht übernommen, oder?«

»Sie wissen genau, was ich meine«, sagte Bottando mit finsterem Blick. »Bringt uns das etwas, oder geben wir nur Argan zusätzliches Material gegen uns in die Hand?«

Sie schüttelte den Kopf. »Das ist Politik. Mit der Polizeiarbeit hat das nichts zu tun. Aus meiner bescheidenen Sicht reichen unsere Anhaltspunkte zur Einleitung von Ermittlungen. Ob Argan ein Hinderungsgrund ist, müssen Sie entscheiden. Wollen Sie, daß ich eine völlig berechtigte Untersuchung abbreche, weil er Ihnen das Amt abjagen möchte?«

Seufzend fuhr sich Bottando mit der Hand über das Gesicht. »Zum Teufel mit diesem verdammten Kerl! Und mit Ihnen auch. Das will ich natürlich nicht! Aber lange darf es nicht dauern, ja? Wenn Sie nicht schnell fündig werden, kommen Sie zurück. Ich werde mich nicht wegen Ihres Spesenkontos hängen lassen.«

Flavia verbarg ihre Freude, so gut es ging. Es war lange her, seit man ihr das letzte Mal so eine Spritztour genehmigt hatte, und es lag durchaus im Bereich des Möglichen, daß sie etwas Interessantes zu Tage förderte. Sie trank ihren Kaffee aus und begann sofort mit den Reisevorbereitungen.

Für die Norfolker Polizei war ein junger Mann namens Gordon Brown der Ausgangs- und erhoffte Endpunkt der Ermittlungen im Mordfall Geoffrey Forster – wenn es sich denn um Mord handelte.

Auf den ersten Blick sprach jedenfalls viel für oder eigentlich eher gegen Gordon. Selbst seine Freunde gaben zu, daß er ein Esel war und einem Hang zur Gewalttätigkeit nachgab, wenn er Wut oder ein, zwei Pints zuviel im Bauch hatte. Dazu kam natürlich, daß er als der Einbrecher von Weller galt. An sich hatte er im Dorf sehr gute Beziehungen: Seine Mutter führte Mary Verney stundenweise den Haushalt, und seine Frau Louise war die ältere Tochter George Bartons. Das Verhältnis zwischen den Familien Brown und Barton hatte sich von dieser Verbindung allerdings nicht mehr erholt, da George Barton von Leuten wie Gordon Brown wenig, und von der Art, wie der Kerl seine Tochter behandelte, gar nichts hielt.

Niemand zog ernstlich in Zweifel, daß Gordons Mutter, die Haushälterin Margaret Brown, den Abend mit hochgelegten Beinen vor dem Fernseher verbracht hatte und daß seine Ehefrau Louise rein gar nichts zur Klärung des Sachverhalts beitragen konnte, da sie den ganzen Abend mit ihrer Schwester verbracht hatte und von den Umtrieben ihres Mannes nichts wußte und nichts wissen wollte. Der Mutter konnte man es aber beim besten Willen nicht abnehmen, daß ihr ergebener Sohn den ganzen Abend nicht von ihrer Seite gewichen war. Das wäre, wie Constable Hanson sich ausdrückte, das erstemal seit Menschengedenken gewesen.

Zu Gunsten des jungen Gordon wurde ins Feld geführt, daß er schon aus Feigheit nicht für einen Mord in Frage kam und daß es gar nicht zu ihm paßte, einen Kunsthändler auszurauben. Für den Diebstahl eines Farbfernsehers oder eines Videogeräts war er natürlich immer gut. Das wußte schließlich jeder, obwohl er aus unerfindlichen Gründen noch nie dabei erwischt worden war. Für mehr aber auch nicht.

Jedenfalls holte man Gordon frühmorgens um zehn aus dem Bett und transportierte ihn ab, um ihn ordentlich in die Mangel zu nehmen.

Zur Erheiterung der Polizei war es ihm und seiner Mutter nicht gelungen, ihre Geschichten aufeinander abzustimmen. Gordon war zuerst halsstarrig und führte sich dann unmanierlich auf, aber der Polizist, der ihn verhörte, fand trotzdem schnell heraus, daß etwas nicht ganz stimmen konnte, wenn die Mutter sich an einen harmonischen Abend zu zweit erinnerte und der Sohn davon sprach, daß er den ganzen Abend in seinem Zimmer Musik gehört habe.

Gordon versuchte diese Unstimmigkeiten zu beheben, indem er seine Geschichte ein wenig abänderte, doch der Polizist wies mit kaum verhohlenem Vergnügen darauf hin, daß seine Mutter merkwürdigerweise der Überzeugung war, einen Spielfilm auf ITV und nicht etwa ein Fußballspiel auf BBC 1 gesehen zu haben.

»War das ein Fußballfilm, Gordon? Oder habt ihr zwei Fernseher in einem Zimmer? In jeder Ecke einen?«

Gordon konnte sich nun einmal nicht geschlagen geben und behauptete: »Zuerst haben wir uns den Film angesehen und dann das Fußballspiel.«

Der Polizist zog eine Zeitung vom Vortag aus der Tasche und schlug das Fernsehprogramm auf. »Seltsamerweise finde ich im Programm von gestern gar kein Fußballspiel. Was war das denn für eine Begegnung, Gordon?«

Knurrend versank Gordon in düsteres Schweigen.

»Ganz, wie du willst. Aber es sieht gar nicht gut für dich aus, mein lieber Gordon. Warum sagst du uns nicht einfach, was du angestellt hast?«

»Ich weiß nicht, wovon Sie reden.«

»Den Mann einfach umzubringen! Daß du einen Mord begehst, hätte ich wirklich nicht von dir gedacht. Das ist scheußlich.«

Gordon wurde blaß. »Ich habe niemand umgebracht«, sagte er. »Wovon reden Sie überhaupt? Was für ein Mord?«

Der Polizist ignorierte Gordons Fragen. Die Gerichtsmediziner waren noch zu keinem Ergebnis gekommen, aber einen Versuch war es wert gewesen. Bisher ließ sich nur sagen, daß Forster beim Sturz von der Treppe das Genick gebrochen hatte, daß sein Blutalkohol sich in vernünftigen Grenzen hielt und daß er zum Abendessen Lammkoteletts und Karotten verspeist hatte. Zweifellos alles sehr interessant, aber wenn man zur entscheidenden Frage kam, nahmen die Mediziner Zuflucht zu ihrem Fachjargon und drückten sich um eine klare Antwort herum.

Der Polizist unternahm einen zweiten Versuch, zu einem schnellen Ergebnis zu kommen. »Vielleicht könnte man die Tat aber auch als Totschlag betrachten, oder womöglich sogar als Notwehr – wenn du höflich darum bittest und uns das Leben leicht machst.«

Leider hatte Gordon seine Geisteskräfte, die ohnehin nicht sehr hoch entwickelt waren, jetzt ganz abgeschaltet. Mit düsterer Miene saß er auf seinem Stuhl und formte mit den Lippen Wörter wie »Willkür«, »Schikanen«, »Brutalität«.

Der Polizist erhob sich seufzend. »Nun gut. Bis dann, Gordon. Lange wird es bestimmt nicht dauern, bis wir uns wiedersehen.«

Als Argyll seinen Morgenspaziergang beendet hatte, half er Mary Verney, das Gemüse fürs Mittagessen zu schneiden.

»Die Polizei hat heutzutage einen Hang zur Geheimniskrämerei«, stellte sie fest. »Man braucht nur nach der Uhrzeit zu fragen, und schon wird man argwöhnisch beäugt als wäre man eine Spionin oder was weiß ich. Wenn man mit Polizisten zu tun hat, muß man sehr bestimmt auftreten. Dabei fällt mir ein, daß Ihre Verlobte angerufen hat. Flavia. So heißt sie doch?«

»Ja«, sagte er und wunderte sich ein wenig über ihre Gedankenverbindungen.

»Sie hört sich ganz reizend an«, fuhr Mrs. Verney fort, »und sie spricht hervorragend Englisch. Sie kommt heute abend nach England, und ich soll Ihnen ausrichten, daß sie Sie anruft, wenn sie bei der Londoner Polizei war.«

»Ah!« rief Argyll erfreut.

»Wären Sie so gut, mir das zu erläutern?«

»Was?«

»Den Besuch bei der Londoner Polizei.«

Argyll zögerte mit der Antwort, aber im Grunde fand er ihren Wunsch berechtigt. »Ganz einfach«, sagte er. »Sie ist bei der italienischen Polizei, genauer gesagt bei der Spezialeinheit Kunst. In letzter Zeit sind Verdachtsmomente gegen Forster aufgetaucht.«

»Ach ja?«

»Ich halte das im Grunde für ziemlich dummes Zeug, aber es muß eben überprüft werden. Forster hätte demnach jede Menge Bilder gestohlen, angefangen mit einem Uccello in Florenz vor vielen Jahren. Der Chef der Spezialeinheit hat nämlich mal die These aufgestellt, daß seit zig Jahren ein mysteriöser Meisterdieb sein Unwesen treibt, und neulich hat eine alte Dame in Rom Forster beschuldigt.«

»Forster? Glauben Sie, daß da was dran ist?«

»Woher soll ich das wissen? Aber mit Sicherheit gibt es Tausende von ungelösten Fällen, für die man nur zu gern jemand verantwortlich machen würde.«

»Das ist zweifellos richtig, aber Forster kann die Polizei getrost vergessen«, sagte sie. »Im übrigen hatte ich immer die romantische Vorstellung, ein Meisterdieb müßte schon etwas darstellen. Wenn ein kleiner Fiesling wie Geoffrey Forster sich als einer entpuppen sollte, wäre das für mich eine herbe Enttäuschung. Der Mann war zwar ein Schwindler und ein ziemliches Schwein, aber zum Meisterdieb hatte er bestimmt nicht das Zeug.«

»Das glaube ich Ihnen gern, aber da er nun mal ins Gerede gekommen ist, muß der Sache nachgegangen werden.«

»Schon möglich«, sagte sie nachdenklich. »Aber das wäre ein weiterer Punkt, den Sie mir erläutern müßten.«

»Was?«

»Was das mit Ihnen zu tun hat.«

»Eigentlich gar nichts. Weil ich gerade in England war, hat man mich gefragt, ob ich mich mal ein bißchen umhören könnte. Ich habe Forster angerufen, er wollte sich mit mir unterhalten, und ...«

»... als sie ankamen, war er tot. Schon ein bißchen seltsam, finden Sie nicht?«

»Doch. Und die Polizei findet das leider auch. Sonst wäre ich gar nicht mehr hier.«

»Ich bekoche hier doch hoffentlich keinen Mörder?«

Argyll schüttelte den Kopf.

»Na, Gott sei Dank. Wie wollen Sie sich die Zeit vertreiben, bis Ihre Flavia kommt?«

Er wollte sagen, er könnte sich ja mal ihre Kunstsammlung näher ansehen, aber sie ließ ihn gar nicht zu Wort kommen und fragte gleich weiter: »Wie gut sind Sie als Klempner?«

»Als Klempner?«

»In einem der Schlafzimmer tropft es von der Decke, weil der Wassertank auf dem Speicher undicht ist. Ich komme zwar mit dem elektrischen Strom ganz gut zurecht, aber mit der Klempnerei habe ich wirklich nichts am Hut.«

Argyll flüchtete sich in eine detaillierte Schilderung seines letzten Versuchs, bei einem Wasserhahn in seiner Wohnung eine Dichtung auszuwechseln, und beschrieb die Folgen, die das hatte, mit zahlreichen Anspielungen auf die Arche Noah, um deutlich zu machen, daß es nicht ratsam wäre, ihn mit der Reparatur von Wassertanks zu beauftragen. »Aber ich verstehe was von Bildern«, fügte er hinzu.

Sie fand jedoch, daß es Wichtigeres gebe als einen Haufen alter Bilder. Man würde sowieso nichts Wertvolles finden, da von Forster das ganze Haus systematisch gefilzt worden sei. Sie habe sehr genau nachgesehen, das dürfe er ihr ruhig glauben, und anschauen könne er sich den Schaden doch wenigstens mal.

Er folgte ihr gehorsam die breite Treppe hinauf. In dem Zimmer, in das sie ihn führte, tropfte es von der Decke, die wie ein einziger mit grünlichem Schimmel überzogener Wasserfleck aussah.

»Da haben wir's«, sagte sie. »Wenn nicht bald etwas geschieht, kommt die ganze Decke herunter, aber wer kann sich heute noch einen Klempner leisten? Was die verlangen, das ist schlicht unverschämt.«

Die zweite Hälfte ihres Geschimpfes hörte Argyll gar nicht mehr, da er an der Wand ein Bild entdeckt hatte, das ihn in seinen Bann zog.

Es war Liebe auf den ersten Blick. Das gibt es hin und wieder. Das Bild war schlecht gerahmt, und man hatte es in eine dunkle Ecke verbannt. Es wirkte vernachlässigt und alleingelassen wie ein kleines Gassenkind, aber Argyll mochte es deshalb nur um so lieber. Hätte Byrnes seine unverhohlene Bewunderung gesehen, wäre wieder ein Hinweis auf seine größte Schwäche als Kunsthändler fällig gewesen. Denn als er das Bild sah, witterte Argyll nicht Profit. Er überlegte sich auch nicht, wer es gemalt haben könnte oder wer als Käufer in Frage käme. Es gefiel ihm einfach, und weil man das arme kleine Ding achtlos und anonym an die Wand gehängt hatte, mochte er es noch lieber.

Es handelte sich einfach nur um die Skizze eines Handtellers mit dem Daumen und einem Finger, also ein Motiv, das die Kunstakademien ihre Studenten seit Jahrhunderten üben ließen, da es wohl keinen Teil der menschlichen Anatomie gibt, der sich schwerer richtig erfassen läßt. Das Bild war klein, unsigniert, stockfleckig – und ganz erstaunlich.

»Was ist das für ein Bild?« fragte er Mary Verney und machte keinen Hehl daraus, wie gut es ihm gefiel.

»Das da? Keine Ahnung. Das hat wohl schon immer da gehangen. Vermutlich von einem Familienmitglied. Es gab ja mal Zeiten, in denen den jungen Frauen dergleichen beigebracht wurde.«

»Sehr hübsch, nicht?«

»Ich kann nicht behaupten, daß ich es mir jemals angesehen hätte«, sagte sie mit einem Schulterzucken und kam zu ihm herüber, um es in Augenschein zu nehmen. »Stimmt. Recht hübsch, sofern man Daumen mag.«

Argyll gab keine Antwort, sondern inspizierte das Bild genauer. Nach der typischen dilettantischen Malklasse im Familienkreis sah es nicht gerade aus.

»Ist das wertvoll?« fragte sie. »Nach Veronicas Tod hat Forster Leute von einem Auktionshaus kommen lassen, um alles schätzen zu lassen, aber die haben das Bild kaum beachtet. Das war übrigens das letzte, was er im Auftrag von Weller House getan hat, bevor er von mir gefeuert wurde. Veronica hat auch nie von dem Bild geschwärmt. Dabei hielt sie sich für sehr kunstverständig und geschmackssicher.«

»War sie das auch?«

»Sie ist jedenfalls ständig in Kunstgalerien gerannt.«

»Ach ja? Sie hat sich nicht zufällig den letzten Schliff in einem Mädchenpensionat in Florenz geben lassen?« fragte er.

»Würde mich nicht wundern. So ein snobistischer Unsinn sah ihr ähnlich. Wie kommen Sie darauf?«

»Die Frau, die Forster beschuldigt hat, sprach auch von einer Beaumont.«

»Interessant.«

»Sagen Sie – es gibt nicht zufällig Unterlagen zu Ihren Bildern? Vielleicht würde ich da etwas über die Zeichnung finden ...«

Sie schüttelte den Kopf. »Schon Forster hat vergebens gesucht. Keine Bestandslisten, keine Rechnungsbücher, rein gar nichts. Aber man müßte doch meinen, wenn es eine gute Zeichnung ist ...«

»Nebensächlich«, bemerkte Argyll leichthin. »Die Leute geben ihr Geld im Grunde für den Herkunftsnachweis und nicht für die Bilder selber aus. Es hat lange gedauert, bis mir das klar wurde. Die Signatur des Künstlers und der Herkunftsnachweis sind zehnmal soviel wert wie das Bild als solches.«

»Wie albern die Leute doch sind!«

»Kann man wohl sagen. Vielleicht hat Forster die Unterlagen übersehen?«

»Vielleicht«, sagte sie schulterzuckend. »Aber völlig verblödet war er auch wieder nicht, und er muß doch sehr daran interessiert gewesen sein, Unterlagen zu finden. Er hat ja einiges von hier verkauft, und dann hätte er dafür sehr viel mehr bekommen.«

»Könnte ich sicherheitshalber noch mal nachsehen?«

»Meinetwegen«, seufzte sie, »aber Sie werden nichts finden. Falls wider Erwarten doch noch etwas da sein sollte, müßte es auf dem Speicher sein.«

»Gut.«

»Und da steht auch der Wassertank«, fügte sie hinzu.

»In Ordnung«, sagte er. »Ich werde sehen, was ich tun kann.«

Er ging hinter ihr zuerst die zweite, etwas wacklige Treppe hinauf und dann über eine Trittleiter in den Speicher.

»Ich fürchte, hier staubt es ein bißchen«, sagte die Meisterin des Understatement. »Und es riecht auch ein bißchen streng. Der Wassertank müßte da drüben stehen, und die Kartons mit dem ganzen Papierkram auf der anderen Seite.«

Argyll versprach, sich um beides zu kümmern, so gut er konnte – was beim Wassertank schon nach fünf Minuten geschehen war. Er stellte fest, daß ein Verbindungsstück undicht war, eine Reparatur, die seine Möglichkeiten bei weitem überstieg und für die ein Klempner geholt werden mußte. Damit hatte er diesen Auftrag zu seiner eigenen Zufriedenheit erledigt und konnte seine Aufmerksamkeit interessanteren Fragen zuwenden. Emsig stöberte er in den Kartons am anderen Ende des Speichers herum, die eine Unmenge Papiere enthielten. Zuerst war er sich fast sicher, daß sich sämtliche Unterlagen, die Forster vergeblich gesucht hatte, hier finden würden, aber bald schwand sein Optimismus. Er fand Ehe- und Güterrechtstreuhandverträge, die vom unaufhörlichen Gefeilsche um Besitztümer zeugten, das der Liebe im 17. Jahrhundert zugrundelag – und scheinbar auch noch bis weit ins 20. Jahrhundert hinein, da der letzte Packen sich mit Cousine Veronicas Verehelichung befaßte. Man hatte aber auch alltägliche Schreiben aus dem 19. Jahrhundert aufgehoben, die sich mit der Gutswirtschaft befaßten, und die Korrespondenz von Familienmitgliedern aus jüngerer Zeit. Nirgends ein Hinweis auf Bilder, dachte er, als er einen neuen Karton zu sich herzog und hineinlinste. Der Inhalt war mit einer Schnur zusammengebunden, an der ein Schildchen mit der Aufschrift ›Mabel‹ hing.

Das geht dich nun wirklich nichts an, dachte er – und machte den Karton auf. Außerdem kannst du damit doch nicht deine Zeit vertrödeln, sagte er sich und nahm ein Bündel Briefe heraus. Die Mutter seiner Gastgeberin hatte sie geschrieben. Das würde mir Mary nie verzeihen, befürchtete er und machte es sich zum Lesen bequem.

Sein Gewissen wollte sich zwar nicht beschwichtigen lassen, aber er ignorierte es ausnahmsweise einmal, und die Lektüre versetzte Argyll immer mehr in Staunen: Mabel Beaumont, die älteste von fünf Schwestern, verwandelte sich – über Dutzende von Briefen hinweg – von einer vielversprechenden gehorsamen Tochter in eine Frau mit, gelinde gesagt, exzentrischem Charakter, die mit sich selbst und ihrer Umgebung im Streit lag. Statt eine Ehe einzugehen, Kinder aufzuziehen und mit feierlichen Ansprachen Veranstaltungen zu eröffnen, zog sie bis zu ihrem Tod auf dem Kontinent herum. Dem Totenschein – der ganz unten im Karton lag – entnahm er, daß sie in Mailand gestorben war. Das Hotel, in dem sie gewohnt hatte, lag in einem heruntergekommenen Viertel. Sie hatte kein Geld für einen Arzt, und der einzige Mensch, der sich während ihrer Krankheit um sie kümmerte, war ihre vierzehnjährige Tochter. Argyll fand einen Brief in einer mädchenhaften Handschrift, in dem um Hilfe gebeten wurde, aber keinen Antwortbrief.

Er ließ sich ihr wildes Leben zwischen den Weltkriegen noch einmal durch den Kopf gehen und blätterte den restlichen Inhalt des Kartons durch: größtenteils Schreiben, in denen darüber verhandelt wurde, welche Verwandten man als Marys Vormund bestellen würde und auf welches Internat sie kommen sollte. »Sie ist intelligent, aber unbändig und will sich nicht an Disziplin gewöhnen«, stand im einzigen Schulzeugnis, das er fand. So ist's recht, dachte er. Dann schnürte er das Bündel wieder zusammen, legte es in den Karton und versuchte sich doch noch als Klempner.

Nach einer halben Stunde gelang es ihm mit ziemlich gequetschten Fingern, das Verbindungsstück mit Schnur und Plastikfetzen abzudichten. Nur ganz provisorisch, betonte er anschließend, um Mary Verneys Dank abzuwehren. Früher oder später würde sie doch einen Klempner holen müssen.

9

Trotz Bottandos Abneigung gegen hohe Spesenrechnungen nahm Flavia ein Taxi vom Flughafen in die Stadt. Sie hatte viel vor und konnte ihre Zeit nicht mit Geldsparen vergeuden. Zuerst fuhr sie zur zuständigen britischen Dienststelle, um darzulegen, was sie vorhatte. Mit nichts bringt man ausländische Kollegen mehr gegen sich auf, als wenn man bei ihnen einfach so in der Gegend herumspaziert. Offenheit empfahl sich aber auch deshalb, weil sie eventuell Unterstützung brauchte.

»Guten Abend, Miss. Willkommen in England.« Der Leiter der Behörde war erstaunlich jung, höchstens Ende dreißig, und unterschied sich deutlich von den englischen Polizisten, mit denen sie bisher zu tun gehabt hatte. Da alle britischen Polizisten die Ochsentour hinter sich bringen müssen, bevor intellektuell anspruchsvollere Aufgaben winken, sind sie eher langweilig, weil lebhaftere Naturen lieber einen anderen Beruf wählen als mehrere Jahre lang Wirtshausschlägereien zu beenden. Zumindest haftet den britischen Polizisten dieses Image auf dem Kontinent an.

Manstead wirkte dagegen ausgesprochen intelligent und spritzig, verstand dafür aber, wie sich schnell herausstellte, nicht viel von seiner Arbeit. Zunächst plauderten sie allerdings ein wenig über ihre Reise, das Wetter und den Verkehr. Manstead freute sich sehr, ein Mitglied der ältesten europäischen Spezialeinheit in Sachen Kunstkriminalität begrüßen zu können.

»Wir stehen nämlich erst ganz am Anfang«, seufzte er. »Dabei gab es früher auch bei uns schon mal eine Spezialeinheit, aber dann hat man sie aufgelöst und ihre Aufgaben den allgemeinen Polizeistellen übertragen. Ein erneuter Wechsel der politischen Vorgaben hat zu unserer Wiedergeburt geführt, aber natürlich erst als der Sachverstand und das Archiv in alle Winde zerstreut und die Kontakte verlorengegangen waren.«

»Aber Ihre Leute haben Erfahrung mit dem Kunstmarkt?«

»Wo denken Sie hin«, schnaubte er ironisch. »Man wird doch nicht Leute mit Sachverstand einsetzen! Nein, man hat uns einfach irgendwelche Polizisten zugeteilt, die sich interessiert zeigten.«

»Dann müssen Sie wohl oft auf Sachverständige von außerhalb zurückgreifen?«

»Das würden wir natürlich tun, wenn wir das nötige Geld hätten, aber mit unserem bescheidenen Etat können wir nur ausnahmsweise Honorare zahlen. Wir sind darauf angewiesen, daß man uns gelegentlich einen Gefallen tut.«

»Klingt ziemlich scheußlich.«

»Ist es auch. Wir bräuchten einen richtig spektakulären Erfolg, dann bekämen wir mehr Geld. Das sind eben politische Entscheidungen. Aber Sie sind vermutlich nicht hier, um sich mein Lamento über den Niedergang der englischen Polizei anzuhören.«

»Bei uns sieht es auch nicht besser aus. Können Sie mir Informationen über Forster geben?«

»Der ist für uns ein unbeschriebenes Blatt, aber wir stellen für Sie Nachforschungen an.«

Flavia war zwar enttäuscht, aber eigentlich nicht überrascht. Wenn es Giotto gab, war er bestimmt nicht für seine kriminellen Neigungen bekannt, sondern präsentierte sich als anständiger Bürger von untadeligem Ruf. In gewisser Weise kam Forster sogar eher in Frage, wenn die Polizei keine Akte über ihn hatte. »Gibt es auch keine Gerüchte über ihn?«

»Nun ja, sympathisch scheint er niemandem gewesen zu sein, aber von dubiosen Geschäftspraktiken weiß keiner zu berichten. Auch wenn ich den Leuten sage, er ist tot, fällt keinem etwas ein.«

»Dann wäre man wohl überrascht, wenn jemand behaupten würde, daß Forster in den letzten zwanzig Jahren aus allen bedeutenden europäischen Sammlungen Bilder gestohlen hat?«

»Allerdings«, bestätigte Manstead. »Hegt Ihr Chef diesen Verdacht? Sind Sie auch dieser Ansicht?«

Sie schüttelte den Kopf. »Eigentlich nicht«, sagte sie.

»Aber Ihr Chef?«

»Nicht direkt. Aber weil jemand in der Verwaltung behauptet, daß die Idee völlig abwegig wäre ...«

»Ah ja«, sagte Manstead gedehnt. »So eine Geschichte ist das.«

Flavia schwieg und sog nur verlegen Luft ein.

Manstead war es ganz recht, daß sie ihn mit Einzelheiten verschonte. »Und Forsters Tod?« fragte er.

»Ist für mich im Grunde nicht von Belang. Obwohl es das vermutlich einfacher macht. Interessanter wäre so ein richtiger Mordfall natürlich schon.«

»Zweifellos, aber da ist die Beweislage sehr unklar. Wenn Ihr Kollege ... Wie hieß er noch gleich?«

»Mein Kollege?« fragte Flavia verwirrt. »Ach so, Jonathan. Was ist mit ihm?«

»Wäre er nicht am Tatort gewesen und hätte von Diebstahl und sonderbaren Zufällen gesprochen, hätte die Polizei in Norfolk vermutlich angenommen, daß Forster ein bißchen zuviel intus hatte und über eine wacklige Stufe gestolpert war. Aber auch so ist es gut möglich, daß wir schließlich zu diesem Ergebnis kommen.«

»Vielleicht war es so.«

»Tja, wer weiß? Wir werden der Sache schon auf den Grund kommen. Kann ich Ihnen etwas zu trinken anbieten?«

Ungefähr zu der Zeit, als Flavias Flugzeug in Heathrow mit quietschenden Reifen ausrollte, wurde Argyll, der schon die Plagerei mit dem Wassertank aus dem späten 19. Jahrhundert hinter sich hatte, eine Arbeit zugewiesen, bei der er eher über einen gewissen Sachverstand verfügte. Das kam daher, daß der gewissenhafte Manstead der Norfolker Polizei telefonisch mitgeteilt hatte, daß der Fall Forster international großes Aufsehen erregt habe und bereits eine Expertin aus Italien entsandt worden sei, um Amtshilfe zu leisten – womit er ein wenig übertrieb und für beträchtliche Aufregung sorgte. Die Norfolker Polizei besann sich auf Argyll, weil man verhindern wollte, daß sich London in den Fall einmischte. Wenn Forsters Tod mit Gemälden zu tun hatte, würde man den Fall womöglich zum großen Teil an Manstead abgeben müssen, der ein bißchen Publicity bitter nötig hatte und im Falle eines zufriedenstellenden Ergebnisses versucht sein könnte, den ganzen Ruhm an seine Fahnen zu heften. Folglich mußte man sich selber möglichst schnell Kunstverstand verschaffen, um Manstead fernzuhalten.

Nun ist es auf dem Lande aber nicht so einfach, Leute zu finden, die sich mit alten Meistern auskennen. Man entschloß sich daher, den einzigen, der greifbar war, in Forsters Papieren nach Ungereimtheiten suchen zu lassen.

Argyll wurde also in Forsters Haus gebracht und hatte unter den wachsamen Augen des diskreten Constable Hanson zu allem freien Zugang. Das Haus war geräumiger, als es von außen aussah. Das Dach war zu einem langen, niedrigen Raum ausgebaut worden, in dem Forster sein Büro untergebracht hatte. Auf der einen Seite befand sich das Handwerkszeug des Kunsthändlers: Telefon, Telefax, Nachschlagewerke, Aktenschränke; auf der anderen Seite war der ›Warenbestand‹ aufgestellt, soweit er nicht in der Diele, im Eßzimmer und im Wohnzimmer an den Wänden hing. In der Ecke führte die Treppe nach unten, die mit ihrer wackligen obersten Stufe möglicherweise für Forsters Sturz verantwortlich war. Argyll war beim Hinauf- oder Hinabsteigen sehr vorsichtig.

Mit zunehmender Geringschätzung und Mißbilligung ging er Forsters Bestand an Bildern durch. Erbärmliches, durchweg kitschiges und größtenteils häßliches Zeug. Argyll war zwar ein erfolgloser Kunsthändler, aber die Bilder, auf denen er sitzenblieb, gefielen ihm wenigstens. Mit dem Ramsch, der hier herumstand, konnte nur jemand handeln, der eine zynische Berufsauffassung und wenig Kunstverstand hatte. Einer, der – wie ›Giotto‹ – von fast jedem Meister der Renaissance ein herausragendes Bild gestohlen hatte, würde sich wohl kaum mit solchem Zeug abgeben. Oder vielleicht doch? Es war die beste Tarnung, die er sich wünschen konnte, wenn man ihn mit geschmacklosen und häßlichen Machwerken in Verbindung brachte. Wer käme bei diesem Ramsch schon auf die Idee …?

Argyll nahm sich einen Aktenschrank vor, dessen Inhalt sich als nicht sehr interessant erwies. In den Büchern, die Kunsthändler für den Eigengebrauch und das Finanzamt führen, steht in der Regel wenig mehr als eine kurze, unrealistische Zahlenreihe und eine phantastische Endsumme. An sich kam sogar Argyll, der keine große Begabung für Mathematik besaß, damit zurecht, wenn er sich auch meistens von Flavia helfen ließ.

»Und was ist mit deinen Betriebsausgaben?« hatte sie gefragt, als sie ihm zum ersten Mal half.

»Ich hatte eigentlich gar keine«, antwortete er.

»Du warst doch bei unserem Urlaub in einem Museum, oder?«

»Stimmt.«

»Na also. Reise zu Forschungszwecken. Was schätzt du? Drei Millionen Lire? Und mit deinem Auto hast du mal einem Kunden ein Bild gebracht. Folglich können wir Reparaturkosten, Benzin und Wertminderung absetzen. Sagen wir eine Million.«

»Aber …«

»Sei doch nicht so einfallslos, Jonathan«, hatte sie gesagt und war das ganze Formular durchgegangen. Sie hatte hier einer Zahl eine Null angehängt und dort eine gestrichen, bis aus dem bescheidenen Gewinn, den seine kleine Kunsthandlung erwirtschaftet hatte, ein besorgniserregender Verlust geworden war. Die nächsten sechs Monate hatte er täglich mit dem Auftauchen eines Finanzbeamten gerechnet: »Ein paar Punkte bedürfen noch der Klärung, Dottore Argyll.«

Im Vergleich zu Geoffrey Forsters Buchführung nahmen sich seine eigenen bescheidenen Bemühungen freilich wie Übungen eines Grundschülers aus. Hier wimmelte es nur so von Zahlen, aus denen Argyll beim besten Willen nicht schlau wurde. Nach drei Stunden Arbeit wußte er nur, daß sich die Polizei für die Prüfung von Forsters Unterlagen den Falschen ausgesucht hatte. Als Steuerberater war er so schlecht wie als Klempner.

Er hatte sich Kopfschmerzen eingehandelt, aber nichts sonderlich Erhellendes zutage gefördert. Forsters Einkünfte hatten stark geschwankt, waren aber oft so hoch gewesen, daß er sich vor ein paar Jahren nicht nur ein Eigenheim, sondern auch noch zwei Cottages kaufen konnte. Dann hatte er versucht, eine Finanzierung für eine Luxussanierung der Cottages zusammenzubringen, um sie gewinnbringend an Londoner weiterverkaufen zu können, war damit aber nicht weit gekommen. Ach ja, in einem der Cottages hatte George Barton gewohnt. Wie jedermann war Forster offenbar von der Rezession gebeutelt worden: Der Umsatz, den er mit Bildern machte, war in den vergangenen Jahren gegen Null zurückgegangen.

Vor einigen Jahren waren seine Einkünfte gestiegen, weil ihm Miss Beaumont für nicht näher bezeichnete ›Dienste‹ ein – nicht übermäßig üppiges – Gehalt gezahlt hatte, doch im Januar dieses Jahres war damit Schluß. Veronica war gestorben, und Mrs. Verney hatte ihn entlassen. Es blieb unklar, was für Handlungen seinen Diensten zugrunde lagen. Anscheinend hatte er in letzter Zeit nur noch wenige Bilder eingekauft. Wie viele seiner Kollegen bewahrte er von Auktionen, bei denen er etwas erstanden hatte, die Kataloge auf. Es fanden sich für die letzten fünf Jahre nur ein paar Dutzend, was nicht für ein Geschäftsvolumen sprach, mit dem sich ein ausreichendes Einkommen erzielen ließ.

Alles in allem sah es ganz danach aus, daß der Mann finanzielle Sorgen hatte, es sei denn, er verfügte über Geldquellen, mit denen er das Finanzamt gar nicht behelligte. Mit der Finanzlage des vermeintlich besten Diebs seiner Generation hatten Forsters Bücher nichts zu tun, doch einem Meisterdieb war wohl auch ein gewisses Geschick bei Finanzmanipulationen zuzutrauen.

Als er entlassen wurde, hatte es Forster offensichtlich nicht für nötig gehalten, eine Bestandsliste zurückzugeben, die anläßlich einer Testamentseröffnung von den Bildern im Weller House erstellt worden war. Sie trug ein Datum, das ungefähr fünfzehn Jahre zurücklag, war also wohl nach Onkel Godfreys Tod angefertigt worden, gab aber nicht viel her, weil die 72 Gemälde und 27 Zeichnungen ziemlich ungenau beschrieben wurden. Aber es war womöglich die einzige Bestandsliste, die es gab, und da sie Forster ohnehin nicht gehört hatte, ließ Argyll sie in seine Tasche gleiten, um sie der rechtmäßigen Besitzerin zurückzuerstatten. Die Skizze eines Handtellers hatte man einem unbekannten französischen Künstler des 18. Jahrhunderts zugeschrieben, was Argyll nicht überzeugte, der Sache aber immerhin näher kam als Mrs. Verneys Einschätzung. Den Wert des Bildes hatte man wohl recht realistisch auf 30 Pfund taxiert.

Argyll mußte vor lauter Langeweile gähnen und beschloß, sich fürs erste auf seinen Lorbeeren auszuruhen. Nachdem er die Stelle gekennzeichnet hatte, bis zu der er gekommen war, schob er den ganzen Packen in eine Schreibtischschublade, und da die Polizei auf Sicherheitsvorkehrungen Wert legte, schloß er sie ab. Er hatte erst ein Viertel der Akten hinter sich gebracht, aber der Rest mußte eben bis Morgen warten. Es lag ja auch im

Interesse der Polizei, daß er die Akten nicht nur im Schnellverfahren sichtete, sondern genau prüfte. Da er es gut sein ließ, hatte nun auch Hanson Feierabend und ging gern mit Argyll in den Pub.

Um Punkt halb sieben, als gerade das Gedröhn der letzten F1-11er durch die Schornsteine herabfuhr, war er wieder in Weller House. Er brachte eine nicht besonders gute Flasche Wein mit, die er im Pub erstanden hatte.

»Da sind Sie ja wieder«, sagte Mrs. Verney. »Was haben Sie denn gemacht?«

»Ich habe mich an den polizeilichen Ermittlungen beteiligt.«

»Die sind Ihnen also doch noch auf die Schliche gekommen, was?«

»Nichts dergleichen. Ich habe mich mit den Papieren und der Buchführung von Forster beschäftigt.«

»Mit Gewinn?«

»Nein. Die Feinheiten der Buchführung sind nicht unbedingt meine Stärke. Ich könnte Ihnen jetzt nicht einmal sagen, ob der Mann so unschuldig wie ein Trappistenmönch oder so verdorben wie Al Capone war.«

»Weder das eine noch das andere, würde ich meinen.«

»Das da habe ich gefunden.« Er reichte ihr die Bestandsliste. Sie überflog sie ohne großes Interesse.

»Die hat er mitgehen lassen, was? Wundert mich nicht. Vielleicht finden Sie ja noch etwas, was mir gehört. Wenn Sie das dann auch mitbringen könnten?«

»Gern. Sofern die Polizei nichts dagegen hat. Aber ist es nicht seltsam, daß er vor Ihrer Cousine verheimlicht hat, daß es so eine Liste gibt?«

»Er wird etwas im Schilde geführt haben, aber daraus

wird nun nichts mehr. Das hat sich erledigt. Hoffentlich mögen Sie Kaninchen.«

»Und wie!«

»Ich habe es eigenhändig erwürgt. Auf dem Land ist das Töten eine Art Volkssport.«

»Sieht ganz so aus.«

»Hm?«

»Ich dachte an Forster. Man hat offenbar einen Verdächtigen festgenommen.«

»Na ja, man hat Gordon verhaftet. Reines Wunschdenken der Polizei, fürchte ich.«

»Sie bringen Ihren Nachbarn großes Vertrauen entgegen«, bemerkte Argyll.

»Finden Sie? Inwiefern?«

»Na ja, wenn ich Ihnen sage, daß Forster ein Gangster gewesen sein könnte, finden Sie das abwegig, obwohl Sie ihn unausstehlich fanden. Wenn die Polizei Gordon festnimmt, tun Sie es als Wunschdenken ab, obwohl Sie ihn für einen Einbrecher halten.«

»Ich bilde mir ein, daß ich meine Mitmenschen realistisch einschätze«, sagte sie schulterzuckend. »Aber ich habe absolut nichts dagegen, wenn Sie beweisen, daß Geoffrey ein Dieb war. Da lasse ich mich sehr gern eines Besseren belehren. Geben Sie mir doch bitte den Kochwein, ja? Da drüben.«

»Erzählen Sie von Forster«, sagte er ohne Umschweife und setzte sich ganz zwanglos an den Küchentisch, um seine Weinflasche aufzumachen und zwei Gläser einzuschenken.

»Von Forster? Was wollen Sie wissen?«

»Alles. Kannten Sie ihn gut? Was war er für ein Mensch?«

»Das ist eine verwickelte Geschichte.« Sie würzte mit

etwas Salz, rührte auf einmal ziemlich hektisch und sagte: »Ach, warum eigentlich nicht ... Schließlich leben beide nicht mehr. Wissen Sie, daß er der Liebhaber meiner Cousine war?«

»Im Pub wurde so etwas angedeutet«, antwortete er. »Aber nur sehr vage.«

»Das sieht ihnen gar nicht ähnlich. Die erzählen in der Regel ziemlich anschaulich. Na, jedenfalls kannten sie sich wohl schon sehr lange, und Forster hatte immer mal wieder mit der Familie zu tun. Nach Onkel Godfreys Tod hat er den Fuß in die Tür gekriegt, weil er ihr geholfen hat, Erbschaftssteuern zu sparen. So richtig hat er sich aber erst ein paar Jahre vor ihrem Tod an sie gehängt. Er hat sie natürlich nur ausgenützt.«

»In welcher Hinsicht?«

»Veronica war leider kein besonders anziehender Mensch. Ich meine nicht ihr Äußeres, sondern ihr nicht gerade warmherziges oder lebhaftes Wesen. Sie war etwas labil, vielleicht haben Sie schon davon gehört. Forster kannte ihre Schwäche, und als er geschäftlich in Schwierigkeiten geriet, machte er ihr den Hof, um an das Familiensilber heranzukommen. Ich kann nicht genau sagen, was er alles verkauft hat. Veronica wußte es auch nicht, weil sie ihm blind vertraute. ›Was hat man von Sachverständigen, wenn man ihnen ständig auf die Finger sehen muß?‹ pflegte sie zu sagen. Und Forster war ein guter Schauspieler, das muß man ihm lassen.«

»Wie äußerte sich das?«

»Nun ja, man wußte nie so recht, was er im Schilde führte. Außer Veronica merkte allerdings jeder, daß er ein Widerling war, dem man nicht trauen durfte. Weiß der Himmel, wie seine Frau ihn ertragen hat.«

»Ach ja, seine Frau. Wo ist sie eigentlich?«

»Offenbar war sie ein paar Tage in London und ist gerade auf der Rückfahrt. Na, sie wird man jedenfalls nicht verdächtigen, ihm einen kräftigen Stoß gegeben zu haben.«

»Warum nicht? Oder ist das nur wieder Ihr Glaube an das Gute im Menschen?«

Sie sah ihn verblüfft an. »Warum nicht? Weil das schlicht und einfach undenkbar ist. Dabei hätte sie weiß Gott ein Motiv.«

»Was ist sie für eine Frau?«

»Ein schlichtes, unschuldiges Wesen, das sich irgendwann einmal von einem doppelzüngigen älteren Mann becircen ließ. Da war sie noch blutjung, aber sie ist immer noch das gleiche dumme Ding. Ziemlich charakterschwach und farblos. Lieb und nett, aber kein bißchen Mumm. Außerdem hat sie ihn schon so viele Jahre ertragen, warum sollte sie auf einmal ausbrechen?«

»Das kommt vor.«

»Stimmt. Dann hätte sie das aber ganz genau planen und kaltblütig ausführen müssen: zu ihrer Schwester fahren, heimlich zurückkommen, ihren Mann die Treppe hinunterstoßen und wieder verschwinden. So was kann diese Frau nicht.«

Argyll sah sie zweifelnd an.

»Schauen Sie nicht so skeptisch«, sagte sie. »Warten Sie, bis Sie die Dame kennengelernt haben. Im übrigen ist es ja keineswegs sicher, daß er umgebracht wurde. Warum gehen Sie von einem Mord aus?«

»Weil er umkam, nachdem wir ein Gespräch verabredet hatten und bevor wir es führen konnten.«

»Betrachten Sie das doch von der positiven Seite. Es hat Ihnen eine unangenehme Begegnung erspart.«

»Ich meine das ernst. Er wollte mit mir über ein gestohlenes Bild reden.«

»Vermutlich wollte er Ihnen nur mit einer Klage wegen Verleumdung drohen.«

»Sie haben überhaupt nichts von ihm gehalten.«

»Stimmt. Er hat Leute schamlos ausgenutzt und dann einfach fallenlassen, und er hat nach Strich und Faden gelogen und betrogen. Womöglich fährt man damit als Kunsthändler ganz gut. Sie können es ja auch mal versuchen.«

»Was hat denn Ihre Cousine in ihm gesehen?«

»Er verfügte über eine bestimmt Art von Charme, von der ich nichts halte. Außerdem sah er auf seine geleckte Art recht gut aus – und die arme Veronica war unglücklich. Ihr Mann ist jung gestorben. Der Esel hat sich bei dem Fest anläßlich ihres fünften Hochzeitstages dermaßen betrunken, daß er in einen Teich plumpste und im fünfzehn Zentimeter tiefen Wasser ertrank. Konnte sich nicht einmal mehr auf den Rücken drehen, so besoffen war er. Sogar Veronica betrachtete ihn als ziemlich hoffnungslosen Fall und nahm wieder ihren Mädchennamen an. Sie gab ›Beaumont‹ den Vorzug vor ›Finsey-Groat‹, und sie hat niemand mehr gefunden, für den es sich gelohnt hätte, den Familiennamen aufzugeben. Veronica hatte keinen Mann, keine Kinder, keine Freunde. Leichte Beute für einen, der hinter ihrem Geld her war.«

»Hat er sie geschröpft?«

»Er hat alles mögliche für sie verkauft und brauchte über seine Geschäfte nie Rechenschaft abzulegen. Natürlich hat er einen schönen Batzen für sich behalten. Ich habe ihr das klarzumachen versucht, aber sie hatte sich mit ihren Kulleraugen so in ihn verguckt, daß nichts zu machen war.«

»Wann ist sie gestorben?«

»Im Januar. Ich war hier. Sie hatte einen Herzanfall gehabt, und wie schon so oft rief mich Dr. Johnson, um zu besprechen, was zu tun wäre. Sonst kam ja keiner. Sie müssen wissen, daß sie an Depressionen litt.«

»Das hat schon jemand erwähnt.«

»Sie hatte Anfälle. Oft ging lange alles gut, aber irgendwann war es dann wieder soweit.«

»Was?«

»Da gab es verschiedene Möglichkeiten. Sie verschwand eine Woche lang spurlos, und nachher wußte niemand, wo sie gewesen war, sie selber auch nicht. Oder sie schloß sich im Haus ein und ließ niemand herein. Mal saß sie einfach nur da und trank. Bei einem ihrer Anfälle starb sie an zuviel Alkohol und Tabletten.«

»Warum haben Sie sich um sie gekümmert?«

»Weil es sonst niemand getan hat«, sagte sie schulterzuckend. »Sie war aber auch wirklich unausstehlich. Sie hat sich standhaft geweigert, sich wegen ihres Leidens einer vernünftigen Behandlung zu unterziehen. Wenn es ihr wirklich schlecht ging, war ich die einzige, die noch an sie herankam. Als ich einmal tagsüber nicht da war, hat sie sich eben das Leben genommen. Vielleicht war es auch keine Absicht, aber ich bezweifle es.«

»Warum?«

»Möglicherweise klingt das blöd, aber wir hatten uns gestritten. Wegen niemand anderem als Forster. Sie hat mich um Rat gefragt, weil ihr allmählich dämmerte, daß er vielleicht doch kein Traummann war. Als ich gesagt habe, sie solle ihn rausschmeißen, hat sie mich fürchterlich angegiftet. Ich bin beleidigt abgezogen, und sie hat sich mit einer halben Flasche Whisky und einem halben

Fläschchen Tabletten getröstet. Wenn ich sie nicht einfach alleingelassen hätte …«

»Sie geben doch nicht etwa sich die Schuld?«

Sie schüttelte den Kopf. »Wenn es mir nicht so gut geht, habe ich manchmal Schuldgefühle, aber an sich ist mir klar, daß es ein unabwendbares Unheil war, da sie früher oder später ohnehin zu weit gegangen wäre. Ich finde es bedauerlich, daß sie mich da hineingezogen hat, aber das ist eigentlich typisch für sie.«

»Standen Sie sich nahe?«

»Eigentlich nicht. Wir mochten einander nicht. Weller House hat sie mir vererbt, damit es in der Familie bleibt. Ich bin die nächste Verwandte, die kein völliger Versager ist. Mir fehlen allerdings die Mittel, den Laden in Schuß zu halten, und ich habe auch keine rechte Lust dazu. Noch etwas Kaninchen?«

»Ich kann nicht mehr.«

»Dann vielleicht Pudding? Schmeckt lecker.«

»Sehr gern.«

Sie schöpfte ihm Pudding und setzte eine Sahnehaube obendrauf; er begann genüßlich zu essen.

»Und wie haben Sie sich in diese Familie eingeordnet?« fragte er, weil er das, was er beim Schnüffeln auf dem Speicher in Erfahrung gebracht hatte, in einen Zusammenhang bringen wollte.

»Nun kommen wir zu mir, was? Gut. Ich bin die Tochter des schwarzen Schafs der Familie. Mabel ist auf die schiefe Bahn geraten, wodurch sie allerdings ein interessanteres Leben geführt hat als die anderen Beaumonts. Jedenfalls bis zum Ausbruch ihrer Krankheit.«

»Hört sich interessant an.«

»In gewisser Weise war es das auch. Mutter hatte eine ›künstlerische Ader‹, das heißt im Sprachgebrauch des Landadels, daß sie nicht ganz normal, wenn auch nicht direkt unzurechnungsfähig war. Vermutlich hatte ich mehr Verständnis für Veronica als die anderen, weil ich in solchen Dingen Erfahrung mitbrachte. Eigentlich sollte Mabel Weller House erben, weil meine Großmutter keinen Jungen zur Welt brachte, so sehr sie sich auch anstrengte. Sie sollte sich zur Behebung der Finanzmisere einen reichen Mann suchen und auch sonst ihre Pflicht tun. Statt dessen kam sie auf dumme Gedanken und wurde zum Entsetzen der Familie Krankenschwester im Spanischen Bürgerkrieg. Arbeitslosen Almosen zu geben war eine feine Sache, Bolschewisten den Hintern abzuwischen ging nun wirklich nicht. Aus der Sicht der Familie verstand es sich von selbst, daß sie enterbt wurde, was ihr wohl nicht viel ausgemacht hat. Ich wurde kurz vor Beginn des Zweiten Weltkriegs geboren. Unter etwas dubiosen Umständen, könnte man sagen. Meine Mutter starb, als ich vierzehn war. Sehr zögerlich hat sich die Familie meiner angenommen und den Versuch gemacht, aus nicht sehr vielversprechendem Rohmaterial eine Dame zu formen, womit sie kläglich gescheitert ist. Langweile ich Sie?«

»Aber nein! Erzählen Sie weiter!«

»Es gibt eigentlich nicht mehr viel zu erzählen. Ich habe geheiratet und Kinder bekommen. Die Ehe ging schief, und mein Mann zahlt mir ausreichend Unterhalt.«

»Das war die Verney-Phase?«

»Genau. Im Grunde ist er ein anständiger Mensch, aber ich konnte ihn leider nicht ausstehen. Danach war mein Leben ziemlich langweilig. Ich bin immer wieder an einen neuen Ort gezogen, habe mich schließlich in

London niedergelassen und mal dies und mal das versucht.«

»Geheiratet haben Sie nicht mehr?«

Sie schüttelte den Kopf. »Es gab keine geeigneten Kandidaten. Jedenfalls nicht für eine dauerhafte Verbindung. Ach ja! Flavia hat wieder angerufen.« Allmählich beunruhigten ihn ihre Gedankenverbindungen.

»Ah.«

»Sie läßt fragen, ob Sie sich morgen um die Mittagszeit mit ihr in London treffen könnten.«

»Eigentlich schade. Allmählich fühle ich mich hier richtig wohl.«

»Wirklich? Das freut mich. Dann kommen Sie doch einfach wieder her. Wird Flavia Sie begleiten?«

»Würde mich eigentlich nicht wundern.«

»Dann kann sie ja auch hier wohnen – und hoffentlich ziert sie sich nicht so wie Sie.«

10

Am Tag darauf begann Flavia ihre Nachforschungen über Geoffrey Forster nach einem netten Mittagessen im Speiseclub mit Argyll, Edward Byrnes und Inspector Manstead, der sich ein kostenloses Essen und einen vielversprechenden neuen Kontakt natürlich nicht entgehen ließ. Anschließend begleitete er Flavia, um ihren Ermittlungen »einen offiziellen Anstrich« zu geben, wie er sich ausdrückte.

Einige Gewerbe sind in London auch heute noch in bestimmten Stadtvierteln konzentriert, während viele andere, in denen man sich früher ebenfalls zusammenscharte, längst in alle Winde zerstreut wurden: Im Umkreis der Savile Row arbeiten nur noch wenige Schneider, in der Fleet Street können die Journalisten längst nicht mehr die Pubs füllen, um darauf zu schimpfen, daß sie von der Welt nur Undank ernten, und auch der Covent Garden ist nicht mehr wegen der vielen Verlage, die es hier früher gab, ein interessanter Ort. In der Harley Street geben allerdings nach wie vor die Ärzte den Ton an, aber sie sind dermaßen vornehm, daß sie sich kaum zu einem Gespräch miteinander herablassen.

Der Gegend um die Bond Street und die St. James's Street geben aber weiterhin die Galerien ihr Gepräge, und wenn die Kunsthändler sich auch nicht unbedingt grün sind, bewahrt sich der Berufsstand doch durch die räumliche Nähe und gemeinsame Interessen ein Mindestmaß an Solidarität.

Edward Byrnes hatte eine Grimasse geschnitten und

für Flavia bei Arthur Winterton angerufen, und der war, wenn auch widerwillig, zu einem Gespräch mit ihr bereit gewesen.

Angesichts des fortgeschrittenen Alters, des großen Erfolgs und des unverschämten Reichtums der beiden Männer hätte man annehmen können, daß sie inzwischen einen gewissen Abstand zur Kunstszene wahrten und nicht mehr so sehr vom Konkurrenzgeist beseelt wären, da ihnen überhaupt nichts mehr passieren konnte. Weit gefehlt. Wie schon seit Jahrzehnten neideten sie einander auch jetzt noch den Erfolg und wollten sich unbedingt gegenseitig ausstechen. Ohne diesen sehnlichen Wunsch wären die beiden womöglich eher bescheidene Galeristen geblieben und nicht zu den beiden rivalisierenden Giganten der Bond Street aufgestiegen.

Argyll, der sich vor allem ein ruhiges Leben in bescheidenem Wohlstand wünschte, war immer wieder überrascht, daß es mit Byrnes weltmännischer Gelassenheit vorbei war, sobald der Name Winterton fiel. Er hätte gedacht, daß ein paar Millionen auf der Bank innere Ruhe und Zufriedenheit mit sich brächten, doch davon war nichts zu spüren. Daß Winterton bessere Beziehungen zum amerikanischen Museumsbetrieb hatte, konnte in Byrnes nach wie vor äußerst primitive Mißgunst aktivieren, während Byrnes' Erhebung in den Ritterstand Winterton bis zum Morgengrauen wachhielt, wenn er zufällig spätabends daran dachte.

Da Argyll ihr einmal von der Achillesferse seines früheren Arbeitgebers erzählt hatte, suchte Flavia beim Betreten der dreihundert Meter entfernten Konkurrenzgalerie nach Anhaltspunkten dafür, wie diese Rivalität entstanden sein könnte.

Zweifellos war es auch eine Frage des Stils. Während Byrnes in seiner Galerie bewußt eine Atmosphäre etwas altmodischer Gelehrsamkeit in edler, leicht verblichener Umgebung kultivierte, war bei Winterton, der sich sehr modern gab, alles bis ins letzte durchgestylt. Als Winterton auf sie zukam, sah Flavia, daß dieser Unterschied auch im Äußeren der beiden Männer zum Ausdruck kam. Byrnes war schon vor zehn Jahren ergraut und hatte nur noch wenig Haare, Winterton hatte auch noch mit fast sechzig eine volle, verdächtig schwarze Mähne. Byrnes kultivierte eine kostspielige Nachlässigkeit, Winterton eine kostspielige Eleganz. Argyll hatte ihr erklärt, daß solche Unterschiede eine Menge Zündstoff enthalten konnten, da man in England der äußeren Erscheinung größere Bedeutung beimaß als in jedem anderen Land. Die Engländer waren nach den Maßstäben des Kontinents natürlich nicht gut gekleidet, aber auf welche Weise sie sich schlecht kleideten, war sehr wichtig.

Flavia und Inspector Manstead – der einen billigen Anzug trug – wurden in Wintertons Büro gebeten und mit Tee und Kaffee versorgt. Winterton setzte sich an seinen Schreibtisch und legte die Fingerspitzen aneinander, um zu zeigen, daß er die Angelegenheit ernst nahm und die Polizei nach Kräften unterstützen wollte.

»Inspector Manstead und ich versuchen uns über Gemälde zu informieren, die durch die Hände des kürzlich verstorbenen Geoffrey Forster gegangen sind«, begann Flavia. Winterton nickte.

»Einige dieser Bilder haben auf dubiose Weise den Besitzer gewechselt.«

»Handelt es sich dabei um gestohlene Bilder?«

»Richtig.«

»Verstehe«, sagte Winterton ungeduldig. »Darf ich erfahren, um welche Bilder es sich handelt? Sie wollen mich hoffentlich nicht fragen, ob ich davon wußte?«

Flavia schüttelte den Kopf. »Nein. Wir benötigen Hintergrundinformationen über Forster, seinen Bekanntenkreis und seine Geschäftspartner. Kannten Sie ihn gut?«

Winterton schüttelte den Kopf. »Gott sei Dank hatten wir wenig miteinander zu tun.«

»Und welchen Eindruck hatten Sie von ihm?«

Winterton dachte nach und wählte seine Worte sorgfältig. »Edlere Empfindungen gingen ihm völlig ab. Bei ihm drehte sich alles nur um den Geldwert. Ich weiß, es klingt ein bißchen altmodisch, aber er war ein Halunke und Hochstapler. Es würde mich durchaus nicht wundern, wenn er gestohlene Bilder gekauft hätte.«

»Sie haben doch einen guten Ruf, Mr. Winterton. Wie kommt es, daß Sie in eine Geschäftsbeziehung mit jemandem eintraten, von dem Sie so wenig hielten? Könnte das Ihrem Ansehen in der Welt der Kunst nicht schaden?«

Winterton runzelte verärgert die Stirn, vermutlich weil es eine ziemlich gute Frage war.

»Eine Zeiterscheinung«, sagte er seufzend. »Bis die Wirtschaft wieder in Schwung kommt, muß jeder sehen, wie er möglichst viel aus seinem Betriebsvermögen herausholt. Ich arbeite hier in einem recht großen Gebäude, und da es nicht voll genutzt war, sah ich mich veranlaßt, oben Räume an Leute zu vermieten, die sich keine eigene Galerie leisten können, aber eine gute Geschäftsadresse brauchen. Forster war einer von drei Mietern und nutzte sein Büro nur ganz selten. Ehrlich gesagt habe ich es ihm auch nur unter dieser Bedingung zur Verfügung gestellt. Außerdem blieb mir einmal durch einen Wink von ihm eine Situation erspart, die möglicherweise sehr peinlich geworden wäre. Ich kann nicht behaupten, daß ich den Mann mochte, aber ich war ihm zu Dank verpflichtet. Sie wissen, wie das ist.«

»Ich verstehe. Könnten Sie mir sagen, was das für ein Wink war?«

»Ich glaube, das tut nichts zur Sache.«

Flavia lächelte charmant, und Manstead blickte finster drein. Zusammen brachten die beiden deutlich zum Ausdruck, wie sehr die Polizei eine Antwort zu schätzen wüßte und wie unangenehm es werden könnte, wenn Winterton sie schuldig blieb.

»Nun gut. Vor ungefähr drei Jahren gab mir ein Testamentsvollstrecker den Auftrag zum Verkauf eines Gemäldes aus dem Besitz eines ausgezeichneten Sammlers, der kurz zuvor verstorben war. Seinen Namen werde ich für mich behalten. Forster erfuhr davon, während ich die Modalitäten für eine Versteigerung bei Christie's aushandelte, und machte mich darauf aufmerksam, daß bei dem Bild der Schein trügen könnte.«

»Was *schien* es denn zu sein?«

»Es schien ein erlesenes, aber nicht dokumentiertes Gemälde der Florentiner Schule aus der Mitte des 15. Jahrhunderts zu sein. Ziemlich wertvoll, aber nicht im obersten Marktsegment, weil der Herkunftsnachweis fehlte.«

»Und was war es tatsächlich?«

»Den Nachweis konnte ich nicht erbringen.«

»Aber ...«

»Aber es hatte eine gewisse Ähnlichkeit mit dem Bild der Heiligen Maria von Antonio Pollaiuolo, das 1976 aus dem schottischen Haus des Grafen von Dunkeld gestohlen wurde.«

»Das haben Sie natürlich sofort der Polizei gemeldet.«

»Natürlich nicht«, sagte Winterton mit einem grimmigen Lächeln.

»Warum nicht?«

»Weil ich es nicht beweisen konnte. Zwar war es mir nicht mehr möglich, das Bild guten Gewissens selber zu verkaufen, aber es schien mir unverantwortlich, die Polizei zu rufen. Dann wäre nämlich unweigerlich der Name eines berühmten Sammlers durch den Schmutz gezogen worden, der das Bild bestimmt gutgläubig gekauft hat.«

»Alles andere war Ihnen egal?« unterbrach ihn Manstead erzürnt.

Winterton verzog nur gequält das Gesicht.

»Wo ist das Bild jetzt?« fragte der Polizist weiter.

»Das weiß ich nicht.«

»Aha. Sie waren also drauf und dran, ein gestohlenes Bild zu verkaufen, dem Forster sofort ansah, daß es sich um heiße Ware handelte. Er hat Sie davon informiert, und dann haben Sie doch lieber die Finger davon gelassen. Und zu keiner Zeit hat Sie der Verdacht beschlichen, Sie könnten etwas Unrechtes tun?«

Winterton sah ihn überrascht an. »Natürlich nicht. Mir war zwar bekannt, daß der Pollaiuolo als gestohlen gemeldet war, aber woher sollte ich wissen, daß man ihn wirklich gestohlen hatte?«

Manstead explodierte förmlich. »Das ist doch Haarspalterei!«

»Ich glaube, Miss di Stefano weiß, wovon ich rede. Der Eigentümer könnte das Bild ja auch über einen Händler verkauft und den Diebstahl nur vorgetäuscht haben, um auch noch bei der Versicherung abzukassieren. Oder der Käufer könnte das Bild gutgläubig erworben haben, weil er dachte, es wird unter der Hand verkauft, damit keine allzu hohen Steuern anfallen. Was irgendein Eigentümer vor fünfzehn Jahren, noch dazu im Ausland, getan hat, braucht mich nicht zu kümmern. Wer sich seinen Unterhalt als Kunsthändler verdienen muß, hat es sowieso schwer genug und kann sich nicht auch noch mutwillig Ärger aufhalsen. Ich hielt es für das beste, mich auf gar nichts einzulassen.«

»Und Forster ein Büro zu vermieten, um sich dafür erkenntlich zu zeigen, daß er Ihnen Ärger erspart hat?«

Winterton nickte. »Leider kann ich nicht behaupten, daß er seither in meiner Achtung gestiegen ist.«

Manstead fand Wintertons Erklärung unerhört, merkte aber, daß Flavia sie als das Natürlichste von der Welt zu akzeptieren schien. Er hatte sogar den Eindruck, daß sie Wintertons Haltung billigte. Jedenfalls hakte sie nicht nach.

»Aber woher wußte Forster, daß das Bild gestohlen war?« fragte sie. »Wenn er eher unsensibel war, wird er kaum in der Lage gewesen sein, so etwas Abgelegenes wie einen Pollaiuolo zu identifizieren. Schließlich hatte der Diebstahl keine Schlagzeilen gemacht, und das Bild stammte nicht aus einer bekannten Sammlung.«

Winterton zuckte die Schultern.

»Er hat nicht zufällig gesagt, ›ich weiß mit Sicherheit, daß das Bild heiße Ware ist, weil ich es selber gestohlen habe‹?«

Befriedigt stellte sie fest, daß ihn diese Frage aus der Ruhe brachte.

»Natürlich nicht«, antwortete er mit einiger Verzögerung. »Zu so etwas hatte der doch gar nicht den Mumm, und wenn es doch auf sein Konto ginge, hätte er es mir wohl kaum erzählt. Das wäre ja auch zu blöd, sogar für jemanden wie Forster.«

»Nicht unbedingt«, sagte Flavia. »Es hätte unangenehme Folgen für ihn haben können, wenn das Bild wieder aufgetaucht wäre. Sie hätten es doch bestimmt in London zum Verkauf angeboten und vorher einen Herkunftsnachweis beizubringen versucht; dabei wären Sie womöglich auf die eine oder andere Ungereimtheit gestoßen. Wurde das Bild schließlich verkauft?«

»Nein, soweit ich weiß, nicht.«

»Haben Sie der Familie Ihre Zweifel mitgeteilt?«

Er nickte.

»Sehen Sie? Forster hat mit einem diskreten Hinweis einen Verkauf verhindert, der ihm unter Umständen erhebliche Schwierigkeiten bereitet hätte. Vielleicht war der Mann gar nicht so dumm, wie Sie meinen. Aber kommen wir zu Forsters Kunden. Können Sie uns Namen nennen?«

»Nein«, sagte er ziemlich gereizt. »Irgendwann hat er damit angefangen, Familien beim Verkauf ihrer Besitztümer zu helfen, und als die Rezession begann, hat er sich dann praktisch ganz darauf verlegt. An seinem Wohnort war er bei der Familie, der das Herrenhaus gehört, so etwas wie der Vermögensverwalter.«

»Das ist uns bekannt.«

»Näheres kann ich Ihnen zu dieser Familie leider nicht sagen, da ich nie für sie tätig war. Offenbar endete die Zusammenarbeit, als es einen Besitzerwechsel gab. Sonst kann ich Ihnen zu meinem Bedauern keine Namen nennen. Ich hatte, wie gesagt, wenig mit Forster zu tun.« Er erklärte das Gespräch für beendet, indem er aufstand. Abschließend sagte er: »Sie können sich natürlich jederzeit wieder an mich wenden, wenn Sie meinen, daß ich Ihnen noch irgendwie behilflich sein kann …«

»Natürlich«, murmelte Flavia. Im Grunde hätte sie

nicht gedacht, daß sie so lange hier sein und so viel aus ihm herausbekommen würden.

»Was haben Sie für einen Eindruck?« fragte sie Manstead, als sie auf die Straße traten.

»So eine Unverschämtheit!«

»Sie sind eben noch neu in diesem Geschäft«, entgegnete Flavia mit dem Anflug eines Lächelns.

»Soll das heißen, das ist ganz normal?«

»Daß sich jemand eine fette Provision entgehen läßt, weil das Geschäft den kleinen Schönheitsfehler hat, daß das Bild gestohlen sein könnte? Das ist alles andere als normal. Wenn das stimmt, ist der Mann ehrlicher, als ich erwartet hätte. Es wäre ihm ja auch möglich gewesen, über einen Strohmann zu verkaufen. Könnten Sie das nachprüfen lassen?«

»Was ist das denn für ein Bild? Steht es auf Bottandos Liste der Diebstähle Giottos?«

»Ja. Es ist schon das dritte von dieser Liste, das sich mit Forster in Verbindung bringen läßt. Der Uccello, der Fra Angelico und nun der Pollaiuolo. Könnten Sie sich bei den belgischen Kollegen über diese Sammlung informieren?«

»In Belgien habe ich leider keine Kontakte.«

Flavia zog ihren Notizblock heraus und schrieb ihm einen Namen und eine Telefonnummer auf. »Berufen Sie sich auf mich, dann gibt Ihnen dieser Kollege bereitwillig Auskunft.«

Manstead nahm den Zettel und steckte ihn in die Tasche.

»Sie haben bestimmt schon genug von mir«, sagte Flavia lächelnd.

Manstead seufzte leise, sagte dann aber galant: »Durchaus nicht.«

In London besuchte Argyll seine alte Freundin Lucy Garton. ›Alte Freundin‹ war vielleicht ein bißchen übertrieben. Sie waren vor einer ganzen Reihe von Jahren eigentlich eher entfernte Bekannte gewesen. Es ist schon erstaunlich, was für freundschaftliche Gefühle man für Leute entwickelt, die man kaum kennt, wenn man sie um einen Gefallen bitten will.

Obwohl er seit Jahren nicht mehr mit ihr gesprochen hatte, wußte Argyll vom Plauschen mit gemeinsamen Bekannten, wie es ihr so ergangen war, seit sie sich nach dem Studium in die Londoner Kunstwelt gestürzt hatte. Sie hatte als Assistentin (vulgo: Sekretärin) begonnen und war mit elegantem Schwung zur Ausstellungsleiterin aufgestiegen. Dann hatte sie die nächste Stufe der Karriereleiter erklommen und war Taxatorin eines der kleineren Auktionshäuser geworden, die ein bißchen vom Duopol von Christie's und Sotheby's abknapsten.

Für Argyll war das insofern sehr interessant, als Forster über dieses Auktionshaus den An- und Verkauf von Bildern abgewickelt hatte. Forsters Stellung als Kustos der Gemälde im Weller House war erklärungsbedürftig. Die Sammlung war schließlich ein Jahrhundert lang ganz gut zurechtgekommen, ohne daß sich jemand um sie gekümmert hatte. Warum sollte sich jemand, der in ganz Europa Gemälde stahl, ausgerechnet bei Veronica Beaumont um eine Anstellung bemühen, zumal sein Gehalt lächerlich gering war, wenn man es mit den Summen verglich, die Bilder wie der Fra Angelico eingebracht hatten? Vorläufige Antwort: Weil er damit einen bestimmten Zweck verfolgte. Leider war Argyll noch völlig unklar, was für einen.

Außerdem hoffte er, Mrs. Verney einen kleinen Dienst erweisen zu können. Das war ihm ein echtes Bedürfnis und entsprang nicht nur dem Hintergedanken, daß sie vielleicht an ihn denken würde, falls sie im Interesse ihrer Liquidität ein paar Bilder verkaufen sollte.

Man führte ihn zu Lucy, der ihr beruflicher Aufstieg ein eigenes Büro eingetragen hatte. Er war eher skeptisch, ob er von ihr erfahren würde, was er wissen wollte. Fragen zu den Geschäftsbeziehungen mit mutmaßlichen Kriminellen ließ man sich in Auktionshäusern nicht gern stellen, und Lucy war eine intelligente Frau, die seine Absicht auch dann erkennen würde, wenn er sehr vorsichtig fragte. Einen Versuch war es trotzdem wert.

Man sah, daß es sie verwunderte, ihn plötzlich vor sich zu sehen, aber sie schien sich Gott sei Dank trotzdem über seinen Besuch zu freuen. Sie hatte ein richtig liebes Gesicht, doch Argyll wußte, daß hinter den weichen, rundlichen Zügen ein scharfer Verstand arbeitete. Dieser Gegensatz zwischen Schein und Sein hatte wohl einiges dazu beigetragen, daß sie es zu einem eigenen Büro gebracht hatte. Argyll gestand, daß er nicht nur gekommen war, weil er sich auf ein Wiedersehen mit ihr gefreut hatte.

»Dachte ich mir fast. Du bist aber nicht an einer Stelle interessiert, oder?«

»Nein, nein«, antwortete er erschrocken.

»Das ist gut. Wir haben nämlich keine zu vergeben.«

»Nein, ich wollte dir nur ein oder zwei Fragen zu einem Kunden stellen.«

Lucy hob die Augenbrauen, was wohl in etwa heißen sollte: Du müßtest eigentlich wissen, daß man grundsätzlich keine Auskunft über Kunden gibt.

»Genauer gesagt, zu einem früheren Kunden, der gar nicht mehr lebt. Geoffrey Forster.«

»Er ist tot?«

»Er ist die Treppe heruntergefallen.«

»Na, dann«, sagte sie schulterzuckend. »Ich erinnere mich dunkel an ihn.«

»Er hat doch über euch Bilder gekauft und verkauft, nicht?«

»Ich glaube schon, aber ich erinnere mich nicht an Einzelheiten. Warum?«

»Na ja, mit seinen Bildern ist das so eine Sache.« Argyll wurde ein wenig nervös, weil er jetzt zum Knackpunkt kam. »Da müssen einige Unklarheiten beseitigt werden.«

Sie sah ihn geduldig an.

»Wo sie herkommen, und wo sie abgeblieben sind.«

»Wer muß diese Unklarheiten beseitigen?«

»An sich die Polizei«, hüstelte Argyll. »Das waren vielleicht gar nicht *seine* Bilder.«

Sie machte ein ziemlich erschrockenes Gesicht, womit sich sein vorsichtiges Herantasten wohl erübrigte. Er entschloß sich, ihr einfach alles zu erzählen. Er hatte sie als vernünftige Frau in Erinnerung, die Offenheit zu schätzen wußte.

Offenbar hatte er sie richtig beurteilt. Je mehr sie über die Laufbahn des mutmaßlichen Diebes erfuhr, desto entspannter kam sie ihm vor. Anscheinend gefiel ihr sein Bericht sogar.

»Wenn ich dich recht verstehe, waren das vor allem italienische Bilder?«

»Ja. Aus dem 15. und 16. Jahrhundert.«

»Ich bin für die Niederländer und die Engländer zuständig. Die Italiener sind für mich tabu. Das macht Alex.«

»Wer ist Alex?«

»Mein Chef. Er mag mich nicht. Ich habe meine Stelle gegen seinen Willen bekommen. Wenn ich irgendwo beschlagen bin, dann in der italienischen Malerei, aber sobald ich einen Blick auf ein italienisches Bild werfe, kriegt er Zustände. Er spielt den großen Fachmann und läßt niemand anders ran, weil sonst vielleicht herauskommen könnte, daß er ein Ignorant ist.«

»Das heißt, wenn Forster gestohlene italienische Bilder hier durchgeschleust hat ...«

»... wurden sie von Alex begutachtet«, sagte sie und dachte eine Weile nach. »Das ist sehr interessant. Hm, hm, wenn wir Ärger bekommen sollten, weil er das nicht gemerkt hat ...«

Lucy versank erneut in Gedanken, und Argyll überlegte sich, wie nachteilig sich das Gerangel um Führungspositionen doch auf den Charakter auswirkte. »Und was erwartest du von mir?« fragte sie nach einer Weile.

»Kommt darauf an, wie weit du dich darauf einlassen willst.«

»Im Interesse eines seriösen Kunstmarkts sieht unsere Geschäftspolitik eine möglichst enge Zusammenarbeit mit der Polizei vor.«

»Ach ja?«

»Nein. Aber man könnte endlich mal damit anfangen. Was möchtest du von mir?«

»Sehr gut wäre natürlich eine Aufstellung der Bilder, die Forster über euer Haus verkauft oder eingekauft hat, und vielleicht habt ihr auch eine Schätzung der Kunstobjekte im Weller House durchgeführt.«

»Für eine Testamentseröffnung?«

Er nickte. »Da war Forster noch Kurator der Sammlung. Es ist gut möglich, daß er euch als amtlich bevollmächtigte Taxatoren den Auftrag gegeben hat. Mit solchen Sachen befaßt ihr euch doch sicher auch?«

»O ja«, stöhnte sie. »Damit wir die Nase vorn haben, falls sich die Erben zum Verkauf der Sammlung entschließen. Diese Schätzung kann ich dir auf jeden Fall geben. Bei den Geschäften, die Forster über uns abgeschlossen hat, könnte es schwieriger werden, weil die Unterlagen im Büro von Alex sind, und wie du dir denken kannst, möchte ich ihn damit gar nicht behelligen.«

»Klar.«

»Warte mal einen Augenblick.«

Sie verschwand im Büro nebenan, nachdem sie sich vergewissert hatte, daß sich dort niemand aufhielt. Argyll hörte, wie in einem Aktenschrank Schubfächer aufgezogen und zugeschoben wurden. Kurz darauf begann ein Kopiergerät zu surren, und schließlich kam Lucy mit ein paar Blättern wieder herein.

»Da hätten wir schon mal eine Auflistung der Bilder. Die Seiten mit den Möbeln habe ich nicht auch noch kopiert, sonst wäre ich den ganzen Tag beschäftigt gewesen.«

»Sehr gut.«

Sie reichte ihm die Blätter. »Ein ziemliches Sammelsurium«, sagte sie. »Wir zählen ja beileibe nicht zu den führenden Auktionshäusern der Welt, aber ein bißchen niveauvollere Sachen haben wir in der Regel schon. Insgesamt sind es neunundneunzig.«

»Gemälde?«

»Moment.« Sie zählte rasch durch. »Zweiundsiebzig Gemälde. Ansonsten Zeichnungen. Was ist denn? Du machst einen enttäuschten Eindruck.«

»Nein, die Zahl ist erstaunlich hoch.«

»Aber kaum eines der Bilder ist der Rede wert. Fast

nur Porträts von Familienangehörigen. Ein Bild ist angeblich von Kneller, aber der Schätzer hat am Rand notiert: ›Wenn das ein Kneller ist, bin ich eine Gurke.‹«

Er nickte. »Vielleicht sollte ich langsam mal gehen. Ich habe dich lange genug aufgehalten.«

»Vorher mußt du mir noch versprechen, daß du mich über alles, was unser Haus betrifft, auf dem laufenden hältst.«

Argyll war damit einverstanden.

»Und daß ich eine Woche lang bei dir wohnen kann, wenn ich im September in Rom bin.«

Auch damit war Argyll einverstanden.

»Und daß wir den Auftrag bekommen, wenn du jemals Bilder über ein Londoner Auktionshaus verkaufst.«

Auch damit war er einverstanden.

»Und daß du mich zum Essen ausführst, bevor du zurückfliegst.«

Gewiß doch. Auf dem Weg nach draußen überlegte er sich, ob er die Rechnung des Restaurants an Bottando weiterreichen könnte.

11

Er traf ungefähr eine halbe Stunde nach Flavia in Byrnes Galerie ein, und sie machten sich auf den strapaziösen Weg durch das Zentrum von London zum Bahnhof. Liverpool Street Station ist abends um halb sechs auch für Leute, die daran gewöhnt sind, eine arge Zumutung. Flavia erinnerte der Bahnhof an eine Szene aus Dantes *Inferno;* allerdings ein unlängst aufwendig restauriertes Inferno, doch das prachtvolle Gebäude konnte nicht über das elementare Verkehrschaos hinwegtäuschen.

Sie folgte Argyll zum Bahnsteig. Der Zug nach Norwich mit der fahrplanmäßigen Abfahrtszeit 7 Uhr 15 hätte längst weg sein müssen, stand aber noch da. »Meine Güte, ist das dein Ernst?« sagte sie kopfschüttelnd, als sie die antiquierten Eisenbahnwagen sah. Die offenen Türen knarzten schwer in den Scharnieren, die Farbe blätterte ab, und die Scheiben waren mit einer jahrealten Schmutzschicht überzogen. Sie spähte hindurch und sah Hunderte von zusammengepferchten Pendlern, die Zeitung lasen und sich den Anschein gaben, daß man sein kurzes Erdenleben durchaus auch so verbringen konnte. »Ist das der Schnellzug nach Auschwitz, oder was?« fragte sie.

Argyll hüstelte verlegen. Es ist nicht gerade angenehm, wenn man sich aus patriotischen Gründen zur Entschuldigung unhaltbarer Zustände genötigt sieht. »Er erfüllt seinen Zweck und bringt uns ans Ziel«, sagte er lustlos. »Hoffe ich jedenfalls.«

»Warum steigen diese Leute nicht einfach aus und halten ein Streichholz an dieses Ungetüm?« Man merkte, daß Flavia aus einem Land mit einer gut funktionierenden Eisenbahn kam.

Als Argyll ihr gerade zu erklären versuchte, daß die Bahn die verkohlten Wagen dann einfach auf die Strecke nach Brighton verlegen würde, hallte ein lautes Knacken und dann ein unverständliches Gedröhn durch den Bahnhof.

»Was sagt er?« fragte Flavia stirnrunzelnd.

»Keine Ahnung.«

Die Fahrgäste im Zug hatten es offenbar verstanden. Mit einem kollektiven Seufzer klappten alle die Zeitung zu, hoben die Tasche auf, stiegen aus und stellten sich auf den Bahnsteig. Der Zug hätte eigentlich schon vor zwanzig Minuten abfahren sollen, doch das schien niemanden sonderlich zu beunruhigen.

»Entschuldigen Sie bitte«, sagte Flavia zu dem gutgekleideten Fünfzigjährigen, der ganz gelassen neben ihr stand. »Was war das für eine Durchsage?«

»Dieser Zug fällt aus. Der nächste fährt in einer Stunde.«

»Das darf doch nicht wahr sein«, sagte sie zu Argyll. »Ich denke gar nicht daran, eine Stunde zu warten, um dann in einen Viehwaggon gepfercht zu werden. Wenn die Leute hier wie eine Schafherde ausharren wollen, ist das ihr Problem. Mir reicht's.«

Argyll verkniff sich die Bemerkung, daß Schafherden normalerweise nicht mit Viehwaggons transportiert werden, und trabte hinter ihr aus dem Bahnhof und zu einem Autoverleih gleich um die Ecke.

Vermutlich würden sie auf der ganzen Strecke bis nach Norwich eine Durchschnittsgeschwindigkeit von ungefähr fünf Kilometer pro Stunde erreichen und wären trotz allem mit der Bahn schneller gewesen, aber das behielt er unter den gegebenen Umständen lieber für sich. Immerhin konnten sie sich nun in aller Ausführlichkeit darüber unterhalten, ob sich der verstorbene Geoffrey Forster als großer Krimineller oder als die größte Zeitverschwendung seit Jahren entpuppen würde. Argyll berichtete, was er am Nachmittag in Erfahrung gebracht hatte.

»Und wie schätzt du das ein?« Flavia trat auf die Bremse, da die Wagenkolonne wieder einmal zum Stehen kam.

»Ich finde es ziemlich interessant.«

»Inwiefern?«

»Forster hat jahrelang Bilder aus dem Weller House verkauft, nicht?«

Sie nickte.

»Die Bestandsliste, die vor fünfzehn Jahren nach dem Tod von Onkel Godfrey erstellt wurde, umfaßt zweiundsiebzig Gemälde. Nach dem Tod von Cousine Veronica hat man erneut Inventur gemacht – und dreimal darfst du raten …«

Sie schüttelte den Kopf und sagte: »Ich lasse mich überraschen.«

»Die Sammlung umfaßt immer noch zweiundsiebzig Gemälde.«

Die Autoschlange setzte sich wieder in Bewegung, und Flavia konzentrierte sich auf den Versuch, die Dreißig-Stundenkilometer-Grenze zu durchbrechen. Ein paar Sekunden später gab sie ihn auf und setzte die Unterhaltung fort.

»Willst du darauf hinaus, daß Weller House seine Waschanlage gewesen sein könnte?«

»Genau. Wenn man ein gestohlenes Gemälde verkaufen will, muß man einen Herkunftsnachweis fingieren, sonst macht man sich verdächtig. Dabei darf auf keinen Fall der Eindruck entstehen, man könnte es aus Italien bekommen haben. Man sucht sich also eine alte Sammlung in einem Herrenhaus auf dem Lande, die seit langem keiner Prüfung mehr unterzogen wurde. Wenn alte Unterlagen existieren, werden sie verbrannt. Dann kann man behaupten, daß das gestohlene Bild aus diesem Herrenhaus stammt.«

»Und selbst wenn das jemanden nicht überzeugt, kann er noch lange nicht nachweisen, daß es ein gestohlenes Bild ist, weil Forster sich nur in Sammlungen bedient hat, die schlecht katalogisiert und nicht versichert waren.«

»Genau. Ein gewisses Risiko bleibt, aber sehr groß ist es nicht. Es gibt auf der Welt nun mal eine Unmenge von Bildern und nur sehr wenige Leute, die sie identifizieren können.«

Flavia nickte. »Diese Lucy schickt dir also eine Liste mit Forsters Einkäufen und Verkäufen?«

»Es könnte ein paar Tage dauern, weil sie nicht will, daß ihre Kollegen etwas davon erfahren.«

»Ich bräuchte dringend jetzt gleich Beweismaterial.«

Argyll wunderte sich wieder einmal darüber, daß manche Leute einfach nicht warten konnten. Schließlich war es noch keine Woche her, seit sie zum erstenmal von Forster gehört hatten.

»Ist mit den Aussagen, die ihr zu Protokoll genommen habt, nichts anzufangen?« fragte er.

»Signora Fancelli hegt einen Groll gegen Forster und lebt in der Vergangenheit. Sandanos Aussage können wir vielleicht gar nicht verwerten, weil ich ihm Vertraulichkeit zugesichert habe. Auf Della Quercia kann man sich nicht verlassen, weil sie plemplem ist. Winterton sagt nur, daß Forster ein Bild erkannt hat, das möglicherweise gestohlen war. Veronica Beaumont lebt leider nicht mehr. Es wäre schon sehr hilfreich, wenn wir belegen könnten, daß Forster Gemälde als Teil der Sammlung von Weller House verkauft hat, die nicht von dort stammten. Vielleicht ließe sich dann auch ermitteln, wohin sie gegangen sind. Hast du in seinen Papieren Angaben zu Bilderverkäufen gefunden?«

»Bisher nicht. Aber ich bin noch nicht durch.«

Was wiederum Flavia verwunderlich fand. Sie wechselte lieber das Thema.

»Was halten die Leute im Dorf von Forster? Winterton und auch Byrnes hatten offenbar keine hohe Meinung von ihm. Winterton behauptet, daß er keinen Geschmack hatte, und Byrnes sagte sehr abfällig, daß Forster charmant war. Wie kann er etwas gegen Charme haben?«

»Das ist in England allgemein üblich, meine Liebe.«

»Warum denn? Ich mag charmante Menschen.«

»Du bist eben Italienerin.«

Sie legte den ersten Gang ein, und der Wagen kroch ein paar hundert Meter weiter.

»In England bedeutet Charme, daß man oberflächlich ist, einen Hang zu Schmeicheleien hat und vermutlich ein aufgeblasener Aufsteiger ist. Zudem deutet dieser Ausdruck darauf hin, daß man sich etwas aus Frauen macht.«

»Was ist dagegen einzuwenden?«

»Es ist einfach suspekt, wenn einer charmant ist«, dozierte Argyll mit umwölkter Stirn. »Am Ende fängt so einer noch an, Frauen zu umarmen und ihnen die Hand zu küssen wie ein Kontinentaleuropäer. Mit derartigen Aufmerksamkeiten darf man allenfalls seinen Hund bedenken.«

»Du kommst schon aus einem sehr sonderbaren Land, weißt du das? Aber erzähle mir von unserer Gastgeberin. Meinst du, daß ich mich bei Mrs. Verney wohlfühlen werde?«

»Bestimmt. Ich fühle mich jedenfalls sehr wohl bei ihr. Sie ist sehr charmant ... Doch, doch, Frauen dürfen charmant sein. Dagegen ist selbst in England nichts einzuwenden.«

»Aha. Und worin besteht ihr Charme?«

»Man fühlt sich bei ihr wie zu Hause, obwohl sie in einem großen, kalten Kasten wohnt. Ich glaube, sie ist sehr intelligent, sie hat einen trockenen Humor und ist ziemlich schlagfertig.«

»Warum nimmt sie uns eigentlich mit offenen Armen auf?« fragte sie argwöhnisch.

»Sie ist eben neugierig auf dich – und du ja auch auf sie. Im übrigen ist sie wohl ein bißchen einsam. Das Leben dort oben ist ziemlich eintönig.«

Als sie das Dorf endlich erreichten, war es schon nach neun, und Flavia fuhr direkt zum Weller House. Es hörte auf zu regnen, was man als Willkommensgruß in Norfolk verstehen konnte, und Mary begrüßte sie wie alte Freunde.

»Ich habe ein bißchen was für Sie aufgehoben. Sie müssen doch Hunger haben.« Sie führte sie in die Küche und nahm Flavia gegenüber Platz. Flavia war ein wenig erschöpft, und Mary begegnete ihr ungewöhnlich still und vorsichtig.

Aber bald war das Eis gebrochen, und Argyll fühlte

sich sogar ein wenig ausgeschlossen, weil sich die beiden Frauen auf Anhieb so gut verstanden und es kaum noch für nötig hielten, mit ihm zu reden. Sie erörterten den Zustand des britischen Verkehrswesens, das Wetter, die Schrecken eines Lebens in London, Rom und Paris und die Schwierigkeiten des Salatanbaus bei englischen Witterungsverhältnissen.

»Können Sie schon Näheres zu Geoffrey sagen?« fragte Mary schließlich.

»Eigentlich nicht«, antwortete Flavia. »Die Ermittlungen sind in vollem Gange.«

»Möglicherweise können wir ihn mit einem weiteren Bild in Verbindung bringen. Mit einem Pollaiuolo«, sagte Argyll aus dem einfachen Grund, daß er seit einer Viertelstunde nicht mehr zu Wort gekommen war und sich endlich wieder einmal bemerkbar machen wollte. »Und für Sie haben wir eine eher schlechte Nachricht.«

»Für mich?« fragte Mrs. Verney.

Flavia hätte eigentlich lieber nicht mit einer Frau, die sie erst vor einer halben Stunde kennengelernt hatte, über den Fall gesprochen, aber ihre Gastgeberin machte wirklich einen sympathischen Eindruck, und Argyll hatte sie offenbar sowieso schon in alles eingeweiht, sie brauchte sich also nicht mehr zugeknöpft geben.

»Es könnte sein, daß Forster gestohlene Gemälde als Bilder aus dem Weller House ausgegeben hat«, sagte sie.

Mary sah ihn interessiert an. »Was könnte er damit bezweckt haben?«

»Man kann nicht nur Geld waschen, sondern auch Bilder. Dazu muß man ihnen eine falsche Geschichte zuordnen, die erklärt, wo sie herkommen. Eine alte Sammlung, in der Bilder hängen, die seit hundert Jahren und länger kaum jemand zu Gesicht bekommen hat, wäre geradezu ideal. Ihre Familie hätte es natürlich aufklären können.«

»Aber das war nicht zu befürchten. Wie ich Jonathan schon erzählt habe, war Veronica nicht immer bei klarem Verstand.«

»Um so besser für einen Dieb.«

»Das würde wohl auch erklären, warum er alle Unterlagen verschwinden ließ.«

»Gut möglich.«

»Gab es hier in meiner Abwesenheit noch einen Mord oder eine Verhaftung oder sonst etwas Spektakuläres?«

»Nein«, antwortete Mary fast ein wenig traurig. »Es war sterbenslangweilig. Ach ja, Jessica ist wieder da.«

»Ist das Forsters Frau?« fragte Flavia.

»Ja. Das arme Ding ist heute morgen angekommen. Sie ist in einem erbärmlichen Zustand. So etwas ist natürlich ein Schock. Ich habe sie gefragt, ob ich sie auch bei mir unterbringen soll, weil ich mir nicht vorstellen konnte, daß sie in dem Haus wohnen wollte, wo es passiert ist, aber sie meinte, das sei nicht nötig.«

»Das war aber sehr nett von Ihnen.«

»Finde ich auch, aber ich muß zugeben, daß ich Angst hatte, sie könnte mein Angebot annehmen. Ich bin sehr dafür, daß man seinen Mitmenschen in der Stunde der Not beispringt«, versicherte sie und senkte die Stimme als fürchte sie, belauscht zu werden. »Aber ehrlich gesagt ist sie so eine Tranfunzel, daß es nicht zum Aushalten ist.«

»Hat die Polizei mit ihr geredet?«

Sie zuckte die Schultern. »Keine Ahnung. Selbst George Barton tappt im dunkeln. Wie sollte da eine Dilettantin wie ich etwas herausfinden?«

Da Argyll gar nicht zum Reden kam, war er viel schneller mit dem Essen fertig als die beiden anderen, und nachdem er sich auch noch im Wohnzimmer ihre Unterhaltung eine halbe Stunde lang angehört hatte, beschloß er, ins Bett zu gehen, während die beiden Frauen sich überlegten, ob sie sich einen Brandy genehmigen sollten.

12

Es wurde laut geklopft, und jemand schob den Kopf durch den Türspalt.

»Tut mir leid, daß ich Sie wecken muß, Jonathan«, sagte Mary. »Die Polizei ist da. Könnten Sie ganz schnell aufstehen?«

Er streckte den Kopf unter der Decke hervor in die feuchte, kalte Luft, versuchte sich zu orientieren und brachte statt einer angemessenen Antwort nur ein »Hm?« heraus.

»In der Küche gibt's Kaffee«, sagte sie fröhlich und verschwand.

Noch ganz benommen kam er ihrer Aufforderung nach, schwang die Beine aus dem Bett und suchte seine Kleider zusammen. Kostbare Minuten verstrichen, während er über den Verbleib seiner linken Socke rätselte, bis er sie unter dem Bett fand. Dann zog er sich an und stieg die Treppe hinunter.

Inspector Wilson, der kein ordentliches Frühstück und viel zuviel Kaffee im Bauch hatte, machte ein griesgrämiges Gesicht und begrüßte Argyll mit einem unartikulierten Laut, der eigentlich nur seinem Mißvergnügen Ausdruck verlieh.

Argyll musterte ihn vorsichtig. »Was gibt's?« fragte er. »Sie machen nicht den Eindruck eines Mannes, der mit der Welt in Frieden lebt.«

»So kann man es auch ausdrücken, Mr. Argyll. Ich muß Ihnen eine Frage stellen.«

»Nur zu.«

»Wo waren Sie gestern nachmittag?«

Argyll sah ihn verblüfft an. »In London«, sagte er. »Warum?«

»Dann haben Sie vermutlich keine Ahnung, wer gestern an Geoffrey Forsters Haus die Versiegelung abgerissen und die Tür aufgeschlossen und sämtliche Papiere mitgenommen hat?«

»Nein«, sagte Argyll überrascht. »Ich war es jedenfalls nicht. Wer könnte denn ein Interesse an diesen Papieren haben?«

»Gute Frage.«

»Wann war das?«

»Das wissen wir nicht. Die Dörfler haben ausnahmsweise einmal nichts mitbekommen. Außer Polizisten hat man niemand hinein- und hinausgehen sehen.«

»Dann wird es wohl ein Polizist gewesen sein«, sagte Argyll. »Sind Sie sicher, daß keiner Ihrer Kollegen die Papiere im Übereifer anderswohin geschafft hat?«

Wilson würdigte ihn keiner Antwort und blickte zur Tür, durch die gerade Flavia gähnend eintrat. Mary Verney stellte die beiden einander vor.

»Freut mich«, sagte Inspector Wilson.

»Habe ich das richtig verstanden? Ein Haufen Papiere ist abhandengekommen?« fragte sie sanft.

Da er nun eine Kollegin vor sich hatte, wenn sie auch nicht unbedingt so aussah, bejahte Wilson ihre Frage eher kleinlaut und gab – um es hinter sich zu bringen – auch gleich zu, daß es einen ausgesprochen schlechten Eindruck machte, wenn eine ganze Ladung Beweismaterial einfach so aus dem Haus eines Mannes verschwand, der möglicherweise einem Mord zum Opfer gefallen war.

»Ich habe gehofft, daß Mr. Argyll die ganzen Papiere

hierherbefördert hat, um sie in aller Ruhe zu studieren«, sagte er. »Hat er aber leider nicht.«

»Haben Sie Forsters Frau gefragt?« schaltete sich Mary ein. »Vielleicht hat sie den ganzen Krempel einem Steuerberater gebracht.«

Auf diesen Gedanken war Wilson schon selber gekommen, doch Jessica Forster hatte es weit von sich gewiesen.

»Hätten Sie etwas dagegen, wenn ich mich in Forsters Haus ein bißchen umsehen würde?« fragte Flavia. »Ich werde bestimmt nichts Neues zu Tage fördern, aber es würde sich in meinem Bericht gut machen.«

Wilson erklärte sich einverstanden, bat sie jedoch, ohne seine Genehmigung nichts anzufassen.

Nach einem kurzen Frühstück hüllten sich alle drei in warme Kleidung, um sich gegen den englischen Sommermorgen zu wappnen, und machten sich auf den Weg zu Forsters Haus.

»Dieses Haus hat früher Ihnen gehört, nicht wahr?« fragte Flavia, die mit Mary im Gleichschritt ging, während Argyll vom Hund abgedrängt wurde. »Warum hat Ihre Cousine die Cottages an Forster verkauft?«

»Das ist eine gute Frage. Ich dachte mir, vielleicht könnte ich den Kaufvertrag wegen unzulässiger Beeinflussung annullieren lassen, aber gleich mehrere Anwälte meinten, da hätte ich keine Chance. Vielleicht sieht es jetzt besser aus. Das bringt Sie aber hoffentlich nicht auf die Idee, daß ich Forster umgebracht habe, um wieder an meinen Besitz zu kommen.«

»Gehörten zu Weller House früher einmal ausgedehnte Besitzungen?«

»O ja. Sie sind im Laufe der Zeit zusammengeschrumpft. Bei den wenigen Besuchen, die wir in meiner Kindheit hier machten, war noch ein halbes Dutzend Farmen vollauf damit beschäftigt, meiner Familie den gewohnten Lebensstil zu ermöglichen, aber Onkel Godfrey war in geschäftlichen Dingen ein hoffnungsloser Fall, und die verrückte Veronica hat sich erst gar nicht damit abgegeben. Beide legten den allergrößten Wert auf einen standesgemäßen Lebensstil, konnten ihn aber nicht finanzieren. Veronica hat es sich sehr gutgehen lassen, und ich habe mich immer gefragt, wo sie das Geld hernimmt. Nach ihrem Tod habe ich dann festgestellt, daß sie ihren Lebensstil praktisch mit dem Verkauf des Familiensilbers finanziert hat. Aber warum auch nicht? Die Regierung macht es ja auch nicht anders.«

»Und dann mußten Sie auch noch Erbschaftssteuer zahlen?«

Sie nickte. »Aber nicht viel. Sie hat mir den Besitz schon vor einiger Zeit überschrieben. Da hatte sie gerade einen besonders schweren Anfall hinter sich, bei dem sie dachte, daß sie ihn nicht überleben würde, und dann bekam sie Angst, daß alles ans Finanzamt gehen könnte. Dadurch habe ich viel gespart, aber die Steuern, die übriggeblieben sind, machen mir noch genug Kopfzerbrechen. Da wären wir. Es ist dieses Haus.«

Mary schloß die Tür auf und sagte, Flavia könne sich in aller Ruhe umsehen, da sie selber lieber auf dem Grundstück nachsehen wollte, ob irgendwo etwas repariert werden mußte.

»So ist das nun einmal, wenn man Besitz hat«, sagte sie. »Ständig steht man vor Löchern in irgendeinem Zaun und fragt sich, was das wohl wieder kosten wird.«

»Soll ich mitkommen?« fragte Argyll.

»Aber ja. Gern.«

Mary und Argyll gingen durch den kleinen Garten und überließen es Flavia, das Haus nach allen Regeln der Kunst zu inspizieren. Argyll zweifelte nicht daran, daß sie auch ohne ihn alles finden würde, was sie suchte. Wenn sie konzentriert arbeiten wollte, ließ man sie am besten allein.

»Ich mag Flavia«, sagte Mary. »Sie sollten mit ihr zusammenbleiben.«

»Werde ich machen. Wohin gehen wir denn?« fragte er, als sie durch eine Lücke in einer alten Hecke traten.

»Jetzt sind wir wieder auf meinem Grund und Boden. Der Fußweg da drüben führt zum Weller House. Vorher kommt man aber noch durch ein Wäldchen, in dem immer noch Fasane herumstolzieren. Die wollte dort mal jemand züchten, der dann aber schnell die Lust verloren hat. Jetzt werden die Tiere in Ruhe gelassen und haben ein schönes Leben. Das Wäldchen ist richtig hübsch.«

»Sehen wir es uns an? Sagen Sie, warum verkaufen Sie das ganze Anwesen nicht einfach? Auch nach Steuern wird doch noch etwas übrigbleiben?«

»Nach Steuern bleibt noch etwas übrig, nach der Tilgung der Kredite nicht mehr. Im Grunde können wir nur dank der Langmut des Filialleiters der Bank weiterwursteln. Onkel Godfrey hat die Wirklichkeit einfach ignoriert und immer neue Kredite aufgenommen. Als Sicherheit galt das, was er angeblich zu erwarten hatte.«

»Was denn?«

»Eine Entschädigung für das Land, das im Krieg für den Luftstützpunkt enteignet wurde. Dafür hat er gekämpft, aber meiner Ansicht nach war es reine Zeitverschwendung. Damals jedenfalls. Wenn die Soldaten abgezogen sind, besteht die Möglichkeit, daß ich das Land zurückbekomme.«

»Aber das dauert doch bestimmt ein paar Jahre, nicht wahr?«

»Auf jeden Fall. Ehrlich gesagt bezweifle ich, ob es jemals so weit kommen wird, aber das dürfen Sie nicht weitersagen. Solange mir die Banken glauben, daß ich das Land zurückbekomme, kann ich mir Geld pumpen.«

»Wie Onkel Godfrey?«

»Schon ein bißchen wie er. Vermutlich halten Sie es für sehr unverantwortlich, daß ich Kredite aufnehme, obwohl ich weiß, daß ich sie nie zurückzahlen kann. Aber, Herrgott! Wozu gibt es Banken?«

Sie durchquerten eine kleine, nur ungefähr fünfzehn Meter breite Lichtung. Aus einem großen Haufen Gartenabfällen, der zum Verbrennen aufgeschichtet war, kam der Geruch von bereits verbranntem, über Nacht vom Regen durchweichtem Abfall. Als sie schon an dem Haufen vorbei waren, blieb Argyll abrupt stehen und ging zurück, um ihn genauer in Augenschein zu nehmen. Ein nur halb verkohlter Aktenordner ragte heraus. Er trug die Aufschrift: *Korrespondenz 1982.* Außerdem sah man ein angesengtes Blatt Papier mit einem Briefkopf aus der Bond Street und ein zweites, das einmal eine Rechnung gewesen war.

Als sie die angekohlten Überreste eine Weile schweigend betrachtet hatten, sagte Argyll: »Damit dürfte das Rätsel des ausgeräumten Aktenschranks gelöst sein.«

»Sieht ganz so aus«, sagte sie und steckte die Hände in die Taschen.

Argyll beugte sich vor und roch an dem Haufen.

»Benzin oder Heizöl«, kommentierte er. »Wie war hier gestern das Wetter?«

»Vormittags hat es geregnet, nachmittags war es trocken, abends und nachts hat es wieder geregnet.«

Er zuckte die Schultern. »Jedenfalls hat sich da jemand eine Menge Arbeit gemacht. Es war keine Kleinigkeit, die ganzen Akten hierherzuschleppen und anzuzünden und nachher die Spuren so gut wie möglich zu verwischen. Da hat jemand ziemlich viel Zeit investiert. Man fragt sich – warum?«

»Ist das eine rhetorische Frage, auf die Sie längst eine Antwort haben?«

»Es liegt doch nahe, daß da jemand Beweismaterial vernichtet hat. Kommen Sie. Wir müssen Inspector Wilson benachrichtigen.«

Flavia trank eine Tasse Kaffee und plauderte mit Jessica Forster, die auf einmal hinter ihr aufgetaucht war, als sie sich einen ersten Überblick über den Tatort verschaffen wollte. Flavia hatte mit den Händen in den Hosentaschen gedankenverloren am Fuß der Treppe gestanden, wobei sie sich vorzustellen versuchte, wie der Mann heruntergefallen sein könnte, als sie hinter sich ein erzürntes, aber eher kleinlautes Hüsteln vernahm.

Flavia drehte sich um und entschuldigte sich dafür, daß sie hereingekommen war, ohne zu klopfen. Sie hatte vollkommen vergessen, daß die Witwe aus London sich im Haus aufhielt. Später drängte sich ihr der Eindruck auf, daß es Jessica Forster wahrscheinlich oft so erging. ›Mausgrau‹, dachte Flavia unwillkürlich, und dieses Adjektiv ging ihr nicht mehr aus dem Sinn und piepste ständig dazwischen, während sie sich um eine differenziertere Einschätzung ihres Gegenübers bemühte.

Flavia schätzte Mrs. Forster mindestens zehn Jahre jünger als ihren verstorbenen Ehemann. Die Selbstsicherheit und Arroganz, die Fotos von Forster vermittelten, gingen ihr völlig ab. Mit ihren schmalen Lippen und den zusammengebissenen Zähnen sah sie wie eine vielgeprüfte Dulderin aus. Daß sie nervös und ziemlich verzweifelt wirkte, war unter den gegebenen Umständen nur natürlich.

Flavia sprach ihr Beileid aus, und Mrs. Forster sagte: »Es war ein Schock. Ich kann es immer noch nicht glauben.«

»Ich dachte mir, ich könnte Sie vielleicht fragen ...«

»Wollen Sie mir jetzt auch noch Fragen stellen? Ich habe der Polizei doch schon alles gesagt, was ich weiß.«

Flavia versuchte sie zu beruhigen und erklärte ihr, daß sie sich für andere Dinge interessierte.

»Wer sind Sie denn eigentlich?«

Auch das erklärte ihr Flavia, und dann fragte sie: »Hat Ihnen die Polizei alles gesagt?«

Sie schüttelte den Kopf. »Man hat mir überhaupt nichts gesagt. Man hat mich nur ausgefragt. Es war schrecklich. Als ob mich das alles gar nichts angehen würde.«

Flavia erzählte ihr, was sie wußte.

Sofern Mrs. Forster sich nicht sehr gut verstellte, hatte man ihr wirklich nicht viel erzählt. Sie war eben so unscheinbar, daß man sie gar nicht in Betracht zog. Man tat sich wirklich schwer damit, sie ernst zu nehmen, aber das war kein Grund, sie zu ignorieren. Flavia gab sich Mühe, wofür ihr Mrs. Forster offensichtlich sehr dankbar war, und Flavia empfand immer mehr Mitleid mit ihr.

Als sie ihren Bericht beendet hatte, sagte Mrs. Forster kopfschüttelnd: »Davon habe ich gar nichts gewußt.«

»Erstaunt Sie das?«

»Nicht unbedingt. Die Geschäfte waren seine Sache. Ich habe nur mitbekommen, daß in letzter Zeit alles nicht so einfach war. Wegen Mrs. Verney.«

Als sie erzählte, daß ihr Mann und Mrs. Verney nicht gut miteinander ausgekommen waren, wurde Jessica Forster endlich ein bißchen lebhafter. »Ich kann nicht sagen, an wem es lag. Sie hat behauptet, sie kann sich sein Gehalt nicht mehr leisten, und es hat mich überrascht, wie wütend Geoffrey auf sie war. Sie konnten einander wohl einfach nicht ausstehen. Aber zu mir war sie immer nett, das muß ich sagen. Sie hat mir sogar angeboten, bei ihr zu wohnen, weil sie dachte, ich würde es hier nicht aushalten. Das war sehr liebenswürdig von ihr, finden Sie nicht auch? Wenn man in Bedrängnis ist, lernt man die Leute oft erst richtig kennen.«

Flavia nickte.

»Aber natürlich habe ich auch verstanden, daß Geoffrey eine Wut auf sie hatte«, fuhr Mrs. Forster fort. »Geoffrey hat sich für Miss Beaumont mächtig ins Zeug gelegt. Er hat sogar sein Geschäft in London aufgegeben und ist hierhergezogen. Und dann kommt Mrs. Verney, und alles ist vorbei. Das hat ihn schwer getroffen, und wir hatten, ehrlich gesagt, auch finanziell daran zu knapsen.«

»Mrs. Verney konnte sich das Gehalt nicht mehr leisten. War das der einzige Grund?«

Ratlos runzelte Jessica die Stirn. »Was hätte es sonst für einen Grund geben sollen?«

»Und das brachte Ihren Mann in Bedrängnis? Finanziell, meine ich.«

Sie nickte. »Aber Geoffrey hat sich aufgerappelt und sein Geschäft wieder in Gang gebracht. Neulich hat er mir gesagt, daß er kurz vor einem großen Abschluß stünde.«

»Worum ging es dabei?«

»Keine Ahnung. Er hat mich damit nie behelligt. ›Ich verdiene das Geld, und du gibst es aus‹, hat er immer gesagt. Er war ein guter Mann. Ich kann mir denken, was man Ihnen erzählt hat, aber es steckte mehr in ihm. Viel mehr.«

»Ging es bei diesem Abschluß um ein Gemälde?«

»Wahrscheinlich schon. Sonst käme eigentlich nur noch der Verkauf der Cottages in Frage, aber das glaube ich eigentlich nicht.«

»Hat er in der Regel auch wertvolle Bilder hier im Haus behalten?«

»Das weiß ich nicht. Wirklich wertvolle Stücke wohl eher nicht. Sie wären hier nicht besonders gut aufgehoben gewesen. Die Putzfrauen hatten einen Schlüssel, und was weiß ich wer noch alles, und außerdem hörte man in letzter Zeit viel von einem Einbrecher. Mein Mann hatte ein Bankschließfach in Norwich. Aber das habe ich der Polizei alles schon gesagt.«

»Den Namen von Kunden hat er nie erwähnt?«

»Nein.«

»Hatte er in Italien Kontakte?«

Sie schüttelte den Kopf.

»Ist ihr Mann viel gereist?«

»Natürlich. Er war schließlich Kunsthändler. Da ist man ständig auf Achse, um sich Bilder anzusehen und Kunden zu besuchen. Es hat ihm allerdings keinen großen Spaß gemacht. Er war an sich lieber zu Hause.«

»Ist er auch ins Ausland gefahren?«

»Manchmal schon, aber nicht oft. Warum fragen Sie?«

»Nur so«, sagte sie ausweichend. »Wissen Sie zufällig, ob er im Juli 1976 nach Schottland gereist ist?«

»Nein, das weiß ich nicht.«

»Oder vielleicht im Mai 1991 nach Padua?«

»Keine Ahnung.«

»Oder im Februar 1992 nach Mailand?«

»Er war nie lange fort, aber ich wußte nicht immer, wo er hinfuhr.«

»Kann sonst jemand darüber Auskunft geben?«

»Wohl kaum. Geoffrey hat allein gearbeitet. Diesen Winterton könnten Sie fragen. Vielleicht weiß der etwas.«

»Ach ja, vielen Dank. Können Sie mir sagen, wie die Anstellung bei Veronica Beaumont zustandekam?«

»Er hat sie gefragt. Ich glaube, sie kannten einander schon länger. Geoffrey hat Wert darauf gelegt, Beziehungen zu solchen Leuten zu pflegen. Ich hätte die meisten von denen allerdings nicht einmal gegrüßt. Er hatte sie schon seit längerem ab und zu beraten. Vor drei Jahren sind wir hierhergezogen, und dann hat er nur noch für sie gearbeitet.«

»Soweit ich weiß, kannten die beiden einanander schon, als sie um die Zwanzig waren.«

Sie sah Flavia erstaunt an. »Schon möglich, aber er hat nie davon gesprochen. Ich kann jedenfalls nicht behaupten, daß ich gern hierhergezogen wäre. Daß die Geschäfte schlecht gingen, sah ich auch, aber wir wären schon über die Runden gekommen. Ich hätte mir eine Arbeit gesucht und dazuverdient. Eigentlich hielt ich es für keine gute Idee, daß wir uns den Launen einer etwas sonderbaren Frau auslieferten. Aber Geoff hat leider nicht auf mich gehört, und es war mir kein Trost, daß ich recht behalten habe. Wir hätten in

London bleiben sollen, statt uns hier auf dem Land zu vergraben.«

Eine etwas unglückliche Formulierung, fand Flavia.

Flavia nippte unschlüssig an ihrem Bier. Nein, sie aß lieber doch nichts. Lieber litt sie Hunger. Sie hatte noch nie Speisen gesehen, die mit diesen hier mehr als eine entfernte Ähnlichkeit hatten, und sie wollte nicht unbedingt ausprobieren, welche Schäden sie ihrem Magen zufügen könnten. Auch Argyll brachte nur ein Schinkenbrötchen hinunter, während Inspector Manstead, der kurz zuvor aus London eingetroffen war, den mangelnden Appetit der beiden anderen wettmachte: Genüßlich biß er schon von seinem zweiten Scotch Egg ab und schob eine große eingelegte Zwiebel nach, was in seinem Mund offenbar eine Mischung ganz nach seinem Geschmack ergab. Flavia erschauerte und versuchte, sich auf das Gesprächsthema zu konzentrieren.

»Was meinen denn Ihre Norwicher Kollegen?« fragte sie.

Manstead kaute bedächtig weiter, um dann alles auf einmal hinunterzuwürgen. »Noch gar nichts. Sie würden gern in Gordon den Täter sehen, weil das am einfachsten wäre, aber im Grunde glauben sie das selber nicht. Er muß vorläufig herhalten, weil man noch keine andere Spur hat.«

»Wie ich höre, hat man Mrs. Forster befragt?«

»Stimmt.«

»Hat sie Forsters Bankschließfach erwähnt?«

»Allerdings. Das wurde schon überprüft.«

»Und was ist drin?«

»Nichts. Anscheinend ist Forster am fraglichen Tag

kurz vor Schalterschluß aufgekreuzt und hat das Schließfach geleert.«

»Was hat er denn herausgenommen?«

»Das weiß man natürlich nicht. Wo käme man hin, wenn man in den Schließfächern der Kunden herumschnüffeln würde. Wir sind hier schließlich nicht in der Schweiz.«

Flavia runzelte die Stirn. »Wann hast du Forster angerufen?« fragte sie Argyll.

»Um halb drei«, antwortete er. »Vielleicht auch ein bißchen später.«

»Demnach ist Forster nach deinem Anruf ...«

»... sofort losgefahren und hat seine Sachen aus dem Schließfach geholt«, beendete Manstead den Satz Flavias. »Nach Norwich fährt man ungefähr eine Dreiviertelstunde. Am Abend war er dann schon tot. Uns ist im Haus jedoch nichts aufgefallen, für das es keinen rechten Platz zu geben schien, weil man es gerade erst aus einem Schließfach geholt hätte. Aber wir wissen ja auch nicht, wonach wir suchen.«

Flavia sog hörbar Luft ein und kratzte sich an der Nase. »Jonathan? Was hast du am Telefon genau zu ihm gesagt?«

Etwas verwirrt versuchte sich Argyll zu erinnern. »Ich habe gesagt, ich will mich über ein Bild informieren, von dem mir ein alter Freund von ihm erzählt hat.«

»Und was noch?«

»Daß es sich eventuell um ein gestohlenes Bild handelte und daß ich mich gerne mit ihm darüber unterhalten würde, aber nicht am Telefon. Er hat gesagt, ich soll zu ihm kommen.«

»Es könnte also sein, daß er dachte, du willst dieses Bild kaufen?«

Argyll nickte.

»Und daß er es in aller Eile hergeholt hat, um dir die Möglichkeit zu geben, die Ware in Augenschein zu nehmen, bevor du ein Angebot machst?«

»Schon möglich. Dagegen spricht allerdings, daß ich den Palazzo Straga erwähnt habe.«

»Hm.«

»Das würde doch sowieso nicht erklären, warum er jetzt tot ist und warum jemand seine Unterlagen verbrannt hat.«

Manstead trank in einem Zug ein gutes Drittel seines Pints und leckte sich die Lippen. »Ah, das Leben auf dem Lande! Gutes Bier, gutes Essen, frische Luft. Wie komme ich eigentlich dazu, in London zu vegetieren? Wissen Sie, vielleicht hatte das alles gar nichts mit Gemälden zu tun.«

Flavia sah ihn skeptisch an.

»Meine Norfolker Kollegen haben auch noch andere interessante Ansatzpunkte«, fuhr er fort. »Zum Beispiel den Umstand, daß Gordon partout nicht damit herausrücken will, wo er war.«

»Und was noch?«

»Forster hatte ein Verhältnis mit dem Mädchen, das in seinem Haus geputzt hat, was seiner Frau natürlich nicht paßte. Sie sieht zwar wie ein schwer geprüfter Einfaltspinsel aus, aber vielleicht hat sie das doch in Rage gebracht. Könnte man ihr ja auch nicht verdenken. Ihr Besuch in London gibt jedenfalls zu denken.«

»Inwiefern?«

»Mrs. Forster hat in London bei ihrer Schwester gewohnt. An dem Abend, an dem Forster ums Leben kam, war sie allein im Kino. Sie hat das Haus um fünf verlassen und ist erst nach zwölf zurückgekommen. Ich weiß, daß es Filme gibt, bei denen man das Schneiden vergessen hat, aber sieben Stunden sind auch für einen von diesen Avantgardefilmen ein bißchen viel.«

»Und wie erklärt sie das?«

»Sie sagt, sie hat zuerst einen Spaziergang gemacht und dann irgendwo gegessen, und nach dem Kino will sie zu Fuß nach Hause gegangen sein, weil es so ein schöner Abend war. Vielleicht stimmt das sogar. Aber jetzt haben wir ja auch noch die Geschichte mit den verbrannten Unterlagen am Hals, und das kann eigentlich nur sie gewesen sein. Dadurch, daß sie Akten vernichtete, die ihren Mann belastet hätten, betrieb sie sozusagen Zukunftsvorsorge. Sonst wäre der Nachlaß wohl zugunsten seiner Opfer eingezogen worden.«

»Haben Sie bei den Belgiern etwas über das Bild erfahren, von dem Winterton sprach?«

»Ja. Das war übrigens ein sehr netter Mann. Wirklich freundlich von Ihnen, daß Sie den Kontakt vermittelt haben. Das Bild befindet sich noch in der Sammlung. Dieses Foto hier haben sie uns geschickt.«

Er zog ein Foto aus seiner Mappe und reichte es Flavia mit einem erwartungsvollen Lächeln. Sie brummte aber nur etwas vor sich hin, weil es reichlich unscharf war.

»Dem Earl of Dunkeld haben wir es auch gezeigt. Er schwört Stein und Bein, daß es sein Pollaiuolo ist.«

Flavia nickte und nippte an ihrem Bier. »Wie wurde es gestohlen?«

»Auf die denkbar einfachste Art. Bei einer großen Hochzeitsfeier ...« Er warf einen Blick in seine Notizen. »Am Samstag, dem 10. Juli 1976. Die Orgel spielt, die Braut tritt errötend aus der Kirche. Konfettiregen. Großes Fest im Ballsaal. Schon eine sehr praktische Angelegenheit, so ein Ballsaal im eigenen Haus, finden Sie nicht? Ein sehr gelungenes Fest, das nichts zu wünschen übrig läßt. Spätabends will sich dann der Brautvater rechtschaffen müde, aber voller Stolz noch ein Weilchen still in die Bibliothek setzen und muß feststellen, daß das Bild verschwunden ist.«

»Nur noch ein weißer Fleck an der Wand?«

Manstead nickte. »Genau. Da mittlerweile alle gegangen waren, kamen etwa siebenhundert Gäste, Verwandte, Kellner, Musiker und sogar der Pfarrer in Frage.«

»Hat mal jemand die Gästeliste durchgesehen?«

»Natürlich. Offenbar ohne Ergebnis.«

»Könnte man das vielleicht noch einmal machen?«

»Ich kann ja mal fragen. Wenn Forster der Meisterdieb war, für den Ihr Chef ihn hält, wird er allerdings kaum unter seinem eigenen Namen dort gewesen sein, oder er steht überhaupt nicht auf der Gästeliste. Sie können die Akte selber einsehen, wenn Sie wollen.«

»Ja, gern. Wie ist das Bild nach Belgien gekommen?«

»Da wird es problematisch«, sagte Manstead lächelnd. »Der Käufer des Bildes lebt nicht mehr, und in seinen Büchern findet sich natürlich nichts zu dieser Erwerbung.«

»Auch kein Vermerk darüber, daß er gelegentlich bei Forster gekauft hat?«

»Nein.«

»Hm«, machte Flavia enttäuscht.

»Ja, schade.«

»Aber Forster wußte über das Bild Bescheid. Das bedeutet, daß wir ihn auf die eine oder andere Weise mit dem Verschwinden eines Uccello, eines Pollaiuolo und eines Fra Angelico in Verbindung bringen können. Die

Gemälde wurden zwischen 1963 und 1991 gestohlen, und alle drei stehen auf der Liste, die mein Chef von Diebstählen gemacht hat, die Giottos Handschrift tragen. Sozusagen Diebstähle im Stil des großen Meisters.«

»Das ist nicht übel, aber in keinem der drei Fälle haben wir etwas Konkretes in der Hand. Wo bleibt denn eigentlich mein Bier?«

Mansteads Bier ließ auf sich warten, weil Argyll an der Bar aufgehalten wurde. Kaum hatte er bestellt, stand auch schon George neben ihm. Womöglich lag er schon seit Stunden auf der Lauer.

»Hallo, junger Mann«, sagte er. »Was gibt's Neues?«

Argyll sah der Frau des Wirts beim Zapfen der Pints zu und antwortete leichthin: »Nicht viel. Sie wissen sicher mehr als ich.«

»Dann findet man den Täter bestimmt nicht. Ich weiß nämlich gar nichts – abgesehen davon, daß jemand Forsters Papiere verbrannt hat und daß seine Frau wieder da ist. Gordon müssen Sie jedenfalls früher oder später laufenlassen.«

»Ach ja? Warum denn?«

»Weil er's nicht war. Er hat ein Alibi.«

Argyll fragte sich, warum George auf einmal so laut sprach. »Das ist mir neu«, sagte er.

»Kann ich mir denken, aber man wird es Ihnen bald sagen, verlassen Sie sich drauf.« George nickte weise und bedachte jeden in Hörweite mit einem vielsagenden Blick. Dann nahm er sein Bierglas und ging wieder zu seinem Platz in der Ecke. Offenbar hatte er seine Nachricht übermittelt. Argyll fragte sich allerdings, an wen sie gerichtet war. An ihn bestimmt nicht.

Die Antwort auf diese Frage erhielt er am Abend gegen zehn Uhr, als er gerade mit Mrs. Verney und Flavia den Tisch abräumte und alles die Treppe hinunter in die Küche trug. Es war ein sehr gutes Essen gewesen – wenn man über die Pasta hinwegsah, die Flavia gekocht hatte. Sie hatte zwar beteuert, daß Kochen wirklich nicht ihre Sache sei, aber das hatte Mrs. Verney nicht gelten lassen, weil sie davon überzeugt war, daß alle Italiener geborene Pastaköche wären. Nachher war sie sich da nicht mehr so sicher.

Dann klingelte es.

»Unangekündigte Besuche zu später Stunde werden anscheinend immer beliebter.« Mary stand auf und machte sich auf den weiten Weg durch den Salon und die Eingangshalle zur Tür. Es dauerte mehrere Minuten, bis sie zurückkam. Sie steckte nur den Kopf durch die Tür und rief ihnen zu, daß sie in das kleine Wohnzimmer kommen sollten, den einzigen gemütlichen Raum im ganzen Haus.

»Es ist Sally, die Frau des Wirts«, erläuterte Mary, als sie zu dritt durch den dunklen Flur gingen. »Ich weiß nicht, was sie will, aber als Herrin von Weller House zählt es zu meinen Pflichten, mir die Sorgen der Leute anzuhören. Da es um Geoffrey zu gehen scheint, dachte ich mir, daß es auch Sie interessieren könnte.«

Sally stand noch im Mantel da und fühlte sich offenbar sehr unbehaglich. Mary ließ sie vor dem offenen Kamin Platz nehmen, lächelte mütterlich und gab beruhigende Laute von sich.

»Ich habe etwas von Kopfweh gesagt und das Aufräumen Harry überlassen. Entschuldigen Sie die Störung, aber ... Oh!« Erst jetzt hatte sie Flavia und Argyll gesehen und machte nun ein langes Gesicht.

»Was ist denn?«

»Ich glaube, ich habe mich geirrt. Am besten gehe ich gleich wieder.«

»Von wegen«, sagte Mary in bestimmtem Ton. »Wenn Sie unter vier Augen mit mir sprechen müssen, können die beiden ja so lange einen Spaziergang machen.«

»Ach, ich weiß nicht.« Ihre Stimme klang beinahe panisch. »Ich hätte gar nicht herkommen sollen, aber ich dachte, Sie könnten mir vielleicht sagen, was ich tun soll …«

»Eben«, sagte Mary, als sei das für sie das Natürlichste von der Welt. »Ich glaube jedoch, Sie wären gut beraten, wenn Sie Miss di Stefano auch zuhören ließen. Sie können sich auf sie verlassen.«

»Und was ist mit dem Herrn?« fragte Sally und zeigte auf Argyll. »Er unterhält sich andauernd mit George.«

Mary ging in die Eingangshalle und pfiff auf zwei Fingern. Auf ihren Pfiff, der wie eine Sirene durch die großen Räume gellte, antwortete leises Gebell und freudiges Getrappel von Hundepfoten. Sie nahm Argylls Mantel vom Haken und warf ihn ihm zu.

»Tun Sie mir den Gefallen und machen Sie mit Frederick einen Abendspaziergang, Jonathan – der Gemütsruhe des Dorfes zuliebe.« Der Hund rannte erwartungsvoll ins Zimmer, und Mary rief: »Gassi! Gassi!«

»Ein Gespräch unter Frauen«, sagte sie, als sie merkte, daß die Aussicht auf einen Abendspaziergang den Herrn weniger begeisterte als den Hund. »Kommen Sie in einer halben Stunde wieder.«

Als er gegangen war, versuchte Flavia der unglücklichen Frau mit einem freundlichen Blick Mut zu machen. Sally war Ende dreißig. Ihr Gesicht war vom schlechten Essen und den langen Stunden hinter dem

Tresen zu voll und zu blaß, aber an sich hübsch. Sie müßte sich nur ein bißchen pflegen, dachte Flavia. Aber sie wurde ja von Argyll immer wieder darauf hingewiesen, daß man das in diesem Land nun mal nicht machte.

Was immer Sally hergeführt haben mochte – es sprudelte nicht gerade aus ihr heraus. Sie starrte stumm auf den Teppich und wußte nicht, wie anfangen.

»Ich könnte mir denken, daß Sie wegen Gordon gekommen sind.«

»Ja, Mrs. Verney«, brach es aus ihr hervor, und dann kam ein ganzer Wortschwall, als hätte Mary den Spund aus einem Faß gezogen. »Er hat nichts Unrechtes getan. Daß er stiehlt, weiß wahrscheinlich jeder, und er kann schon mal grob werden, aber doch nicht so.«

»Die Polizei sieht das anders.«

»Aber er ist es nicht gewesen«, sagte Sally. »Das weiß ich ganz genau.«

»Woher denn?«

Sally verstummte wieder.

»Wissen Sie es so genau, weil er bei Ihnen war?«

Sie nickte und blickte erschrocken auf.

»Erzählen Sie uns, wie es gewesen ist«, schlug Flavia vor.

»Vorweg noch eine kurze Erläuterung«, sagte Mary. »Louise, Gordons Frau, ist eine geborene Barton. Georges Tochter. Deshalb wollte Sally nicht, daß Argyll dabei ist.«

Dann erzählte Sally ihre Geschichte, die eigentlich ganz einfach war. Gemeinsam standen sie und ihr Mann nur dann hinter dem Tresen, wenn besonders viel los war. Am Wochenende hatten sie Aushilfskräfte, ansonsten kamen sie allein zurecht. An den meisten Tagen arbeitete sowohl über Mittag als auch am Abend nur einer von beiden. An dem Abend, an dem Forster starb, war Harry dran, und Sally hatte frei. Sie hielt sich in der Wohnung über dem Pub auf. Um acht Uhr, als sich das Lokal füllte und klar war, daß Harry nun bis zum Schluß alle Hände voll zu tun haben würde, verließ Gordon den Pub, ging um das Haus herum, kletterte die Regenabflußröhre hinauf und stieg in ihr Zimmer. Dort blieb er, bis er die Glocke hörte, die ankündigte, daß das Lokal schloß. Dann verschwand er auf demselben Weg, auf dem er gekommen war.

»Verstehe«, sagte Flavia. »Dann war er also ungefähr von acht bis kurz vor elf bei Ihnen?«

»Ja.«

»Das deckt den ganzen Zeitraum ab, der für den Mord an Forster in Frage kommt.«

»Genau«, sagte Sally.

»Es wäre am einfachsten, wenn Sie das der Polizei sagen würden. Bringen Sie es hinter sich.«

»Meinen Sie vielleicht, die Polizei behandelt das vertraulich? Die geben bestimmt bekannt, warum sie ihn laufenlassen, und dann erfährt es das ganze Dorf.«

»Aber Sally«, sagte Mary traurig, »die zwei einzigen Menschen in Norfolk, die nicht über Sie und Gordon Bescheid wissen, sind Ihr Mann und Gordons Frau. Das ist Ihnen doch klar, nicht?«

Entsetzt schlug Sally die Hand vor den Mund. »Nein«, sagte sie.

»Wissen Sie, ich bin nicht neugierig, und wenn das trotzdem schon bis zu mir durchgedrungen ist, weiß es jeder.«

»Entschuldigen Sie«, schaltete sich Flavia ein, »aber warum hat Gordon das der Polizei nicht gesagt? Er hatte eigentlich nicht viel zu verlieren, oder?«

»Weil ...«, begann Sally und brach gleich wieder ab.

»Weil?« fragte Mary streng.

»Gordon hat George aus Forsters Haus kommen sehen.«

»Oh«, sagte Mary besorgt. Flavia lehnte sich zurück. Sie sah keinen Grund, in irgendeiner Weise einzugreifen. Mary Verney führte die Befragung besser, als sie es gekonnt hätte.

Mary brachte aus Sally heraus, daß Gordon, als er an Forsters Haus vorbeiging, George ganz verstört hatte herauskommen und mit gesenktem Kopf davoneilen sehen.

»Gordon hat sich zuerst nicht viel dabei gedacht, aber als er am nächsten Morgen erfahren hat, was passiert war, kam ihm der Verdacht, daß George zu massiv geworden sein könnte. Sie kennen ja die Geschichte mit seinem Cottage.«

»Und weil er George nicht belasten wollte, hat er geschwiegen«, sagte Mary. »Sogar noch nach seiner Verhaftung.«

Flavia seufzte, da sie Mühe gehabt hatte, Sallys breites East-Anglia-Englisch zu verstehen; außerdem stimmte es sie nachdenklich, wie brüchig die schöne Fassade des englischen Landlebens offenbar war. Sie brauchte allerdings nur an einige italienische Dörfer zu denken, die sie kannte, um zu dem Schluß zu gelangen, daß man sich anscheinend überall die Zeit mit Inzest, Partnertausch und Mord vertrieb.

Schließlich beugte sie sich vor. »Aber das muß doch schon vor acht gewesen sein, nicht?«

Sally nickte. »Ja. Als er in den Pub gegangen ist. Ungefähr um sieben.«

»Dann braucht er sich doch keine Sorgen zu machen. Es scheint zweifelsfrei festzustehen, daß Forster erst nach neun gestorben ist. Wenn Gordon aussagt, belastet er George gar nicht, zumal der ja kein Motiv hat.«

»Na ja, so etwas wie ein Motiv hätte er schon gehabt«, erläuterte Mrs. Verney. »Zumindest könnte man es so hindrehen. Hat Ihnen Jonathan nicht erzählt, daß Forster ihn auf die Straße setzen wollte?«

»Oh.«

»George fand das gar nicht komisch. Er wohnt seit seiner Geburt in diesem Cottage, hat Forster gehaßt und bei Gelegenheit sehr bedauerliche Äußerungen von sich gegeben.«

»›Ich bringe diesen Scheißkerl um‹ oder so ähnlich?«

»Ja, das war der Tenor seiner Äußerungen.«

»Verstehe. Hat er das zu vielen Leuten gesagt?«

Mary Verney nickte.

»Dann ist es nur eine Frage der Zeit, bis die Polizei davon erfährt«, sagte Flavia. »Gordon muß aussagen. Wenn die Polizei von sich aus dahinterkommt, wird er wegen Verdunkelung bestraft, oder wie immer das hier heißt. Sagen Sie ihm das, Sally.«

Sally nickte unsicher und stand auf. »Ich muß gehen«, sagte sie. »Sonst fragt sich Harry, wo ich bin.«

»Soll ich mit George reden?« fragte Mary. »Ich bin mir sicher, daß er nichts mit der Sache zu tun hat, aber vielleicht wäre es besser, wenn er seine Erklärung gleich parat hat. Ich könnte das alles mit ihm durchsprechen.«

»Würden Sie das tun?« fragte Sally. »Dann würde ich mich viel besser fühlen.«

»Aber gern. Dann kann Gordon unbesorgt aussagen, was er gesehen hat, und braucht Sie gar nicht ins Spiel zu bringen.«

Flavia lächelte aufmunternd, und Mary begleitete die erleichterte Sally zur Tür.

»Sie haben ja keine ruhige Minute in diesem Haus«, sagte Flavia, als Mary wieder ins Wohnzimmer kam und sich zum Aufwärmen vor den offenen Kamin setzte.

»Scheint mir auch so.«

»Hat Sie das überrascht?«

»Daß Gordon unschuldig ist? Überhaupt nicht.«

»Ich meine die Sache mit George.«

»Das hat mich in der Tat überrascht. So sehr, daß ich es keine Sekunde für möglich gehalten habe. Vielleicht hat Argyll Ihnen erzählt, daß ich dazu neige, die menschliche Natur in einem günstigen Licht zu betrachten. Außerdem ist da ja noch die Sache mit den Papieren. Ich kann mir nicht vorstellen, daß George die verbrannt hat.«

»Aber Forster ist tot.«

»Tot ist er, aber ob er getötet wurde, weiß man nicht. Im übrigen war ich der Meinung, Sie wollten den Fall mit Gemälden in Verbindung bringen. Oder setzen Sie inzwischen gar auf die arme Jessica?«

»Wissen Sie, wir bemühen uns redlich.«

»Natürlich. Entschuldigen Sie … Aber ich verliere ein wenig die Geduld. Man weiß nicht, ob Geoffrey ermordet wurde, und man weiß auch nicht, ob er ein Dieb war. Warum muß man dann immer wieder einen neuen Anlauf machen? Man hat doch schon das ganze Dorf auf den Kopf gestellt, und man kann doch nicht einen nach dem anderen des Mordes verdächtigen.«

»Forsters Tod hätte auch ohne uns zu Ermittlungen geführt. Aber ich kann Sie beruhigen. Die Polizei scheint sich nicht mehr viel davon zu versprechen. Ich mir übrigens auch nicht.«

»Gut.«

13

Am selben Abend saß General Bottando reichlich frustriert in seinem Büro am Schreibtisch, während der Berufsverkehr zu Ende ging und der Geräuschpegel in der Stadt allmählich sank. Der Gedanke, daß man bei diesen Ermittlungen anscheinend problemlos ohne ihn auskam, gefiel ihm nicht. Er kam sich alt und überflüssig vor, also genau so, wie Argan ihn darstellte.

Zur Zeit verhielt sich Argan ruhig, aber Bottando nahm an, daß es sich um die Ruhe vor dem Sturm handelte. Außer ein paar Zeilen, die größere Anstrengungen zur Aufklärung des Überfalls in der Via Giulia anmahnten, hatte Argans Textverarbeitungsgerät seit gestern nichts mehr ausgespuckt.

Das lag allerdings wohl nur daran, daß die Atmosphäre ohnehin schon mit Memoranden über die Verfehlungen der Spezialeinheit Kunstkriminalität gesättigt war. Der Mann war erstaunlich gut informiert. Er hatte erfahren, daß Flavia bei Signora della Quercia gewesen war und Sandano sein Geständnis widerrufen hatte, und er war hinter den wirklichen Grund von Flavias Reise nach England gekommen.

In Argans – raffiniert abgewandelter – Darstellung des Geschehens hatte sich Bottando von einem Kriminellen hinters Licht führen lassen, weil dessen Aussage sich gut mit seinen albernen Theorien vertrug, und nun unternahm er mit der enorm kostspieligen Entsendung seiner folgsamen Mitarbeiterin nach England einen letzten, verzweifelten Versuch, sich im Amt zu halten.

Nun ja, wenn man unbedingt wollte, konnte man es auch so sehen.

Aber wie kam Argan an seine Informationen? Wer versorgte ihn damit? Mit dem wachen Verstand eines Mannes, der um sein Überleben kämpft, glaubte Bottando die Antwort zu kennen: Paolo. An sich ein guter Junge, dachte Bottando ein wenig herablassend. Nur hatte er es allzu eilig, nach oben zu kommen, und es konnte seinen Aufstieg erheblich beschleunigen, wenn er sich an Argan hielt und der den Sieg davontrug. Hatte Bottando ihn vernachlässigt?

Schon möglich, aber nicht mehr zu ändern. Fragte sich nur, was man gegen diesen Maulwurf unternehmen konnte.

Im Augenblick gar nichts. Das mußte warten.

Zum hundertsten Mal las er seine Notizen und suchte für sich und seine Einheit einen Ausweg.

Forster wurde beschuldigt, 1963 in Florenz ein Bild gestohlen zu haben: Giotto Nr. 1. Man konnte ihn irgendwie mit dem Verschwinden eines Pollaiuolo aus Schottland im Jahre 1976 in Verbindung bringen: Giotto Nr. 13. Er hatte etwas mit dem Diebstahl eines Fra Angelico aus Padua im Jahre 1991 zu tun: Giotto Nr. 26.

Und alle drei Spuren waren in weniger als einer Woche einfach so aus dem Nichts aufgetaucht. Sozusagen ganz von allein. Und genau das machte Bottando Kopfzerbrechen und ließ den Verdacht in ihm aufsteigen, daß da etwas nicht stimmte. Wenn dieser Mann Giotto war, wie kam es dann, daß er ein Vierteljahrhundert lang keinerlei Spuren hinterlassen hatte und daß man sie auf einmal überall fand?

Außerdem war Forster nicht reich gewesen und hatte auch kein extravagantes Leben geführt. Und in keinem der drei Fälle gab es einen Beweis dafür, daß er zur Tatzeit in der Nähe des Tatorts war.

Bottando schüttelte den Kopf und knirschte mit den Zähnen. Er saß einfach nur da und ließ den Dingen ihren Lauf. Und das war denn doch ein bißchen dürftig. Es wurde langsam Zeit, daß er sich endlich wehrte. Er könnte zum Beispiel zuerst zu Maria Fancelli gehen und sich dann Sandano vorknöpfen.

Nun ging es ihm schon besser. Er schaufelte seine Papiere in seine Mappe und verließ mit federndem Gang das Büro.

Seiner Sekretärin, die schon Feierabend hatte, hinterließ er eine Nachricht.

Erstens: Rufen Sie bitte in Florenz an. Man soll Sandano für mich dingfest machen. Morgen früh gegen zehn bin ich dort. Zweitens: Rufen Sie bitte Argan an. Drücken Sie mein Bedauern darüber aus, daß ich in einer dringenden Angelegenheit unverzüglich verreisen mußte. Ich werde ihn in Kenntnis setzen, wenn ich wieder da bin.

Es galt, in seinem Zuständigkeitsbereich die Kontrolle wiederzuerlangen, und der erste Schritt war getan.

Allein schon dadurch, daß er wieder einmal unterwegs war, fühlte sich Bottando besser. Es tat gut, hierhin und dorthin zu fahren, Leute zu befragen, mit beiden Händen ins Leben zu greifen. Mitten in Florenz stellte er den Wagen unbekümmert ins Parkverbot, legte die Polizeiplakette gut sichtbar auf das Armaturenbrett und überlegte sich, daß das eigentliche Problem darin lag, daß er schon viel zu lange nur noch am Schreibtisch saß.

Sein Besuch bei Signora Fancelli hatte nichts Neues erbracht, sondern nur bestätigt, daß Flavia gute Arbeit geleistet hatte. Die gebrechliche Frau erzählte ihm praktisch Wort für Wort die gleiche Geschichte, und beim bloßen Gedanken an Forster packte sie ein heiliger Zorn, der bestimmt nicht gespielt war. An dem Geburtsschein ihres Sohnes, den man bei den örtlichen Behörden besorgt hatte, war schon gar nicht zu deuteln: Da war der Schuldige, wenn man so wollte, eindeutig Geoffrey Forster.

Dennoch konnte es nicht schaden, alles noch einmal nachzuprüfen. Als er zu Fuß die Polizeiwache ansteuerte, auf der Sandano festgehalten wurde, überlegte er sich ganz gelassen, daß Argan in gewisser Weise sogar recht hatte. Er war tatsächlich nicht mehr so auf Draht wie früher. Argan erklärte diesen Umstand allerdings falsch. In Wirklichkeit lag es daran, daß er allzuviel Zeit mit dem Schreiben von Memoranden zugebracht hatte, während die interessanten Aufgaben von anderen erledigt wurden; zum Beispiel von Flavia.

Schlechtgelaunt saß Sandano mit gekreuzten Beinen auf dem Klappbett. Bottando ließ sich auf den Stuhl fallen und strahlte ihn wohlwollend an.

»Sandano!«

»General Bottando. Welche Ehre. Der Chef persönlich. Aber warum quälen sie mich ohne jeden Grund?«

»Du weißt so gut wie ich, daß wir niemanden grundlos quälen«, antwortete Bottando gleichmütig. »Wir haben immer einen Grund.«

»Oh«, sagte der Dieb kleinlaut. »Sie wissen schon Bescheid. Dann hat meine Großmutter also doch geplaudert!«

Bottando war ein wenig ratlos. Worüber wußte er Bescheid?

»Richtig«, sagte er. Vielleicht würde ihm Sandanos ausgeprägt schlechtes Gewissen auf die Sprünge helfen.

»Eine verantwortungsbewußte Bürgerin. Und nun will ich alles aus deinem Mund hören. Ich bin zwar schon im Bilde, aber wenn du dich kooperativ zeigst, kommst du natürlich besser weg.«

Sandano funkelte ihn böse an, holte tief Luft und gab nach einigem Zögern seinen Widerstand auf.

»Also gut. Aber denken Sie daran, was Flavia mir versprochen hat.«

»Ja.«

»Wissen Sie, ich habe eigentlich gar nichts damit zu tun. Wenn es darum geht, irgendwas zu stehlen, bin ich dabei, aber nicht, wenn ein Wachmann niedergeschlagen wird. Sowas mache ich nicht. Ich habe nur den LKW gefahren.«

Wovon zum Teufel redet er bloß? dachte Bottando und versuchte Sandano mit strenger Mißbilligung anzuschauen.

»Er wollte uns nicht auszahlen. Wir sind für ihn in den Schuppen bei dieser Ausgrabungsstätte eingebrochen, haben die Statuen rausgeholt und alles wie vereinbart bei ihm abgeliefert. Als mein Bruder dann die Kohle bei ihm abholen wollte, hat er ihn zum Teufel geschickt. Er hatte kein Geld, weil aus dem Verkauf nichts geworden war. Dann ist jemand noch mal hingefahren und mit dem Wagen rückwärts durch die Scheibe gestoßen und hat alles wieder rausgeholt. Aber das war nicht ich, das müssen Sie mir glauben. Sowas mache ich nicht. Da war ich längst wieder in Florenz.«

»Ja, ja«, sagte der etwas erstaunte Bottando.

»Dieser Mistkerl meint, er kann sich alles erlauben. Der hat euch doch alle in der Tasche, sonst würde er sich das gar nicht trauen.«

»Das wird sich erweisen.« Der arme Sandano war

wirklich keine Leuchte. Wo gab es denn sowas, daß ein Krimineller gestand, bevor man ihm auch nur eine Frage gestellt hatte? »Wo du gerade so schön beichtest, könntest du gleich noch ein bißchen von diesem Fra Angelico erzählen, nicht?«

»Fra Angelico?«

»Florentiner Maler. Renaissance. Das Bild lag auf deinem Rücksitz. Du erinnerst dich doch?«

»Ach so. Ich habe Ihrem Mädchen die Wahrheit gesagt, und ...«

Bottando unterbrach ihn mit einer Handbewegung. »Ich will dir einen Rat geben, mein lieber Junge. Sag nie Mädchen zu ihr.«

»Nein?«

»Niemals.«

»Okay. Ich habe Signorina Flavia die Wahrheit gesagt. Ich habe das Bild nicht gestohlen.«

»Das weiß ich.«

»Was wollen Sie dann von mir hören?«

»Einfach noch einmal die ganze Geschichte. Komm, fang an!«

»Es war alles so, wie ich es erzählt habe. Ich hatte Pech an der Grenze, aber gestohlen habe ich das Bild nicht.«

»So, so.«

»Ich habe ein Geständnis abgelegt, aber nur, weil die Carabinieri mir einen Deal angeboten haben.«

»Und dann ist dieser Forster aufgetaucht?«

»Ja. Ungefähr vor drei, vier Monaten. Da war ich gerade wieder rausgekommen. Nach der Geschichte mit den Kerzenständern.«

»Hat er gesagt, daß er das Bild gestohlen hat?«

»Nicht direkt. Aber er wußte ganz genau Bescheid, obwohl davon nie was in der Zeitung gestanden hat.«

»Aha. Forster ist also hier aufgetaucht. Und dann?«

»Er hat Fragen gestellt. Er wollte alles über den Diebstahl und die Übergabe und den Zwischenfall an der Grenze wissen, und ich habe ihm alles erzählt. Es hat ihm leid getan, daß ich für etwas ins Gefängnis mußte, was ich gar nicht getan hatte. Er hat gesagt, wenn ich meinen Namen reinwaschen will, kann ich mein Geständnis jederzeit widerrufen, und er hat mir Geld gegeben.«

»Aber er hat nicht ausdrücklich gesagt, daß er den Diebstahl begangen hat?«

»Nein, nicht direkt.«

»Woher weißt du eigentlich, wie er heißt?«

»Er hat mir sein Kärtchen gegeben, weil er wollte, daß ich mich bei ihm melde, falls mir noch was einfällt.«

»Sein Kärtchen hat er dir gegeben? Sieh einer an! Beschreib den Mann doch mal.«

»Na ja, das ist nicht gerade meine Stärke. Ich bin ein bißchen kurzsichtig ...«

»Dann solltest du dir eine Brille zulegen. Beschreibe ihn, so gut du kannst. Denk an deine Großmutter.«

»Er war, wie gesagt, Engländer. Sein Italienisch war hundsmiserabel. Ende fünfzig, vielleicht auch älter. Volles dunkles Haar, beinahe schwarz. Guter Haarschnitt. Ziemlich gut gekleidet. Mittelgroß. Gute Figur für sein Alter.«

»Keine unverwechselbaren Kennzeichen? Ein Schmiß oder irgend so was?«

»Mir ist nichts aufgefallen.«

»Da gibt dir also einer ohne weiteres sein Kärtchen und fragt dich alles mögliche, was er selber wissen müßte, wenn er das Bild gestohlen hätte. Aber du schließt messerscharf, daß der Diebstahl auf das Konto dieses Mannes geht. Da müßte er ja so dumm sein wie du.«

Sandano sah ihn gekränkt an.

»Das Kärtchen hast du vermutlich weggeworfen?«

Sandano nickte.

»Giacomo, hör mir zu. Ich will dir einen freundschaftlichen Rat geben.«

»Ja?«

»Laß es sein. Bleib auf dem rechten Weg. Such dir eine Arbeit.«

»Das bekomme ich ständig zu hören. Der Richter hat es auch gesagt.«

»Dann höre auf ihn. Eins noch – was ist aus diesen Statuen geworden?«

Sandano sah ihn verlegen an.

»Komm schon. Bring's hinter dich.«

»Die liegen unter dem Bett von meiner Großmutter. Das müßten Sie doch wissen, wenn sie ... O nein! Nicht schon wieder!«

Bottando nickte und strahlte ihn an. »Ich sag ja, laß es sein.«

»Ein reizender Mensch«, murmelte er vor sich hin, als er wenig später ging.

Nachdem er sich in der nächsten Bar einen Drink genehmigt hatte, rief er Flavia an und erzählte ihr von dem Fra Angelico.

Seine Interpretation gefiel ihr überhaupt nicht, aber sie war zweifellos richtig. Das kam davon – wie Bottando völlig zu Recht bemerkte –, wenn man die Dummheit von Kriminellen unterschätzte.

»So ein Volltrottel«, sagte sie. »Wenn ich den das nächste Mal zu fassen kriege ...«

»... dann können Sie ihn in aller Ruhe piesacken. Aber es ist Ihnen doch klar, was das bedeutet?«

»Wenn Forster das Bild gestohlen hat, warum zum Teufel fährt er dann noch mal hin und redet mit Sandano?«

»Eben. Es spricht also nicht wenig dafür, daß ich doch nur einem Hirngespinst aufgesessen bin. Erst recht, wenn ich jetzt gleich von Ihnen hören sollte, daß sein Tod womöglich gar nichts mit seinem Beruf zu tun hatte. Verhält es sich so?«

»Na ja, es gibt eine Theorie, die davon ausgeht, und sie hat einiges für sich.«

»Aber das ist natürlich wieder eine Theorie, die sich nur auf vage Hinweise stützen kann. Können Sie mir keine Fakten liefern? Dafür oder dagegen? Wenn möglich Fakten, mit denen man dem Vorwurf entgegentreten könnte, daß die Zeit und das Geld, die Ihre Ermittlungen gekostet haben, eine Verschleuderung öffentlicher Mittel darstellt, die nur ein seniler Stümper bewilligen konnte?«

»Ah, Argan! Nach dem wollte ich mich gerade erkundigen.«

»Im Augenblick hält er sich zurück. Vielleicht ist er ja zu dem Schluß gekommen, daß es richtig war, Ermittlungen einzuleiten. Zumindest spielt er die Sache nicht mehr gegen mich aus. Schon seit Tagen kein neues Memorandum mehr, aber dabei wird es wohl nicht bleiben. Ich kann das nächste kaum erwarten. Aber das wird doch sowieso ein Schuß in den Ofen. Oder können Sie sich wirklich vorstellen, daß man sich gegen mich und für diesen Holzkopf entscheidet?«

Als sie auflegte, schüttelte Flavia den Kopf. Der arme alte Bottando machte sich Illusionen. Außerdem war ihr gerade etwas sehr Unangenehmes eingefallen.

14

Es war eine der großen Tragödien im Leben des Seniorpartners der Arztpraxis am Ort, daß seine Eltern, Mr. und Mrs. Robert Johnson aus Ipswich, ihn auf den Namen Samuel hatten taufen lassen. Zur Katastrophe wurde dieser Name aber erst als sich erwies, daß der Junge von Kindesbeinen an unbedingt Arzt werden wollte. Seit jeher, so schien es ihm, hatten alle Leute zu grinsen angefangen, wenn er vorgestellt wurde. Es gab keinen Witz zum Thema Boswell*, den er sich nicht immer wieder anhören mußte, und mit den Bemerkungen des großen Lexikographen über Ärzte wurde er so oft traktiert, daß sie ihm so geläufig waren, als stammten sie von ihm.

Dr. Samuel Johnson hatte sich damit abgefunden, und auf Grund einer sonderbaren psychischen Reaktion sah er im Laufe der Jahre dem Alleswisser aus dem 18. Jahrhundert, dem Fluch seines Lebens, immer ähnlicher. Er war klein, rund und unordentlich, seinem Jackett war anzusehen, daß er beim Essen kleckerte, und seine Lesebrille saß in einem sehr ungewöhnlichen Winkel auf der Nasenspitze.

Fremden gegenüber gab er sich grimmig, weil er dadurch zaghaftere Naturen einzuschüchtern hoffte, bevor sie Gelegenheit zu einer launig gemeinten Bemerkung fanden. Da er jedoch von Natur aus träge und liebens-

---

* James Boswell (1740–1795) schrieb die Biographie des berühmten englischen Schriftstellers Samuel Johnson (1709–1784).

würdig war, wirkte seine Bissigkeit eher absonderlich als furchteinflößend.

Als Flavia in sein Zimmer trat, ihm kräftig die Hand schüttelte und unaufgefordert Platz nahm, waren solche Vorkehrungen überflüssig, und zwar aus dem einfachen Grund, weil sie nie von Samuel Johnson gehört hatte und gar nicht auf die Idee kam, ein recht häufiger englischer Vorname und ein nicht gerade seltener Nachname könnten etwas Amüsantes an sich haben.

Für Dr. Johnson war das eine erfrischende Abwechslung, und da seine Besucherin zudem eine nette Art und ein hübsches Äußeres hatte, spielte er mit einem Eifer, der seiner Familie, seinen Freunden und seinen Kollegen peinlich gewesen wäre, den kultivierten, weltgewandten Engländer.

Flavia genoß es hingegen. Sie fand es ganz reizend, wie er sie zwischen den buschigen Augenbrauen und dem oberen Rand seiner Brille hindurch betrachtete und stillvergnügt in sich hineinlachte. Über die nicht ganz stubenreine Art, wie er Tee verschüttete und dann einfach weiterredete und nur geistesabwesend mit der Krawatte sein Hemd betupfte, war sie ein wenig verwundert, doch sie führte es auf eine gewisse Exzentrizität zurück.

Kurzum, sie verstanden sich prächtig, und der Wunsch zu gefallen machte Dr. Johnson mitteilsamer, als er es sonst wohl gewesen wäre. Flavia war aus reiner Verzweiflung zu Dr. Johnson gekommen, weil sie unbedingt einen gewissen Einblick in das Verhältnis von Forster und Veronica Beaumont gewinnen wollte. An Argylls These war nichts auszusetzen, aber ihre Reichweite war sehr begrenzt. Wie immer sich die Beziehung der beiden gestaltet hatte – sonderbar war sie allemal:

Forster und Veronica hatten einander in Italien gekannt, aber nicht gemocht. Und dann tauchte Forster zwanzig Jahre später wieder auf, und Miss Beaumont zahlte ihm ein Gehalt, das sie sich kaum leisten konnte, für Dienstleistungen, die sie nicht brauchte. So schien es jedenfalls. Schon möglich, daß für ihn der Reiz der Anstellung darin lag, daß er Weller House als Waschanlage für seine Bilder nutzen konnte. Aber war Miss Beaumont wirklich so verrückt gewesen, daß sie nichts davon gemerkt hatte?

Bisher war es Flavia kaum gelungen, darüber etwas in Erfahrung zu bringen. Mrs. Verney war, bevor sie ihr Erbe angetreten hatte, nur in unregelmäßigen Abständen vorbeigekommen und schien nur ungern über Einzelheiten sprechen zu wollen. Sonst hatte Miss Beaumont nur wenige Verwandte und fast keine Freunde. Außer dem Pfarrer, einem sehr schlechten Beobachter, der wenig Erhellendes zu berichten wußte, als die Polizei mit ihm sprach, und der Köchin, die auch nicht viel sagen konnte, da sie nur ein paar Stunden am Tag im Haus war, hatte niemand Miss Beaumont näher gekannt.

Doch Veronica Beaumont war krank gewesen und hatte Ärzte konsultiert, und dieser Umstand führte Flavia zu Dr. Samuel Johnson. Ärzte wußten oft sehr viel, gaben aber leider aus übergroßen Gewissensskrupeln kaum etwas preis.

Der Arzt, der ihr mit rosigem Gesicht und Eierflecken auf der Jacke gegenübersaß, gab sich zumindest hilfsbereit: O ja, Miss Beaumont war in der Tat seine Patientin gewesen, wenn ihr auch kaum etwas fehlte, was er behandeln konnte. Er war ihr Arzt gewesen, seit sich sein Vorgänger vor fünf Jahren zur Ruhe gesetzt hatte. Ihr

Tod war eine schreckliche Tragödie, für ihn persönlich freilich nicht völlig überraschend, obwohl er natürlich kein Psychiater war ...

»Wenn ich richtig informiert bin, ist sie an einer Überdosis Tabletten gestorben?«

Er nickte. »Das steht alles im Untersuchungsbericht, fällt also nicht unter die ärztliche Schweigepflicht. Sie hat Schlaftabletten genommen.«

»Selbstmord?«

Dr. Johnson nahm die Brille von der Nase, putzte sie an einem Hemdzipfel, setzte sie wieder auf – und ließ das Hemd unbekümmert aus der Hose hängen.

»Der offizielle Bericht kam zu dem Ergebnis, daß es keinen Grund gibt, an einem Unfall zu zweifeln.«

»Was ist Ihre persönliche Meinung?«

»Ich kann mir nicht vorstellen, daß sie sich das Leben genommen hat. Sie war zweifellos sehr labil. Aber nicht suizidal. Ich neige daher ebenfalls zu der Ansicht, daß es ein Unfall war.«

»Labil? Mrs. Verney sagt, daß sie verrückt war.«

»Nein, nein! Nur arme Leute sind verrückt. Eine gewisse Wunderlichkeit ist in der Familie Beaumont allerdings gelegentlich schon öfter aufgetreten. Mrs. Verneys Mutter war offenbar mehr als launenhaft, aber das war vor meiner Zeit. In der nächsten Generation traf es dann die arme Veronica.«

»Worin äußerte sich diese Labilität?«

»In Wahnvorstellungen, Angstzuständen und Zwangshandlungen. Das klingt sehr dramatisch, aber ihr Leiden ist nur sehr sporadisch aufgetreten. Manchmal ging jahrelang alles gut, bis sie dann, wie man in ihrer Familie zu sagen pflegte, wieder ihren kleinen Anfall hatte. Man konnte aber immer alles vertuschen.«

»Was gab es denn da zu vertuschen?«

Dr. Johnson hob einen Finger und bewegte ihn hin und her. »Nun laufen wir Gefahr, die ärztliche Schweigepflicht zu verletzen. Wenn Sie das wissen wollen, müssen Sie Mrs. Verney fragen. Ich kann Ihnen darüber keine Auskunft geben.«

»Auch keinen Wink?«

Dr. Johnson kämpfte eine Weile mit seinem Berufsethos, bevor er sagte: »Sie kam aus einer Familie, die nicht mehr so reich war wie früher. Aus meiner Sicht immer noch reich, aber das ist ja alles sehr relativ. Sie hatte jedenfalls ständig das Gefühl, auf Dinge verzichten zu müssen, die in ihrer Familie immer als selbstverständlich gegolten hatten. Die meiste Zeit hielt sie das recht gut aus, aber manchmal ...« Er brach ab und kämpfte erneut mit sich. »Manchmal konnte sie ihren Neid nicht im Zaum halten.«

»Hm?«

»Genauer gesagt, ihre Begehrlichkeit.«

»Wie meinen Sie das?«

»Entschuldigen Sie, Miss, aber ich habe schon zu viel gesagt. Sie werden die Angehörigen fragen müssen. Ich weiß es schließlich auch nur von ihrer Familie. Es ist nicht so, daß Miss Beaumont sich mir anvertraut hätte.«

»Warten Sie mal ... Deuten Sie an, daß sie gestohlen hat?«

Dr. Johnson reagierte mit einem verlegenen Hüsteln auf ihre allzu direkte Frage und sagte nach einigem Zögern: »Es scheint so. Hier ein Paar Handschuhe, dort eine Dose Lachs. Bestimmte Kaufhäuser in London waren längst daran gewöhnt, sagt Mrs. Verney. Ihr fiel es offenbar in den letzten Jahren zu, die Fehltritte ihrer

Cousine wieder in Ordnung zu bringen. Aber mehr kann ich dazu wirklich nicht sagen. Ich bin kein Psychiater, und außerdem war sie nur in ihren letzten Lebensjahren meine Patientin. Was ich weiß, habe ich von ihren Angehörigen erfahren, und an die sollten auch Sie sich wenden. Natürlich will die Familie diese Angelegenheit vertraulich behandelt wissen.«

»Natürlich«, sagte Flavia. »Ich wollte Sie eigentlich vor allem nach Miss Beaumonts Verhältnis zu Geoffrey Forster befragen.«

Johnsons ärgerliche Miene schien darauf hinzudeuten, daß er auch jetzt auf die ärztliche Schweigepflicht pochen wollte. Statt dessen sagte er: »Ein sehr unheilvoller Einfluß. Miss Beaumont war eine schwache Frau, die sich leicht beeindrucken ließ, und er hat sie schamlos manipuliert. Zu seinem eigenen Vorteil, würde ich sagen.«

»Wollte er Wertgegenstände aus dem Weller House verkaufen?«

»Das weiß ich nicht, aber als er sich ihre Zuneigung erschlichen hatte, gab sie ihm immer größere Befugnisse, mit denen er nie etwas Vernünftiges angefangen hat. Ohne Mrs. Verney wäre alles noch viel schlimmer gekommen. Sie hat ihm Paroli zu bieten versucht, aber viel konnte sie nicht ausrichten. Kurz vor Miss Beaumonts Tod kam es wegen Forsters großem Einfluß offenbar noch zu einem Streit zwischen den beiden Frauen. Nach Miss Beaumonts Tod versuchte Mrs. Verney dann einige seiner Machenschaften rückgängig zu machen – mit mäßigem Erfolg.«

»Machenschaften wie den Verkauf von George Bartons Cottage?«

»Ja. Forster hat Miss Beaumont überredet, ein paar

der Cottages, die ihr verblieben waren, einer Immobilienfirma zu überschreiben, die ihm gehörte. Seine Aufgabe bestand darin, die Häuser instandzusetzen und zu verkaufen, und den Gewinn wollten sie sich teilen. Forster machte ihr weis, dadurch könnte sie Steuern sparen. Anscheinend sollte sie ihm noch viel mehr überschreiben, aber dazu kam es glücklicherweise nicht. Ich bezweifle, ob sie je wieder einen Penny davon gesehen hätte.«

»Kommen wir noch einmal auf die Frage zurück, ob es Selbstmord war. Hätte sie einen Grund gehabt, sich das Leben zu nehmen?«

»Da bin ich überfragt. Aber depressive Menschen brauchen nicht unbedingt einen bestimmten Grund. Sie hatte eine Veranlagung zur Hypochondrie, aber im letzten Jahr war sie wirklich krank.«

»Ja?«

»Im Sommer 1992 erlitt sie einen leichten Schlaganfall. Er war nicht unmittelbar lebensbedrohlich, und es gab keine Ausfallserscheinungen, aber danach hatte sie große Angst. Sie verbrachte sehr viel Zeit im Bett und ging kaum noch aus dem Haus. Dabei war sie gar nicht so schwach und hätte viel Bewegung gebraucht. Aber sie hat nicht auf mich gehört.«

»Litt sie direkt vor ihrem Tod an einer besonders schweren Depression?«

Dr. Johnson dachte nach, bevor er antwortete. »Schon möglich. Das heißt, als ich sie zum letzten Mal sah, war sie vor allem zornig. Das war durchaus nicht ungewöhnlich. Sie wetterte oft gegen die Sozialisten oder gegen Diebe oder gegen das Finanzamt oder gegen die ›niedrigen Stände‹, wie sie sich auszudrücken beliebte. Was in diesem Fall ihren Zorn entfacht hatte, weiß ich nicht. Aber, wie gesagt, ich glaube nicht, daß das für ihren Tod verantwortlich war.«

Flavia stand auf und schüttelte ihm die Hand. »Vielen Dank, Dr. Johnson. Sie haben mir sehr geholfen.«

Während Flavia ihrer Ermittlungsarbeit nachging, widmete sich Argyll den größten Teil des Nachmittags im Weller House den Gemälden. Sonst gab es für ihn auch nicht viel zu tun. Dabei kümmerte er sich nicht um den Zusammenhang, den es eventuell zwischen diesen Bildern und dem Fall Forster gab, an dem die Polizei ohnehin das Interesse verlor.

Ohne einen Gedanken an Diebe und Mörder zu verschwenden, ging er mit den beiden Bestandslisten, die praktisch identisch waren, durch das Haus, um die aufgeführten Bilder an den Wänden zu identifizieren.

Das war erstaunlich einfach. Argyll gewann den Eindruck, daß man in den letzten fünfzehn Jahren keines der Bilder auch nur zum Abstauben abgehängt hatte – womit über Forsters Tätigkeit als Kurator eigentlich schon alles gesagt war. Um manche Bilder hatte sich vermutlich niemand mehr gekümmert, seit sie im 18. oder 19. Jahrhundert gekauft worden waren.

Zweiundsiebzig Bilder waren in den Bestandslisten aufgeführt, und zweiundsiebzig hingen an den Wänden. Dreiundfünfzig davon waren unscheinbare Porträts, auf denen die Dargestellten oft kaum noch auszumachen waren, weil die Bilder sehr dunkel und von einer unwahrscheinlich dicken Schmutzschicht überzogen waren. In vielen Fällen würde ihre Säuberung wohl mehr kosten, als man sich von ihrem Verkauf erhoffen durfte. Besonders deprimierend war der Speisesaal: ein prachtvoller Raum mit Eichentäfelung, in dem man gerne den Klang von Kristallglas, das Rücken von Mahagonistühlen auf den Dielen und den leisen Schritt eines Butlers vernommen hätte. Statt dessen waren die Fensterläden geschlossen, und die Luft roch richtiggehend moderig. Der riesige Spiegel über dem offenen Kamin, den in ganzer Breite ein Riß durchzog, war völlig blind. Er hätte allerdings ohnehin nicht viel widerspiegeln können: das elektrische Licht funktionierte nicht, und die Läden waren festgeklemmt.

Die Porträts erlauchter Vorfahren, die auf die Tafel herabblicken und die Gäste mit der langen Ahnenreihe des Geschlechts beeindrucken sollten, waren kaum noch mehr als schwarze Flecke in stumpfen, vergoldeten Rahmen. Indem er sie ganz genau inspizierte und die Aufschrift auf dem einen oder anderen Rahmen zu Rate zog, konnte er sie als sechs Mitglieder des Hauses Dunstan aus dem 18. Jahrhundert identifizieren. Das waren die damaligen Besitzer von Weller House, die ihren Ruin nur durch die Verheiratung der Tochter Margaret mit dem nichtswürdigen, aber stinkreichen Londoner Handelsherrn Beaumont abwenden konnten. Das einzige Porträt, mit dem sich ein halbwegs vernünftiger Preis erzielen ließe, war wohl das relativ kleine Brustbild von Margaret Dunstan-Beaumont, das Kneller zugeschrieben wurde. Durch die dicke Schmutzschicht konnte man allerdings nur erahnen, daß es die Darstellung eines jungen Mädchens war, und ob es wirklich von Kneller stammte, erschien ihm mehr als fraglich. Die Feinheiten konnte er im Schein von Streichhölzern nicht so recht würdigen, aber nach einem Kneller sah es wirklich nicht aus. Der Schätzer hatte sich wohl nicht getäuscht. Um die Augen nicht zu überanstrengen, beendete Argyll die Inspektion des Bildes. Es wäre bestimmt kein Fehler, wenn wieder einmal ein Großkaufmann des Weges kommen und die Familienschatulle auffüllen würde.

Er stieg erneut in das Dachgeschoß hinauf, wo den Bestandslisten zufolge zwei wertlose Bilder in schlechtem Zustand hingen. Argyll fand sie und war auch diesmal mit dem Urteil der Schätzer völlig einverstanden. Dann nahm er sich noch einmal die Kartons vor, die er entdeckt hatte. Es war immerhin möglich, daß alte Geschäftsbücher etwas darüber aussagten, wann und wo die Bilder gekauft worden waren, und allein schon eine Datumsangabe konnte den Wert eines Bildes enorm steigern.

In dem ersten Karton, den er öffnete, fand er Fotos von Veronicas Hochzeit, und als er die Frisuren sah, stellte er ihn schnell wieder weg. Auch mit dem nächsten und dem übernächsten Karton zog er Nieten, doch allmählich arbeitete er sich offenbar in Zeiten zurück, in denen die Familie sich noch Gemälde leisten konnte. Im fünften Karton befand sich ein altes Hauptbuch, in dem die finanzielle Seite der Hochzeit von Godfrey Beaumont und Margaret Dunstan abgehandelt wurde. Man kann nie wissen, dachte er und überflog die Aufstellung der Ausgaben und die Liste der Geschenke und Gunstbeweise. Das Buch war der Traum eines jeden Sozialhistorikers, da sich aus solchen Angaben das Netz der Beziehungen rekonstruieren ließ, das die englische Gesellschaft zusammenhielt. Die Familie Dunstan hatte zwar kein Geld, dafür aber beste Beziehungen: Ritter, Baronets und Grafen wünschten dem armen Mädchen Glück, ja sogar einige hohe Adlige bei Hofe, unter ihnen der Graf von Arundel, der – geizig wie er war – am Hochzeitsgeschenk sparte. Während alle anderen Pelze,

Wandteppiche und sogar Gutshöfe schenkten, schickte er, wie das Hauptbuch lapidar vermerkte »eine anatomische Zeichnung von Sgr. Leoni«. Der Bräutigam war wohl nicht gerade in einen Freudentaumel verfallen.

Aber vielleicht hätte er allen Grund dazu gehabt, schoß es Argyll plötzlich durch den Kopf. Er lehnte sich zurück, holte tief Luft und versuchte sich zu erinnern. Die Ehe war also spätestens 1646 geschlossen worden, da der Graf von Arundel in diesem Jahr starb. Er war einer der größten englischen Kunstsammler gewesen und hatte mit untrüglichem Blick die besten Bilder gekauft, die zu haben waren – oft von einem Mann namens Pompeo Leoni.

Fast alle Zeichnungen von Leonardo da Vinci, die auf uns gekommen sind, verkaufte Pompeo Leoni dem Grafen von Arundel. Nicht weniger als siebenhundert. Sie verschwanden im englischen Bürgerkrieg, aber hundertfünfzig Jahre später fand man sechshundert dieser Zeichnungen rein zufällig in Windsor Castle auf dem Boden einer alten Truhe wieder. Die restlichen hundert blieben spurlos verschwunden.

Argyll war sich ganz sicher, daß es jetzt nur noch neunundneunzig waren und das hundertste im Schlafzimmer mit der feuchten Decke hing. Was für ein Hochzeitsgeschenk! Den Wert dieser ›anatomische Zeichnung‹ konnte man kaum abschätzen, da seit Jahrzehnten nichts Vergleichbares auf den Markt gekommen war. Das muß ich erst mal verdauen, dachte er und entschloß sich zu einem Spaziergang.

15

Bottandos Rückkehr in sein kleines Büro war kein reines Vergnügen. Wie die meisten Leute neigte er zu der Annahme, daß sich das ganze Leben in seiner Hör- und Sichtweite abspielte und außerhalb davon alle in Bewegungslosigkeit verharrten. Wenn er den größten Teil des Tages nicht im Büro erschien, erwartete er nachher alles mehr oder weniger so vorzufinden, wie er es verlassen hatte.

Diese Vorstellung geriet ins Wanken, als er am Abend zurückkehrte und feststellen mußte, daß man offenbar sehr aktiv geworden war, sobald er seinem Büro am Morgen den Rücken gekehrt und Rom verlassen hatte.

Argan hatte seine Abwesenheit dazu genutzt, eine Probe seines Könnens als Leiter der Spezialeinheit zu geben.

»In Neapel gab es einen schweren Raubüberfall«, sagte der widerliche Kerl, als Bottando eintrat und ihn an seinem eigenen Schreibtisch vorfand.

»Tatsächlich?« sagte Bottando trocken und schob ihn ohne viel Federlesens von seinem Bürostuhl.

»Da Sie nicht da waren, habe ich das Kommando übernommen. Sie haben doch nichts dagegen?«

Bottando verneinte diese Frage mit einer großzügigen Handbewegung.

»Außerdem wurde in Cremona eine Kirche geplündert.«

»Auch da haben Sie das Kommando übernommen?«

Argan nickte. »Ich hielt es für das beste. Da Sie doch so eingespannt sind.«

»Aha.«

»Wie weit sind die Ermittlungen gediehen?« schnurrte Argan wie eine Katze, die mit einem verletzten Vogel spielt.

»Welche meinen Sie?«

»Im Fall Giotto.«

»Großer Gott! Ist in meiner Abwesenheit auch noch Assisi gestohlen worden? Bestimmt haben Sie in dieser Sache auch das Kommando übernommen!«

»In gewisser Weise schon«, grinste Argan. »Ich habe heute nachmittag mit einem Mitglied des Haushaltsausschusses gesprochen.«

»Ach ja? Hoffentlich konnten Sie sich damit angenehm die Zeit vertreiben.«

»Eigentlich war es ein eher betrübliches Gespräch. Der Mann ist sehr unglücklich über die Kosten-Nutzen-Relation dieser Spezieleinheit, und im Haushaltsausschuß teilt man weithin seine Ansicht.«

»Heißt das, die meinen, wir sollten mehr Verbrecher schnappen? Einverstanden!«

»Seinen Worten lag allerdings eine geradezu feindselige Stimmung zugrunde.«

Bottando überlegte sich, wer wohl der Stimmungsmacher gewesen war.

»Aber Sie wissen ja, daß bei mir Loyalität groß geschrieben wird. Ich habe mir überlegt, wie wir uns diese Leute vom Hals schaffen können, und ich hatte eine glänzende Idee.«

Da bin ich ja mal gespannt, dachte Bottando.

»Natürlich hätte ich Ihr Einverständnis einholen sollen, aber da Sie nicht da waren ...«

»Haben Sie das Kommando übernommen.«

»Richtig. Sie haben doch nichts dagegen?«

Bottando seufzte.

»Ich habe also betont, daß sich der Haushaltsausschuß ein ganz falsches Bild von der Effizienz der Einheit macht. Als Gegenbeweis habe ich Ihre derzeitigen Ermittlungen angeführt, die zweifellos zu einem aufsehenerregenden Ergebnis führen werden. Ich habe ein wenig von Forster erzählt und immer wieder herausgestellt, wieviel Zeit und Energie es gekostet hat, diesem Mann auf die Spur zu kommen.«

»So, so.«

»Die Angelegenheit soll gleich morgen nachmittag um vier in einer Ausschußsitzung mit Ihnen erörtert werden.«

»Ach ja?«

»Alle wollen hören, wie Sie Forster auf die Schliche gekommen sind. Sogar der Minister will erscheinen, um sich von Ihrem Triumph berichten zu lassen.«

»Darauf freue ich mich jetzt schon.«

»Ich auch«, sagte Argan. »Das wird bestimmt sehr interessant.«

Während sich Flavia nach ihrem Besuch bei Dr. Johnson auf ein weiteres Gespräch mit der Polizei vorbereitete, bei dem sie möglichst viele Fakten abklären und selber möglichst wenig preisgeben wollte, nutzte Argyll das Aufklaren des Himmels zu einem Spaziergang. Da er über vieles nachzudenken hatte, schlenderte er fast schon traumwandlerisch durch die Gegend.

Der Leonardo ging ihm durch den Kopf. Sollte er es Mrs. Verney überhaupt sagen? Er spielte mit dem Gedanken, ihr weiszumachen, daß er das Bild kaufen wolle, weil es ihm persönlich so gut gefiele. Dann könnte er ihr fünfzig Pfund geben und durchblicken lassen, daß das eigentlich viel zu viel wäre, aber ...

Doch er verwarf diesen Gedanken gleich wieder. Das war nichts für ihn. Er würde sich das nie verzeihen. Am besten schenkte er ihr reinen Wein ein und hoffte darauf, mit dem Verkauf des Bildes beauftragt zu werden. Mit dem Erlös konnte sie dann ihre Schulden bezahlen und hatte noch mehr als genug übrig, um das Haus restaurieren zu lassen. Wenn er Mrs. Verney und Flavia gleichzeitig in sein Geheimnis einweihte, hatten sie einen Grund zum Feiern, bevor sie nach Hause fuhren, ohne der Lösung des Falls auch nur einen Schritt nähergekommen zu sein.

In zügigerem Tempo ging er dann in Richtung Kirche, um die Unzufriedenheit abzuschütteln, die an ihm nagte, weil es ihm an Kaltschnäuzigkeit und Skrupellosigkeit mangelte. In einer derartigen Verfassung konnte ihn noch am ehesten eine hübsche Kirche aufheitern. Er trat also durch das Tor des Kirchhofs und betrachtete zunächst einmal die Anschläge am Schwarzen Brett: der Turnusplan der Kirchendiener (George Barton am ersten Sonntag, Henry Jones am zweiten, der junge Witherspoon am dritten und der alte Witherspoon am vierten), ein fünf Monate alter Hinweis auf eine Sitzung des Pfarrgemeinderats, die Einladung zum diesjährigen Dorffest, wie immer am zweiten Samstag im Juli, feierlich eröffnet von der hochverehrten Mrs. Mary Verney (deren Namen freilich durchgestrichen und durch den des Pfarrers ersetzt worden war), und als letztes eine Aufforderung zum sparsamen Umgang mit Wasser wegen der anhaltenden Trockenheit.

Argyll las alles durch – und vergaß es gleich wieder.

Dann sah er sich die Grabsteine an. Das Grab von Joan Barton (innig geliebte Frau von George, Mutter von Louise und Alice) war mit frischen Wiesenblumen geschmückt. Daneben stand der Grabstein von Harry Barton (innig geliebter Bruder von George, Ehemann von Anne). Geboren 1935. Gestorben 1967. Jung gestorben, der Arme. Wurden nicht alt, die Bartons.

Seine melancholische Stimmung eignete sich bestens für einen Spaziergang durch den Friedhof. Er ging an den schwarzen Marmorsteinen des 20. Jahrhunderts vorbei und zwischen den Grabplatten des 19. Jahrhundert hindurch bis zu den kunstvoll behauenen Grabsteinen des 16. und 17. Jahrhunderts. Teils waren die Grabstellen so sorgfältig gepflegt wie Vorstadtgärten, teils hatte man es lieber etwas wilder. Immer wieder tauchten dieselben Namen auf: Dutzende von Bartons, Generationen von Browns. Auch das Grab von Veronicas Mann fand er: Henry Finsey-Groat. Gestorben 1966. Bei einem tragischen Unfall ertrunken. In dankbarer Erinnerung an den innig geliebten Gemahl. Das Todesjahr war vermutlich die einzige zutreffende Angabe. Ansonsten wäre wohl ›groteskerweise ertrunken‹ treffender gewesen, und mit der dankbaren Erinnerung an den innig geliebten Gemahl war es – dem völlig überwucherten Grab nach zu urteilen – auch nicht so weit her.

Argyll betrat die Kirche und betrachtete die Grabplatten und die zahlreichen Gedenktafeln für Mitglieder der Familie Beaumont aus dem 19. Jahrhundert. Der schlichten Tafel, die an Margaret Dunstan-Beaumont erinnerte (also an die angeblich von Kneller gemalte Frau mit dem besonderen Hochzeitsgeschenk) entnahm er, daß sie im Jahre 1680 im Alter von 60 Jahren gestorben war, schmerzlich vermißt von ihrer Familie und allen, die sie als braves Weib und treusorgende Mutter von fünfzehn Kindern gekannt hatten und zudem als großherzige Wohltäterin, die den Armen der Gemeinde jedes Jahr acht Schillinge gab. Er fragte sich, was man wohl auf Geoffrey Forsters Gedenkstein setzen würde. Bei Grabinschriften fehlte es meist nicht an der Bereitschaft, ein etwas geschontes Bild zu zeichnen. ›Von allen schmerzlich vermißt‹ kam trotzdem nicht in Frage. Außer seiner Frau hatte niemand ein gutes Wort für ihn übrig, und bei ihr wußte man auch nicht so recht, wie ernst man das nehmen sollte.

Margaret Dunstan-Beaumonts Grabplatte, die sich an der Westwand des Querschiffs befand, wurde von einem hohen Stapel alter Mitteilungsblätter der Pfarrgemeinde verunziert und teilweise verdeckt. Er blätterte mehrere Exemplare durch und fand Jahr für Jahr das gleiche: Eine Verlosung und ein Kochrezept, das Dorffest, die Spendenaktion und das Erntedankfest. Der erste Kuckuck, das Wetter, Miss Beaumonts liebenswürdige Rede zur Eröffnung des Dorffests. Alles ganz großartig – solange man weit genug davon entfernt wohnte.

Dann wandte er sich wieder den auffälligeren Grabplatten aus dem 18. Jahrhundert zu, die sich im Chorraum, also sozusagen auf den besten Plätzen befanden. Hier gab es lateinische Verse und in Ohnmacht sinkende Jungfrauen zuhauf, und alles war viel pompöser als draußen auf dem Friedhof, wo man zum Beispiel Joan Barton einen schlichten, glatten Stein mit Inschrift gegeben hatte. In der Kirche hatte man nicht mit Verzierungen, Metallgirlanden, Engeln und Lobgesängen auf die Herzensgüte der Verstorbenen gespart, was freilich nur hin und wieder bei hereinschauenden Touristen mäßiges Interesse fand. Joan Barton hingegen brachte man Wiesenblumen.

Während der Tourist Jonathan Argyll im Querschiff seinen Gedanken nachhing, lief ihm auf einmal ein Schauder über den Rücken, als ihm urplötzlich einfiel, daß Godfrey Kneller erst in den 1670er Jahren nach England gekommen war. Margaret Dunstan-Beaumont war aber schon vor 1646 verheiratet worden, sonst hätte ihr Arundel keine Zeichnung von Leonardo schenken können. Er versuchte sich klarzumachen, warum das wichtig war, doch er wurde abgelenkt, weil aus der kleinen Tür zur Sakristei gedämpfte Stimmen drangen, von denen er eine zu kennen glaubte.

Argyll mußte durchaus nicht in alles seine Nase stecken, räumte aber ohne weiteres ein, daß er wißbegierig war. Nicht weil er vor Neugier geplatzt wäre, näherte er sich auf leisen Sohlen der Tür, sondern weil er wissen wollte, ob es wirklich die Stimme war, die er gehört zu haben glaubte. Er hielt es für sehr unhöflich, ein Gespräch zu belauschen, und glaubte ernsthaft, daß ihm das fernlag.

Wenn man feststellen will, wer spricht, läßt es sich allerdings gar nicht vermeiden, daß man hört, was der Betreffende gerade sagt. Es wäre unsinnig, den Klang einer Stimme und die Worte, die sie artikuliert, auseinanderhalten zu wollen. Ob ihn nun unhöfliche Neugier oder verständliche Wißbegier trieb: Argyll verfolgte ein Gespräch von Mary Verney und George Barton.

»Und was wollen Sie jetzt machen?« fragte Mrs. Verney mit ihrer deutlichen, wohlklingenden Stimme.

»Keine Ahnung. Gar nichts, würde ich sagen.«

»Ich brauche Ihnen nicht klarzumachen, daß die Sache sehr ernst ist. Wenn es die Polizei herausfindet, kommen Sie ins Gefängnis.«

»Solange Sie nichts sagen, kommt nichts heraus. So

eine dumme Geschichte! Nur weil ich vorher schon mit ihm in Streit geraten war, habe ich zuviel getrunken, und nur weil ich zuviel getrunken hatte, bin ich nachher noch mal hingegangen und …«

»Ja, natürlich. Aber Sie *sind* noch mal hingegangen. Wir müssen uns das genau überlegen. Können Sie damit leben? Oder wollen Sie nicht doch lieber zur Polizei gehen und Ihr Gewissen erleichtern?«

»Nein. Wenn Gordon angeklagt worden wäre, hätte ich natürlich aussagen müssen. Ich hätte nicht zugesehen, wie er ins Gefängnis kommt. Aber man hat ihn ja laufenlassen.«

»Ich weiß nicht recht …«

»Der hat sich das doch selbst zuzuschreiben«, sagte George heftig. »Wissen Sie was, Mrs. Verney? Um den ist es nicht schade. Der hat's nicht anders verdient. Damit ist schon alles gesagt. Wegen diesem hundsgemeinen Kerl werde ich keine Sekunde wachliegen.«

Es war ein faszinierendes Gespräch, doch Argyll konnte nicht mehr zuhören: seine Nase krabbelte schrecklich, und da er nicht mit roten Ohren vor der Sakristeitür erwischt werden wollte, flitzte er hinter ein Grab – und machte erst dort herzhaft Hatschi! Später gab er die Schuld den Blumengestecken, die zwar sehr hübsch aussahen und von Gemeinsinn zeugten, aber die reinsten Pollenschleudern waren. Sein explosionsartiges Niesen sorgte jedenfalls für ein jähes Ende des Gesprächs, doch als Mrs. Verney aus der Sakristei trat, hatte er sich bereits in einiger Entfernung ganz in die Betrachtung einer Gedenktafel aus den mittleren Jahren des 18. Jahrhunderts versenkt, die von den Verdiensten Sir Henry Beaumonts kündeten, eines Handelsherrn und Wohltäters, der von allen, die ihn kannten, schmerzlich vermißt wurde.

»Oh! Hallo!« rief er und hatte das Gefühl, daß seine geheuchelte Überraschung falsch klang. »Ich dachte, ich bin hier allein. Wo kommen Sie denn auf einmal her?«

Man sah Mary Verney an, daß sie sich unbehaglich fühlte, was er bisher noch nie erlebt hatte. »Ich habe ein bißchen geputzt«, sagte sie. »In der Sakristei.«

Während Mrs. Verney redete, hörte Argyll die Tür der Sakristei, die seitlich ins Freie führte, leise ins Schloß schnappen. George Barton machte sich davon.

»Ich wußte gar nicht, daß sie ein gottesfürchtiges Gemeindemitglied sind«, quasselte er drauflos.

»Bin ich auch nicht. Aber es wird nun mal erwartet, daß man sein Teil tut.«

»Ach so? Also, ich muß schon sagen, ich betrachte es als einen der Vorteile der Großstadt, daß man dort nicht sein Teil tun muß. Aber das ist eine herrliche Kirche, nicht wahr?«

»Stimmt. Haben Sie das Chorgestühl gesehen?«

»Noch nicht«, sagte Argyll und nutzte die Gelegenheit, um hinzuzufügen: »Ich bin gerade erst zum Portal hereingekommen.«

Das schien Mrs. Verney zu beruhigen. Sie führte ihn zum Chorgestühl und erklärte ihm, daß es aus dem 14. Jahrhundert stamme und eines der prächtigsten des Landes wäre. In die Armlehnen war Blattwerk geschnitzt, und an der Unterseite der Sitzflächen gab es Ungeheuer, Vögel und Szenen aus dem Landleben. Alles wunderschön, und Argyll hatte normalerweise für ein schönes Chorgestühl wirklich viel übrig, aber im Augenblick konnte er sich nicht so recht konzentrieren.

16

Flavia kam unzufrieden und übellaunig von ihrem Gespräch mit Manstead und der örtlichen Polizei zurück. Im wesentlichen war dabei herausgekommen, daß die Norfolker Polizei im Fall Forster nur noch auf Sparflamme ermitteln würde. Man war ohnehin reichlich mit Diebstählen und Morden eingedeckt und hatte für so etwas einfach keine Zeit.

»Es ist ja nicht einmal klar, ob Forster wirklich ermordet wurde«, sagte Manstead. »Und für die These, daß er ein Dieb war ...«

»Fehlt es an klaren Indizien? Was ist mit der Hochzeit im Hause Dunkeld?«

»Fehlanzeige. Dabei habe ich mir davon noch am meisten versprochen. Auch Fotos von Forster haben nicht zu einem Aha-Erlebnis geführt. Nach so vielen Jahren war das auch nicht unbedingt zu erwarten, aber man kann wirklich nicht sagen, daß wir uns keine Mühe gegeben haben.«

»Ja, natürlich«, antwortete Flavia. »Wahrscheinlich käme ich an Ihrer Stelle zum gleichen Ergebnis. Ich bin Ihnen dankbar für die Anstrengungen, die Sie unternommen haben.«

»Wie gesagt, wenn wir konkrete Anhaltspunkte hätten ...«

»Ja. Vielen Dank. Sagen Sie, stand Veronica Beaumont auf der Gästeliste?«

Manstead sah Inspector Wilson an, und der nickte zustimmend.

»Das hat nicht viel zu bedeuten«, sagte Manstead. »Diese Gästeliste ist der reinste Adelskalender.«

»Ach so. George Barton haben Sie nicht zufällig noch mal verhört?«

»Doch. Sein Schwiegersohn hat ihn offenbar völlig unnötigerweise zu decken versucht. Barton war an dem fraglichen Abend zwar bei Forster, aber lange vor seinem Tod. Dann hat er einen Besuch bei seiner Tochter gemacht - was Gordon wohl kaum verborgen geblieben wäre, wenn er sich nicht mit Sally vergnügt hätte und George nicht schon seit langem kein Wort mehr mit ihm reden würde.«

»Das war also auch nur Zeitverschwendung.«

»Ja, leider. Mrs. Forster kommt auch nicht mehr in Frage.«

»Warum?«

»Im Kino war sie an dem fraglichen Abend nicht, das konnten wir nachweisen.«

»Aha?«

»Aber sie hat sich wohl gesagt, wenn mein Mann ein Verhältnis haben kann, kann ich das auch.«

»O Gott! Die auch noch!«

»So ist das nun mal. Sobald man ein bißchen kratzt, blättert der ganze Lack ab.«

»Sagen Sie, hat Mrs. Forster bei ihrer ersten Befragung erfahren, daß gegen ihren Mann wegen Diebstahls ermittelt wurde?«

Manstead reichte ihr das Verhörprotokoll. »Überzeugen Sie sich selbst. Da haben wir im Grunde nur gefragt: ›Wo waren Sie zur Tatzeit, und was haben Sie da gemacht?‹ Auf Diebstähle und dergleichen sind wir erst heute morgen zu sprechen gekommen. Sie behauptet, daß sie davon zum erstenmal von Ihnen gehört hat. Das muß natürlich nicht stimmen, aber solange ihr das nicht nachzuweisen ist …«

Im Weller House setzte sich Flavia in die Eingangshalle und rief Bottando an. Als Argyll hereinkam, sah er, daß sie mit gequälter Miene den Telefonhörer ans Ohr hielt.

Bottando hatte das Gespräch an sich gerissen und machte seinem Ärger über Argan Luft, der es auf eine entscheidende Kraftprobe anlegte.

»Die ganze Bagage wird da sein und sich über die Früchte meiner Arbeit berichten lassen. Argan war ganz außer sich vor Begeisterung. Jetzt weiß ich auch, warum der Mistkerl so abnorm ruhig war. Ich habe noch einmal in seine Disketten reingeschaut. Er hat bereits ein neues detailliertes Memorandum verfaßt. Sie können sich denken, was da drinsteht.«

»Schickt den alten Kracher in die Wüste?« fragte Flavia ein bißchen taktlos.

Vom italienischen Ende der Leitung kam ein langes Schweigen, bevor Bottando sagte: »So in etwa.«

»Sie scheinen recht gelassen zu bleiben.«

»Alles andere bringt sowieso nichts. Es wird mir schon gelingen, ein oder zwei Kaninchen aus dem Hut zu zaubern und alles wieder ins Lot zu bringen. Wie sieht's bei Ihnen aus?«

»Leider nicht gut. Forster war ein übler Kerl, aber ich kann wahrscheinlich nicht beweisen, daß Giotto identisch mit ihm ist. Schon gar nicht bis morgen nachmittags Ich tue, was ich kann, aber die hiesige Polizei legt den Fall ad acta.«

»Wie kommt das?«

»Weil unsere Anhaltspunkte in etwa die Konsistenz von Frühnebel haben.«

Langes Schweigen in Rom. »Ach, was soll's. Man kann nun mal keine Kriminellen dingfest machen, wo es keine gibt. Es wäre nicht schlecht, wenn Sie morgen wieder hier sein könnten.«

Sie legte auf und blieb gedankenverloren auf ihrem Stuhl sitzen.

»Der arme alte Bottando«, bemerkte Argyll.

»Hmm. Ich glaube, er macht sich was vor, wenn er mit Unterstützung rechnet. Wahrscheinlich lassen ihn alle im Regen stehen. Ich fürchte, er verliert den Bezug zu den politischen Realitäten.«

»Und was wirst du tun?«

»Mein Bestes«, sagte sie ohne große Hoffnung, daß das gut genug sein könnte. Sie schob die Lippen vor und dachte nach. »Ich muß nach Rom. Es ist bestimmt kein schöner Anblick, wenn sie den alten Knaben durch den Fleischwolf drehen, aber wenn ich dort bin, kann ich ihm Beistand leisten, so gut es geht. Komm mit zu Mrs. Verney. Ich glaube, ich muß mit ihr reden. Und einen Drink könnte ich auch gebrauchen.«

Es ist nicht sehr angenehm, wenn man der Gastgeberin heikle Fragen stellen muß. Sie könnte einen schließlich kurzerhand auf die Straße setzen, nimmt sie Anstoß daran. Außerdem fand Flavia Mrs. Verney sympathisch. Sie war eine großzügige, lebhafte und unterhaltsam Frau.

Das änderte jedoch nichts daran, daß der Countdown lief und Flavia überhaupt nichts beweisen konnte. Dabei war sie sich ziemlich sicher, daß sie inzwischen genug wußte, um sagen zu können, wie es gewesen war. Wenn man einfach nur recht hatte, war das allerdings kein bißchen besser, als wenn man gar nichts wußte.

Als sie in die Küche kamen, rief Mary fröhlich: »Ah! Sie sind wieder da!« Sie rührte noch einmal kurz um und deckte dann den Topf zu. »Hoffentlich hatten Sie einen ergiebigen Tag.« Dann blickte sie auf und musterte sie eingehend. »O je. Versteinerte Gesichter. Müssen wir ein ernstes Gespräch führen?«

»Wenn Sie so freundlich wären ...«

Mrs. Verney nahm ihre Schürze ab, warf sie über eine Stuhllehne, nahm ein Tablett und stellte eine Flasche und drei Gläser darauf.

»Das könnten wir brauchen«, bemerkte sie. »Kommen Sie ins Wohnzimmer.«

Sie ließ keinerlei Unsicherheit erkennen und ging die Treppe hinauf ins Wohnzimmer, gefolgt von Flavia und Argyll, der das Tablett trug. In bezug auf die Drinks war er ganz ihrer Meinung und schenkte gleich jedem ein Glas ein, während sich die Frauen in den allzu gut gepolsterten Sesseln zurechtsetzten und auf den Kampf vorbereiteten.

»Gut«, begann Flavia. »Ich gebe Ihnen eine kurze Zusammenfassung der Ereignisse des Tages, an dem Forster starb. Nach dem Mittagessen mit Edward Byrnes ruft Jonathan gegen halb drei bei Forster an und sagt, daß er sich mit ihm über ein Bild unterhalten will. Über ein gestohlenes Bild. Offenbar fährt Forster nach diesem Gespräch sofort nach Norwich und räumt sein Bankschließfach leer. Am frühen Abend kommt George Barton zu ihm nach Hause, und die beiden geraten wegen der bevorstehenden Zwangsräumung in einen erbitterten Streit. Sein Schwiegersohn Gordon sieht ihn beim Verlassen von Forsters Haus. Ungefähr um neun Uhr fällt Forster die Treppe hinunter und bricht sich das Genick. Am nächsten Morgen findet Jonathan seine Leiche. Als Forster stirbt, liegt Gordon mit Sally im Bett, George ist bei seiner Tochter zu Besuch, und Mrs. Forster ist bei ihrem Liebhaber.«

»Bei *wem?*« fragte Mary.

»Sie haben richtig gehört. Das scheint erwiesen zu sein.«

»Sieh mal einer an. Die Frau steigt immer mehr in meiner Achtung.«

»Niemand hat etwas gesehen, gehört oder gerochen, und niemand hat der leiseste Verdacht beschlichen, daß etwas nicht stimmen könnte. Offenbar neigt die englische Polizei jetzt auch zu dieser Ansicht. Sie will den Fall Forster ruhen lassen, solange keine neuen Verdachtsmomente auftauchen.«

»Das ist eine gute Nachricht«, sagte Mary. »Da werden hier alle erleichtert sein.«

»Und was schließen wir daraus? Daß er gar nicht wegen Jonathans Anruf nach Norwich fuhr? Daß er bei einem Unfall ums Leben kam? Daß sein Tod rein gar nichts mit seiner Bereitschaft zu tun hatte, über einen gestohlenen Uccello zu sprechen?«

Mary Verney sagte nichts und sah Flavia mit ruhigem Interesse an.

»Und doch kann man Forster mit Kunstdiebstählen in Verbindung bringen. Die Aussagen von drei Leuten, die einander nicht kennen, deuten darauf hin. Und dann wurden ja auch noch seine Unterlagen verbrannt. Das wollen wir fürs erste Mrs. Forster zuschreiben. Sie muß bei ihrer Rückkehr den Tod ihres Mannes verkraften und sich auch noch an den Gedanken gewöhnen, daß gegen ihn als Dieb großen Stils ermittelt wird. Vielleicht weiß sie, daß der Verdacht begründet ist, und weil sie ihr bißchen Geld nicht verlieren will, entzieht sie den polizeilichen Ermittlungen die Grundlage. Und das war's dann wohl.«

Mary Verney blieb ganz ruhig, schien es aber aus Sympathie für ihre Gäste betrüblich zu finden, daß die Geschichte aus deren Sicht zu einem so unbefriedigenden Abschluß gebracht worden war.

»Aber leider«, fuhr Flavia fort, »ist diese Erklärung falsch, so willkommen sie einem sein mag.«

»Ach ja? Meinen Sie?«

»Da bin ich mir ziemlich sicher.«

»Warum?«

»Die Polizei hat Mrs. Forster nur im Zusammenhang mit dem Tod ihres Mannes befragt und extra darauf geachtet, ihr nicht zu sagen, daß man ihn als Dieb in Verdacht hatte. Wenn ihr das nicht bekannt war, hatte sie aber keinen Grund, aktiv zu werden, auch nicht, wenn sie wußte, daß er sich als Dieb betätigte. Sie muß also erfahren haben, daß man Verdacht geschöpft hatte – fragt sich nur, von wem.«

Mrs. Verney leerte ihr Glas und sagte nach einer längeren Pause: »Das kann ich Ihnen sagen. Von mir.«

»Warum haben Sie es ihr gesagt?«

»Können Sie sich das nicht denken? Ich mag die Frau eigentlich gar nicht besonders, aber ich finde, sie war wirklich genug damit gestraft, daß sie mit Forster zusammenleben mußte. Es ist wirklich nicht nötig, daß sie über seinen Tod hinaus unter ihm zu leiden hat, und so wollte ich ihr einfach ersparen, daß man ihr alles wegnimmt. Ich habe also zu ihr gesagt, ›Sie müssen schleunigst etwas unternehmen, wenn Sie nicht völlig mittellos dastehen wollen‹. Auch jetzt noch finde ich, daß das ein guter Rat war.«

»Und dann hat sich Mrs. Forster eine Streichholzschachtel geschnappt und ist losgerannt?«

»Nein. *Ich* habe mir eine Streichholzschachtel geschnappt und bin losgerannt. Mrs. Forster war dazu viel zu unentschlossen. Sie wollte einen Rat von mir haben, und dann mußte ich ihn auch noch in die Tat umsetzen.«

»Damit haben Sie sich strafbar gemacht.«

»Nun ja«, sagte Mrs. Verney unbekümmert.

»Wie menschenfreundlich von Ihnen! Aber das stimmt natürlich auch wieder nicht.«

»Und ob. Ich hätte mir beinahe das Kreuz ausgehängt mit dem ganzen Papierkram!«

»Das meine ich nicht. Ich rede von Ihren Motiven. Sie wollten durchaus nicht verhindern, daß man Forster des Diebstahls überführt, und im übrigen hat sie nicht der Besuch seiner Frau dazu veranlaßt, die Papiere zu verbrennen.«

»Nein?«

»Sie wußten, daß Forsters Unterlagen ihn nicht als Dieb belasteten. Sie haben die Papiere erst verbrannt, nachdem Jonathan mit mir aus London zurückgekommen war und Ihnen gesagt hatte, daß er vorhabe, die Unterlagen durchzusehen. Und nicht vorher.«

»Da hat es doch geregnet.«

»Als wir hier angekommen sind, hatte es schon fast aufgehört.«

»Und warum hätte ich das tun sollen? Was hätte ich davon gehabt?«

»Die Papiere wären vermutlich aufschlußreich gewesen ... Im Hinblick darauf, daß Sie und Ihre Familie von Forster erpreßt wurden, weil er wußte, daß Ihre kleptomanische Cousine die Herrenhäuser Europas bereist hatte, um Gemälde zu klauen.«

»Was Sie nicht sagen! Ein phänomenaler Einfall. Woraus schließen Sie das?«

»Fangen wir mit Forster an. Was spricht dafür, daß er Bilder gestohlen hat? Die Aussagen von drei Personen und seine Reaktion am Telefon, als Jonathan ihn angerufen hat. Außerdem weckt sein plötzlicher Tod Verdacht. Andererseits lebte er aber nicht gerade in Saus und Braus. Im Gegenteil, er war offenbar in finanziellen Schwierigkeiten. Es gibt keinerlei Anzeichen dafür, daß er Geld beseite geschafft hat. Um die ganzen Bilder zu stehlen, hätte er sich zudem ständig auf dem Kontinent herumtreiben müssen, aber seine Frau sagt, daß er gar nicht gern gereist ist und, seit sie hier wohnten, praktisch nur noch Tagesausflüge nach London gemacht hat. Er hielt sich zwar in Florenz auf, als der Uccello verschwunden ist, Ihre Cousine war allerdings auch dort – und hatte als Schülerin von Signora della Quercia Zugang zum Palazzo Straga. Ihre Cousine steht übrigens auf der Gästeliste der Hochzeit, die im Jahre 1976 im Hause Dunkeld stattfand, Forster dagegen nicht. Außerdem galt sie ohnehin als diebische Elster. Das genügt natürlich nicht, um Forster für unschuldig und ihre Cousine für schuldig zu erklären. Aber sehen wir uns auch noch an, welches Verhältnis die beiden zueinander hatten. In Florenz mochte sie ihn nicht. Später hat sie ihn dann trotzdem zu ihrem Kurator gemacht, obwohl sie für ihre Sammlung keinen brauchte. Sie hat ihm ein Gehalt gezahlt und ein Haus geschenkt und nach und nach immer mehr überschrieben. Bei herzlich wenig Gegenleistung. Wenn er selber der Dieb war, ergibt das keinen Sinn. Wenn er die Diebin erpreßte, schon eher.«

Mary Verney nippte an ihrem Glas. Sie wurde nicht nervös und war auch nicht entrüstet, sondern sah Flavia freundlich an.

»Sehr interessant. Ich würde an Ihrer Stelle damit allerdings nicht vor Gericht gehen. Dr. Johnson ist zwar ein geschwätziger alter Kerl, aber auch er könnte die Geschworenen bestimmt nicht davon überzeugen, daß eine so dußlige Frau wie meine arme Cousine zu der umsichtigen Planung fähig war, ohne die Ihr Giotto wohl nicht auskam. Mit dem Zugreifen ist es schließlich nicht getan.«

»Nein, aber ich würde schon sagen, daß ihr Erfolg zu einem großen Teil darauf beruhte, daß sie wahllos zugriff, und zwar bei ihren aristokratischen Bekannten. Das waren vermutlich lauter verarmte Adlige wie sie selber, die genau die richtigen, unversicherten und schlecht katalogisierten Kunstsammlungen besaßen. Bottando hat Veronicas Wahnsinn als Methode und Scharfsinn mißverstanden. Um den Verkauf der Bilder brauchte sie sich gar nicht zu kümmern. Das hat Winterton erledigt.«

Mary sah sie überrascht an. »Winterton? Wie kommen Sie gerade auf Winterton?«

»Das wissen Sie sehr gut«, sagte Flavia mit strenger Miene. »Vor drei Monaten hat jemand Sandano über den Diebstahl des Fra Angelico ausgefragt, und das war niemand anders als Winterton. Sandano sagt, daß der Mann über fünfzig war und volles, dunkles Haar hatte. Paßt auf Winterton, aber nicht auf Forster. Der hatte schütteres graues Haar. Keine schlechte Idee, ihm ein Kärtchen von Forster zu geben.«

»Könnte doch sein, daß uns Winterton einfach nur einen Gefallen getan hat. Als alter Freund des Hauses.«

Flavia runzelte mißbilligend die Stirn über diesen schwachen Einwand. »Winterton nimmt den zweitklassigen Händler Forster in seine exklusive Galerie auf, fährt nach Italien, steckt einem Dieb Geld zu, versucht Forster einen Diebstahl anzuhängen und setzt damit alles aufs Spiel, was er sich aufgebaut hat. Und das alles nur, um Ihrer Familie einen Gefallen zu tun? Das nimmt Ihnen keiner ab. Vielleicht sollten Sie einfach mit dem wirklichen Grund herausrücken, um dieses Ratespiel abzukürzen.«

»Möglicherweise haben Sie recht.« Mary nippte an ihrem Drink und sammelte sich.

Jetzt müssen wir uns wenigstens nicht mehr durch Lügen und Ausflüchte hindurchkämpfen, dachte Flavia. Mary Verney ist eben doch eine ausgesprochen vernünftige Frau, die sich geschlagen geben kann, wenn sie sieht, daß sie das Spiel verloren hat.

»Winterton hat seinen ganzen Aufstieg auf Veronicas kleine Schwäche aufgebaut«, begann sie mit einem Seufzer. »Er hat den Löwenanteil für sich behalten, und meine einfältige Cousine hat keinen großen Gewinn aus ihrer schlechten Angewohnheit gezogen. Sie bekam kaum mehr, als nötig war, um hier alles in Gang zu halten. Typisch Veronica! Ich meine, wenn man schon kriminell wird, sollte man wenigstens etwas davon haben, finden Sie nicht?«

»Wann haben Sie beschlossen, Forster umzubringen?«

»Noch nie«, sagte sie sehr entschieden. »Ich wollte mir den Kerl nur vom Hals schaffen, sonst nichts. Durch seinen Tod ist alles viel komplizierter geworden.«

»Weshalb hatten Sie ihn denn überhaupt auf dem Hals?«

»Forster lernte Veronica in Italien kennen, und als sie diesen Uccello mitgehen ließ, bot er ihr an, das Bild für sie zu verkaufen. Er wollte sich damit natürlich ihre Zuneigung erschleichen und einen kräftigen Reibach hat er vermutlich auch gemacht. Danach hatten sie jahrelang keinen Kontakt mehr, bis er den Auftrag erhielt, Ordnung in eine belgische Privatsammlung zu bringen. Das hat er anscheinend ziemlich gut gemacht, sonst wäre ihm wahrscheinlich nicht aufgefallen, daß ein Pollaiuolo nicht ganz hasenrein war. Er fand heraus, was es damit auf sich hatte und ließ die entsprechenden Unterlagen verschwinden.«

»Was für Unterlagen waren das?«

»Der Kaufvertrag, den neben Veronica auch Winterton unterschrieben hatte, weil durch ihn das Geschäft vermittelt worden war, und die Exportgenehmigung, auf der unter ›Herkunftsort‹ Weller House eingetragen war.«

»Ist das nicht eine ziemlich gefährliche Masche für den Verkauf von Bildern?«

»Sieht ganz so aus. Sonst würden wir jetzt wohl nicht hier zusammensitzen und uns darüber unterhalten«, entgegnete sie trocken. »Andererseits gab es keine Hinweise auf den ursprünglichen Eigentümer. Man hatte das Bild für längere Zeit in der Versenkung verschwinden lassen, und es sprach an sich nichts dagegen, daß es aus Weller House stammte. Forster schöpfte nur Verdacht, weil er Veronica kannte und nach dem Tod von Onkel Godfrey irgendwann einmal die Bestandsliste ihrer Sammlung durchgegangen war. Er wußte, was sie besaß – und was sie mit Sicherheit nicht besaß. Die beiden hatten einfach großes Pech. Forster konnte sich jedenfalls einen Reim auf den Pollaiuolo machen und wollte daraus Kapital schlagen. Zuerst schrieb er Veronica einen Brief, dann besuchte er sie und ließ die Katze aus dem Sack. Nach dem Motto: ›Du erinnerst dich doch noch an Florenz und an diesen Uccello, den du gestohlen hast? Wie schön, daß du immer noch aktiv bist. So ein Pollaiuolo ist ja auch nicht zu verachten. Ich besitze übrigens Dokumente, mit denen ich alles beweisen kann.‹ Anfangs wußte er wohl selber nicht recht, wie es nun weitergehen sollte. Zuerst hat er sie um diesen und jenen Gefallen gebeten, dann um Geld, und dann um ein Haus.«

»Wie war das denn mit Ihrer Cousine? Konnte man sie nicht von ihrem kleinen Laster abbringen?«

»Da fragen Sie die Falsche. *Ich* hätte sie schnell davon abgebracht, aber mich hat man ja nicht gefragt. Als sie nach ihrer Rückkehr aus Italien meinem Onkel alles gebeichtet hat, ist er in Panik geraten und zu Winterton gelaufen. Meiner Ansicht nach hätte man sofort zur Polizei gehen und bei der Wiederbeschaffung des Bildes behilflich sein sollen. Man hätte ja sagen können: ›Tut uns schrecklich leid, aber Veronica hatte mal wieder einen kleinen Anfall. Sie wissen ja, wie das ist.‹ Danach hätte man sie einsperren oder in eine gute Therapie schicken müssen. Aber meine Familie fürchtete natürlich vor allem die Schande und wollte unbedingt alles vertuschen. Winterton bestärkte sie darin und sagte, das ließe sich leicht bewerkstelligen. Daß ein Verbrechen verübt worden war – der Gedanke ist ihnen gar nicht gekommen, davon bin ich überzeugt. Verbrechen begehen Proleten wie dieser Gordon Brown. Eine Beaumont läßt sich allenfalls zu einer Unbesonnenheit hinreißen. Veronicas Anteil hat man trotzdem behalten. Man hat natürlich nicht damit gerechnet, daß ihr der Kunstdiebstahl zur Gewohnheit werden könnte, aber sie brachte ein Bild nach dem anderen mit. Bald hatte Winterton ein halbes Dutzend von Veronicas Mitbringseln losgeschlagen. Nun hatte man soviel auf dem

Kerbholz, daß es nicht mehr zu stoppen war. Das größte Problem war Forster, aber Winterton konnte ihm klarmachen, daß er sich nicht weniger schuldig gemacht hatte und im Zweifelsfall als erster im Gefängnis landen würde. Solange Forster nur von *einem* Fall wußte, zog diese Argumentation. Winterton hatte schon bald die Kunden mit dem meisten Geld und den wenigsten Skrupeln ausfindig gemacht. Er schleuste seinen Anteil in seine legale Kunsthandlung und bekam alles bestens in den Griff. Bei Forster war das anders. Als er erst einmal auf den Geschmack gekommen war, wurde er immer habgieriger und wollte einfach alles, auch dieses Haus. Er wußte, daß Veronica krank war und sah sich wohl schon als Lord Weller. Meine Cousine war zwar ziemlich verrückt, aber so verrückt nun auch wieder nicht. Außerdem verletzte er nun ihren Familienstolz, und das war vermutlich das einzige, was sie sich nicht gefallen ließ. Weller House mußte unbedingt in der Familie bleiben, selbst wenn das bedeutete, daß ich es bekam. Sie bietet ihm also die Stirn und sagt ihm, dann soll er sie eben anzeigen. Genau das wird er tun, antwortet Forster. Sie glaubt ihm und greift zu den Tabletten. Es könnte aber auch anders gewesen sein.«

»Wie?«

»Forster bringt sie um, weil sie gesagt hat, sie geht zur Polizei, legt ein Geständnis ab und zeigt ihn als Erpresser an.«

»Halten Sie das für wahrscheinlich?«

Sie zuckte die Schultern. »Ich weiß nicht recht. Die ganze Geschichte erinnert an ein viktorianisches Melodram.«

»Warum haben Sie dieses Melodram dann wieder

aufleben lassen? Ich nehme an, Sie haben Signora Fancelli nahegelegt, bei der italienischen Polizei anzurufen.«

»Von wegen. Das war absolut nicht meine Idee.«

»Wie kam die Frau dann darauf?«

Sie seufzte erschöpft. »Ich stand immer außerhalb der Familie. Daß Veronica ein bißchen bekloppt war, wußte ich, wie weit das ging, war mir nicht klar. Sie ist gestorben und hat mir dieses Anwesen vermacht. Ich mußte feststellen, daß die finanzielle Situation katastrophal war und habe die Ausgaben einzuschränken versucht. Die größte und erfreulichste Ersparnis ließ sich durch die Entlassung von Geoffrey Forster erzielen. Doch dann hat er mir einen Besuch abgestattet. Ich bin aus allen Wolken gefallen. Zuerst dachte ich, das ist doch frei erfunden und habe ihn ausgelacht. Er hat mir nahegelegt, bei Winterton nachzufragen. Der hat mir dann die ganze Geschichte erzählt. Wie Sie sich vielleicht denken können, hat mich das schon ein bißchen erschreckt. Wenn man ein herrschaftliches Anwesen erbt, rechnet man nicht unbedingt damit, daß es ein Faß ohne Boden ist, das von einer kleptomanischen Irren immer wieder gefüllt wurde, und daß es trotzdem völlig überschuldet ist, weil es von einem Erpresser ausgesaugt wird. Eine schöne Bescherung! Wir wußten nicht, ob Forster wirklich alles beweisen konnte. Winterton hat sich überlegt, wer womöglich Bescheid wisse, worauf sich Forster stützen könne. Am meisten hatte ich seiner Ansicht nach von Signora Fancelli und diesem Sandano zu befürchten. Es war allerdings nicht sicher, ob sie wirklich etwas wußten – und genau das galt es, herauszufinden. Winterton ist also nach Italien gefahren und hat dafür gesorgt, daß die beiden, falls man ihnen Fragen stellen sollte, Forster und nicht Veronica belasten würden. Ich habe hier im Haus sämtliche Unterlagen durchgesehen und alles verbrannt, was mir gefährlich werden konnte. Und da gab es eine ganze Menge, das können Sie mir glauben.«

»Aber Forster hatte nach wie vor belastendes Material in seinem Bankschließfach.« Flavia war von der Geschichte richtiggehend fasziniert.

»Und wir wußten immer noch nicht, *was* er denn nun in Händen hatte. Deshalb ließ Winterton Signora Fancelli und Sandano eine Erklärung unterschreiben, in der mehr oder weniger das gleiche stand, was sie Ihnen erzählt haben: daß Forster ein Dieb wäre und zwei Bilder gestohlen hatte. Forster konnte auf Aussagen verweisen, die nahelegten, daß Veronica eine Diebin war. Wir konnten Aussagen beibringen, die ihn ausdrücklich des Diebstahls bezichtigten. Auf dieser Basis habe ich ihm vorgeschlagen, das Spiel mit einem Unentschieden zu beenden: meine Dokumente gegen seine Dokumente. Außerdem sollte er eine abschließende Zahlung bekommen, damit er sah, daß ich ihm nichts nachtrug.«

»Das war dann wohl das Geschäft, von dem er seiner Frau erzählt hat?«

»Wahrscheinlich. Ich hatte das Geld zusammengekratzt und die Dokumente bereitgelegt und mußte nur noch warten, bis die letzten paar tausend Pfund auf meinem Konto bereitgestellt waren. Es fehlte also lediglich Forsters Einverständnis.«

»Und dann?«

»Dann war plötzlich der Teufel los, weil diese blöde Fancelli ihn unbedingt anzeigen mußte. Nach dreißig Jahren sah sie endlich die Möglichkeit, sich an ihm zu rächen.«

»Einen Augenblick. Forster war also tatsächlich der Vater ihres Kindes?«

»O ja. Er war der Vater und hat sich ihr gegenüber anscheinend abscheulich benommen.«

»Ist er denn nicht für das Pflegeheim aufgekommen?«

Sie schüttelte den Kopf. »Ich komme dafür auf. Das heißt, eigentlich Winterton. Als Gegenleistung für ihre Aussage. Wo war ich stehengeblieben?«

»Bei Signora Fancellis Rache.«

»Ach ja. Winterton hatte den Eindruck, daß es ihr sehr schlecht ginge. Da sie unbedingt noch Rache nehmen wollte, bevor es endgültig zu spät war, gab sie der Polizei einen Tip. Bald darauf rief dann Jonathan bei Forster an. Das brachte uns in eine schwierige Situation, weil Forster nun glauben mußte, daß wir ein falsches Spiel mit ihm trieben. Ich konnte ihm dann doch klarmachen, daß es in seinem wie in meinem Interesse lag, das Geschäft so schnell wie möglich über die Bühne zu bringen und das ganze Material zu vernichten, um die Ermittlungen ins Leere laufen zu lassen. Was hätten wir dann noch von den wilden Beschuldigungen einer bekloppten Alten und eines notorischen Diebs zu befürchten? Ich muß zugeben, daß ich ihn unter Druck gesetzt habe. Er sollte sich gefälligst entscheiden. Ja oder nein? Damit saß er in der Klemme, aber auch ich wurde immer nervöser. Mir liegt viel an einem ruhigen, beschaulichen Leben, und das war nun das genaue Gegenteil davon. Dann hat er es endlich eingesehen. Ich sollte um zehn zum Austausch des Belastungsmaterials bei ihm vorbeikommen und einen Scheck mitbringen.«

»Aber daraus ist nichts geworden.«

»Es war schrecklich. Als ich hinkam, lag Geoffrey tot am Fuß der Treppe. Wie erstarrt blieb ich stehen. Ich weiß nicht, wie lange ich mich nicht von der Stelle gerührt habe, aber schließlich sagte ich mir, wenn schon, denn schon. Mit einem großen Schritt bin ich über ihn hinweggestiegen und die Treppe hinaufgegangen. Ich habe das Belastungsmaterial gefunden und bin damit verschwunden.«

»Haben Sie es vernichtet?«

»Selbstverständlich. Sofort.«

»Und dann war alles klar?«

»Bis zu dem Moment, wo Jonathan in Forsters Aktenschrank eine Bestandsliste meiner Sammlung gefunden hat und meine Bilder unter die Lupe nehmen wollte. Dann mußte ich Jessica einreden, daß es in ihrem Interesse lag, den ganzen Papierkram zu verbrennen.«

»Wer hat denn nun Forster umgebracht?«

»Ist er denn umgebracht worden?« fragte sie zurück.

»Ja«, sagte Argyll enttäuscht. »Und Sie wissen es.«

Mit einer langen Pause gab er ihr die Gelegenheit, selber zu sagen, wie es gewesen war. Eigentlich hätte er am liebsten für sich behalten, was er gehört hatte, aber früher oder später wäre es ja doch herausgekommen. Er brachte es also am besten schnell hinter sich. Da Mary beharrlich schwieg, sagte er: »Und ich weiß es auch. Ich habe gehört, was in der Kirche gesprochen wurde.«

»Was denn, Jonathan?«

»George Barton hat ihn umgebracht. Das hat er selber gesagt. In der Sakristei. Er hat sogar zugegeben, daß es ihm überhaupt nicht leid tut. Er findet, Forster hat es nicht anders verdient, weil er mit den Leuten so übel umgesprungen ist.«

Mary Verney musterte ihn mit einem vernichtenden Blick, wie er sonst einem Besucher vorbehalten blieb, der silberne Löffel in der Hosentasche verschwinden ließ und den Hund mit Pralinen fütterte, bis er auf den Perserteppich kotzte. Argyll bat mit einem Lächeln um Verzeihung.

»Was hätte ich tun sollen?« fragte er kläglich.

Ihr Blick wurde milder. »Ich weiß. Sie konnten wohl nicht anders.«

»Stimmt das denn nun, oder stimmt es nicht?« wollte Flavia wissen.

Mary Verney nickte zögernd. »Was Sally erzählt hatte, ließ mich das Schlimmste befürchten. Nüchtern ist George ja ganz umgänglich, aber wenn er betrunken ist, braust er leicht auf. Ich habe ihn darauf angesprochen, und es stellte sich heraus, daß ich recht hatte. Im Grunde war es aber eher ein Unfall. Hat man Ihnen gesagt, daß Forster ihn zur Räumung seines Cottages zwingen wollte?«

»Ja. Was ist denn nun passiert?«

»Ganz einfach«, seufzte sie. »George geht zu Forster und redet ihm ins Gewissen. Anschließend trinkt er zu viel und steigert sich in einen fürchterlichen Zorn hinein. Dann geht er noch einmal hin und macht einen zweiten Versuch. Forster steigt die Treppe hinauf, George folgt ihm und will ihn am Arm festhalten, tut das aber viel zu fest – Forster fällt die Treppe hinunter und landet unglücklich auf dem Boden. So reime ich es mir jedenfalls zusammen. George hat nicht ausdrücklich gesagt, daß er den Sturz verursacht hat. Seine Tochter wird jedenfalls Stein und Bein schwören, daß er den ganzen Abend bei ihr war. Und wenn man mich fragt, lache ich einfach nur über eine so abwegige Vorstellung. Ich werde ihn mit keinem Wort belasten.«

»Von Recht und Gesetz halten Sie wohl nicht viel?«

Sie zuckte die Schultern. »Das kann mir in diesem

Fall gestohlen bleiben. Ich mag George. Wer hat etwas davon, wenn man ihn ins Gefängnis steckt?«

»Sollte man diese Entscheidung nicht dem Gericht überlassen?«

»Ich glaube, ich werde mir anmaßen, die Entscheidung selber zu fällen. Damit erspare ich allen eine Menge Aufwand und Ärger.«

»Aber …«

»Mein Entschluß steht fest. Ohne wenn und aber. Verfahren Sie mit mir, wie es Ihnen beliebt. Ich werde den armen George nicht belasten, und ich habe das Gefühl, daß man ohne meine Aussage nicht genug gegen ihn in der Hand hat.«

»Der arme George hat ja nur einem Menschen das Genick gebrochen und ihn dann einfach liegenlassen«, sagte Flavia ärgerlich. »Aber das interessiert Sie wohl gar nicht?«

»Nicht besonders.«

Nach dieser Antwort herrschte tiefes Schweigen.

»Und was passiert jetzt mit mir?« fragte Mary Verney.

»Sie haben auf jeden Fall zahlreiche Straftaten verschleiert, und Mittäterschaft dürfte auch gegeben sein.«

»Ich hab's ja gleich gesagt – es war ein Fehler, daß ich dieses Erbe angetreten habe. Vorher war alles so einfach. Alles nur wegen meiner blödsinnigen Verwandtschaft! Tut mir leid, daß ich Ihnen so viel Ärger bereiten mußte, aber ich habe nur versucht, aus einer Grube herauszuklettern, die andere für mich gegraben hatten.«

Ihre beiden Gäste sahen sie mitfühlend an.

»Winterton wird abstreiten, daß er etwas mit dem Verkauf der Bilder zu tun hatte, und George wird behaupten, daß er gar nicht in Forsters Haus war«, sagte Argyll. »Nur bei einem von Giottos Diebstählen weißt du, wo das Bild hingekommen ist, aber auch in diesem Fall kannst du die Herkunft nicht nachweisen. Das ganze Beweismaterial, das Forster hat verschwinden lassen, wurde von Mary neulich verbrannt. Vielleicht gibt es sonst noch irgendwo Hinweise, aber da mußt du nach der berühmten Nadel im Heuhaufen suchen. Bis zu Bottandos Sitzung morgen nachmittag findest du bestimmt nichts.«

Erneut herrschte Schweigen. Flavia überlegte sich, daß er leider völlig recht hatte.

»Es sieht ziemlich schlecht aus, nicht?« sagte Argyll. Das war nicht gerade schonungsvoll, aber er sprach nur aus, was sie dachte.

»Findest du?«

»Über dreißig Bilder stehen auf unserer Liste, und kein einziges konnten wir sicherstellen. Wir haben kein Beweismaterial gegen Winterton. Vielleicht wäre Sandano bereit, ihn zu identifizieren, aber wer glaubt dem schon. Wir haben keinen Mörder. Und das Schlimmste von allem: deine Abteilung müßte bekanntgeben, daß der geniale Meisterdieb Giotto in Wirklichkeit eine närrische alte Dame war. Wenn Argan erst überall herumerzählt, daß sich Bottando immer wieder von einer übergeschnappten Frau auf falsche Fährten führen ließ, kann dein Chef gleich einpacken. Das macht ihn zum Gespött der gesamten Polizei.«

»Ja, ich weiß, aber was kann ich dagegen tun?«

»Weiß Winterton, wo die ganzen Bilder hingekommen sind?«

»Der muß es ja wohl wissen, aber das heißt noch lange nicht, daß er damit herausrückt«, sagte Mary.

»Nun, er wird sich darüber im klaren sein, daß früher oder später etwas auftaucht, wenn man den Fall intensiv weiterverfolgt. Bietet man ihm nun die hundertprozentige Garantie an, daß der Fall endgültig zu den Akten gelegt wird ...«

»Jonathan, worauf willst du hinaus?« fragte Flavia scharf.

»Du predigst mir, daß es völlig in Ordnung ist, wenn man es nicht immer ganz so genau nimmt. Und Bottando sagt ständig, daß eure Hauptaufgabe in der Wiederbeschaffung von Bildern besteht.«

»Stimmt, das sagt er.«

»Warum machst du das dann nicht?«

Sie wußte, was er im Sinn hatte. Er dachte, was sie nicht denken wollte. So war das nun einmal, wenn man mit jemandem zusammenlebte. Zwar konnte sie mit Mühe ihren eigenen Selbsterhaltungstrieb außer Kraft setzen, seinen aber nicht.

Dann legte Argyll seinen Standpunkt dar. Zunächst sprach er zögerlich, dann immer selbstbewußter, weil er sich nun ganz sicher war, daß sein Vorschlag den einzig sinnvollen Ausweg bot. Als er sich – nach ungefähr einer Stunde – mit seiner Ansicht durchgesetzt hatte, wurde Flavia von Mary Verney nach Norwich gefahren, damit sie noch den letzten Zug nach London erreichte. Alles mußte so schnell gehen, daß Flavia fast ihre ganzen Kleider zurückließ. Argyll versprach, sie mitzubringen, wenn er nachkam.

Am Bahnhof gab sie ihm rasch einen Kuß. »Bis in ein paar Tagen«, sagte sie. »Und danke für deinen Rat. Ohne dich hätte ich das bestimmt nicht hingekriegt. Den Vorwurf mangelnder Dreistigkeit nehme ich zurück. Wir haben gerade dermaßen getrickst, daß es für ein ganzes Leben reicht.«

Die Sitzung fand im Konferenzraum des Ministeriums statt und war ziemlich deprimierend. Ungefähr fünfzehn Leute hatten sich eingefunden, um der öffentlichen Aburteilung Bottandos mit anschließender Opferung auf dem Altar der verschlankten Effizienz beizuwohnen. Zum großen Teil nahmen sie allerdings ungern teil. Ein paar mochten Bottando und hatten eine hohe Meinung von ihm, ein paar waren einfach nur froh, daß es ihn und nicht sie erwischt hatte, die meisten auf jeden Fall empfanden eine entschiedene Abneigung gegen Argan und seine Methoden.

Doch man konnte eben nichts machen, und vielen war auch gar nicht danach zumute, einen Versuch zu wagen. Man wäre dem Kollegen schon gern beigesprungen, aber die Unzahl von Beschwerden, die Argan in Umlauf gesetzt hatte, ließ darauf schließen, daß Bottando ernsthaft in der Klemme saß. Wenn man sich zum Kampf entschloß, mußte man ein möglichst günstiges Schlachtfeld wählen. Die alte Garde hatte daher beschlossen, für ihren Gegenschlag eine bessere Gelegenheit abzuwarten.

Beim Betreten des Konferenzraums sah Bottando sofort, daß Flavia seine einzige Verbündete war. Allerdings war mit ihr wohl nicht viel anzufangen, da sie sehr nervös und völlig erschöpft wirkte. Kein Wunder, nach allem, was sie hinter sich hatte: die überstürzte Fahrt von Norwich nach London, das Treffen mit Winterton, der sich erst nach einer zähen dreistündigen Verhandlung zur Zusammenarbeit bereitfand, der Rückflug nach Rom, auf dem sie Zweifel quälten, ob sie auch wirklich das Richtige tat, und dann noch die kurze Besprechung mit Bottando, bei der nur sie geredet hatte. Bottando hatte erstaunlich ruhig zugehört. Dann hatte er sich bedankt und Flavia sofort in seinen Wagen gepackt: Die Sitzung war vorverlegt worden.

Eröffnet wurde sie vom Minister persönlich, einem langweiligen, an sich harmlosen Menschen, der gar nicht den Mut hatte, von den Vorschlägen seiner Ministerialbeamten abzuweichen, wenn die sich erst einmal festgelegt hatten. Immerhin ließ er alles in der Schwebe und wusch seine Hände in Unschuld. Was immer geschehen würde, er dachte gar nicht daran, die Verantwortung zu übernehmen. Nach seinen einführenden Worten wurden zunächst Routineangelegenheiten behandelt, und die gespannte Stimmung entlud sich in einer erstaunlich hitzigen Auseinandersetzung über eine läppische Buchführungsfrage.

In seiner ruhigen und gerade deshalb so gefährlichen Art ergriff nun Argan das Wort. Er begann mit allgemeinen Organisationsfragen und kam erst allmählich darauf zu sprechen, wie man in der Spezialeinheit Kunst Entscheidungen traf. Schließlich nahm er sich die Verbrechensstatistik vor und verglich sie mit der Zahl der Festnahmen und der sichergestellten Kunstwerke: Nicht einmal Bottando könne im Ernst behaupten, daß die Zahlen einigermaßen vorzeigbar wären.

»Aber mit statistischen Zahlen ist letztlich wenig anzufangen«, fuhr Argan fort. »Ich glaube, ich kann Ihnen das Problem anhand von ein paar Einzelfällen besser vor Augen führen. In den letzten Wochen wurde eine Reihe unterschiedlich schwerer Verbrechen verübt. Keines davon wurde aufgeklärt oder auch nur ordentlich untersucht. General Bottando wird sagen, man kann das nicht übers Knie brechen, gerade bei der Kunstkriminalität muß man warten können, bis die Zeit reif ist. Jahrzehntelang, wenn es sein muß. Ich teile diese Ansicht nicht.

Vielmehr glaube ich, daß mit einem klar strukturierten und zentrierten Ansatz eine weitaus höhere Erfolgsquote zu erzielen wäre. Das Eisen schmieden, solange es heiß ist, sollte unsere Devise sein. In der Spezialeinheit Kunstkriminalität wird derzeit nicht nach dieser Maxime gearbeitet. Eine bedeutende Ausgrabungsstätte etruskischer Kunst wird geplündert. Und was macht General Bottando? Er läßt eine seiner Mitarbeiterinnen mit einer alten Frau, die einen tiefen Groll hegt, über ein fünfunddreißig Jahre zurückliegendes Verbrechen plaudern. Eine Kunstgalerie in der Via Giulia wird ausgeraubt. Konzentriert man sich auf diesen Fall? Mitnichten. Dieselbe Mitarbeiterin unternimmt eine Dienstreise, um sich mit einem verurteilten Verbrecher über eine Lügengeschichte zu unterhalten. Die Diebstähle häufen sich. Und doch heißt es plötzlich: auf nach England, wo man irgendeinem Unsinn nachjagt. Und warum? Weil der General nicht von seinem Steckenpferd lassen will. Es kann längst als gesichert gelten, daß die Kunstdiebstähle zum großen Teil auf das Konto des organisierten Verbrechens gehen, doch General Bottando ist seit Jahren geradezu besessen von einer längst überholten, sehr romantischen Vorstellung: Er glaubt an den genialen Meisterdieb. Natürlich hat sonst niemand auch nur die leiseste Ahnung von der Existenz dieses Genies. Kein Polizist in ganz Europa teilt seine Ansicht. Der gesunde Menschenverstand sagt einem ohne weiteres, daß seine These barer Unsinn ist, aber mit einer total verqueren Logik kann man alles beweisen – als ehemaliger Kunsthistoriker weiß ich das, glauben Sie mir.«

Ein kleiner Scherz, dachte Bottando gedankenverloren. Der Mann ist sich seiner Sache sehr sicher. Natürlich weiß er so gut wie ich, daß ich das Planspiel Giotto nie ernst genommen und seit Jahren keinen Gedanken mehr daran verschwendet habe. Er weiß, daß Flavia nur ein paar Minuten mit Sandano gesprochen hat, und er weiß natürlich auch, daß es damit sein Bewenden gehabt hätte, wenn er nicht darauf aus gewesen wäre, sich einzumischen. Intriganter Mistkerl.

Argan redete immer noch und belehrte seine Zuhörer darüber, daß die Polizeiarbeit zwangsläufig ins Leere liefe, wenn man mit falschen Theorien an wenig aussagekräftiges Beweismaterial heranginge. Disziplin, sagte er mit Nachdruck. Ständige Kontrolle, ob die vordringlichsten Ermittlungen mit dem nötigen Nachdruck geführt werden. Bei der heutigen Finanzknappheit konnte man sich dunkle Ahnungen und genialische Fahndungsmethoden einfach nicht mehr leisten. Man mußte sparsam mit den Finanzmitteln der Polizei umgehen. Man durfte das Geld des Steuerzahlers nicht verplempern. Kosten-Nutzen-Denken. Produktivität. Sachverstand. Verantwortlichkeit.

Argan ließ kein Modewort aus und schmierte den Ministerialbeamten dermaßen Honig ums Maul, daß sie ihn fast schon anstrahlten, aber vermutlich hatte Bottando die Gunst der Verwaltungsleute ohnehin längst verloren. Schlimmer war, daß die anwesenden Polizisten allmählich höchst betretene Gesichter machten. Seine Kollegen mußte Bottando zurückgewinnen.

Flavia war jedes Wort, das Argan von sich gegeben hatte, gegen den Strich gegangen – ganz besonders seine blöden Witze über dumme Mitarbeiterinnen. Mit finsterer Miene saß sie an ihrem untergeordneten Platz am Ende des Konferenztischs, und es bedurfte ihrer ganzen Willenskraft, daß sie nicht zu ihm hinüberging und ihm eine Ohrfeige gab.

»General?« sagte der Minister mit einem säuerlichen Lächeln. »Sie wurden ja soeben mit einer sehr kritischen Einschätzung Ihrer Spezialeinheit konfrontiert. Bestimmt möchten Sie darauf antworten.«

»Allerdings.« Bottando beugte sich vor und setzte sich die Lesebrille auf die Nasenspitze, um gewichtiger in die Runde blicken zu können. »Ich muß schon sagen, daß es mich traurig stimmt, daß Dottore Argan, nachdem er schon so lange bei uns ist, eine so schlechte Meinung von unserer Arbeit hat. Ich habe ihm durchaus nahezubringen versucht, daß die Spezialeinheit Kunst geschaffen wurde, um das nationale Erbe zu bewahren und, wo immer dies möglich ist, wiederzugewinnen. In Fällen, bei denen es zu einem Zielkonflikt zwischen der Festnahme der Täter und der Sicherstellung eines bedeutenden Kunstwerks kam, hat man uns immer angewiesen, der Sicherstellung des Kunstwerks den Vorrang einzuräumen. An dieser Vorgabe richten wir uns aus. Die ›Plünderung‹ der etruskischen Ausgrabungsstätte war übrigens ein Raubüberfall. Deshalb haben die Carabinieri den Fall übernommen. Wir haben unsere Hilfe angeboten, wurden jedoch darüber informiert, daß sie nicht benötigt werde.«

»Kleinkarierter Zuständigkeitshickhack. Darüber müßten wir eigentlich allmählich hinaussein«, murmelte Argan.

»Wir haben natürlich trotzdem auf die Informationsnetze zurückgegriffen, die wir im Lauf der Jahre aufbauen konnten, also auf den menschlichen Faktor der Polizeiarbeit, den der Computer niemals ersetzen wird.«

»Und was ist dabei herausgekommen?« fragte Argan verächtlich.

Bottando seufzte und sagte gar nichts. Statt dessen beugte er sich zur Seite und hob die Schachtel auf, die neben ihm gestanden hatte. Bedächtig entnahm er ihr ein Figürchen um das andere und ließ sie herumgehen.

»Neununddreißig etruskische Figurinen«, sagte er und sah zu, wie sie die Runde machten. »Sie konnten heute morgen in Viterbo unter dem Bett einer alten Dame hervorgezogen werden.«

Nach dieser dramatischen Einlage trat eine Pause ein, bis Argan sich wieder gefangen hatte: »Ich hoffe doch sehr, daß sie den rechtmäßigen Besitzern unverzüglich zurückgegeben werden. Es ist allgemein bekannt, daß Sie Ihr Büro nur zu gern mit Diebesgut schmücken.«

Bottando strahlte ihn an. »Sie werden zurückgegeben, sobald die ganze Schreibarbeit erledigt ist. Aber ich möchte doch festhalten, daß es mich ziemlich wurmt, wieviel Zeit für diesen Fall erübrigt werden mußte. Wenn Dottore Argans Schwager die Leute bezahlt hätte, die diese Figurinen für ihn raubten, dann hätte sie allein schon die Ganovenehre davon abgehalten, seine Galerie zu überfallen, um sie zurückzuholen.«

Volltreffer, dachte Bottando, als er die mißbilligenden Blicke sah, die Argan trafen. Argan lächelte nicht mehr.

»Man sollte eben nie einen alten Löwen angreifen, wenn er womöglich doch noch nicht zahnlos ist«, sagte Bottando leise zu Flavia.

»Kommen wir zu Wichtigerem, zum sogenannten Fall Giotto«, fuhr Bottando fort. Flavia tippte ihm auf den Arm und bat im Flüsterton dringend um ein paar Worte unter vier Augen. Jetzt nicht, Flavia, dachte er. In bin gerade richtig in meinem Element.

»Dottore Argan hat ja bereits erwähnt, daß ich mich in dieser Sache lange nur auf allgemeine Annahmen stützen konnte. Nun ist es gängige Praxis, ungelöste Fälle in regelmäßigen Abständen wieder hervorzuholen. Man prüft sie erneut im Licht neuer Erkenntnisse, die auf den ersten Blick vielleicht gar nichts mit dem Fall zu tun haben. Auch hierbei ist, wenn ich das einflechten darf, Erfahrung unverzichtbar. Man muß einen Blick für Querverbindungen entwickeln. Darf ich darauf hinweisen, daß auch Dottore Argan unbeschränkten Zugang zu den einschlägigen Akten hatte und den Fall, wie ich höre, intensiv studiert hat. Er hat keine Querverbindungen gesehen, die uns weiterbrachten. Mir ist das auf Grund meiner Erfahrung und dank Signorina di Stefanos Ermittlungsgeschick gelungen.«

Signorina di Stefano sah ihn trotz dieses Lobs nicht stolz, sondern eher besorgt an. Wenn sie ihn doch nur zum Schweigen bringen könnte. Er hatte sein Ziel erreicht. Mußte er den Sieg unbedingt voll auskosten?

»Wir sind der Sache nachgegangen, die Dottore Argan als Unsinn abgetan hat. Er wollte das ganze Material in den Papierkorb werfen. Wir konnten damit ein Ergebnis erzielen, das ich Ihnen mit dem größten Vergnügen als das wichtigste meiner gesamten Laufbahn präsentiere. Wenn meine Arbeit als Leiter der Spezialeinheit Kunstkriminalität anhand dieses Falles beurteilt wird, kann mir das nur recht sein.«

Diese kühne Aussage verfehlte nicht ihre Wirkung. Schließlich kommt es im Behördenalltag selten vor, daß sich jemand dermaßen exponiert. Flavia spielte nervös mit ihrem Stift herum und behielt das Kopfende des Konferenztisches genau im Blick.

»Kommen wir zu dem Mann, dem ich den Spitznamen Giotto gegeben habe und den Dottore Argan für ein Hirngespinst hält. Der Mann heißt Geoffrey Arnold

Forster. Wir konnten ihn entlarven, weil wir Gaunern und senilen alten Frauen zugehört haben, und weil wir über genug Einfühlungsvermögen und Erfahrung verfügen, um zu erkennen, wann solche Leute die Wahrheit sagen und wann sie lügen.«

Aus allen Ecken kamen Fragen.

Beweise? Sofort. Man mochte Sandano nicht für vertrauenswürdig halten, aber es gab ja auch noch die Aussage von Signora Fancelli. (Flavia hatte ihm zu sagen vergessen, wie diese Aussage zustande gekommen war.) Man verfügte über eine Aussage von Arthur Winterton, dem Kunsthändler, der in der Welt der Kunst einen untadeligen Ruf genoß. Mary Verney konnte bezeugen, daß Forster vorgegeben hatte, im Auftrag von Weller House Bilder zu verkaufen, und Jonathan Argyll hatte nachgewiesen, daß das nicht der Wahrheit entsprach. Möglicherweise hatte Forster auch noch Veronica Beaumont umgebracht, weil sie ihn zur Rede stellte, nachdem sie herausgefunden hatte, daß er den Namen ihrer Familie für den Handel mit gestohlenen Bildern mißbrauchte. Forsters Frau hatte die ganzen Unterlagen verbrannt, um Beweismaterial zu vernichten. Im übrigen war es durchaus auch möglich, daß Forster im Auftrag eines unzufriedenen Kunden ermordet wurde – der Nachweis dieses Verbrechens dürfte allerdings wohl kaum gelingen, da der Fall in den Händen der englischen Polizei lag, bei der es keine altbewährte Spezialeinheit Kunstkriminalität gab.

Bottando machte eine Kunstpause, um seinen Worten größere Wirkung zu verleihen. Alle rutschten unruhig auf ihren Stühlen herum, da niemand mit einer so kraftvollen Verteidigung gerechnet hatte. Argan hatte sich jedoch schon wieder von seinem Schreck erholt. Da er gemerkt hatte, daß Bottando den versprochenen Beweis schuldig geblieben war, bereitete er sich schon auf einen Gegenschlag vor. Bottando hielt ihn hin, bis er seinen Auftritt kaum noch erwarten konnte und sich schon die Lippen leckte. Dann zog er mit einem honigsüßen Lächeln ein Blatt Papier hervor und legte es vor sich auf den Tisch.

»Und hier hätten wir noch etwas«, sagte Bottando und betrachtete es fast schon liebevoll, bis auch noch dem letzten klar sein mußte, daß jetzt der Clou kam.

»Das wurde in seinen Akten gefunden, übrigens auch von einem unserer Leute. Und was ist das?« Er blickte in die Runde, als erwarte er, daß sich jemand melden und auf seine rhetorische Frage eine Antwort finden würde.

»Das ist gewissermaßen Forsters Kundenkartei«, sagte er dann so lässig, als hätte er so etwas alle Tage zu bieten. »Aufgeführt sind die Bilder, die von den einzelnen Abnehmern gekauft wurden, und auch die Häuser, aus denen man sie gestohlen hat. Die Liste ist wahrscheinlich nicht vollständig. Trotzdem ist das ein ganz großer Fang, einer der größten in der Geschichte des Kunstdiebstahls. Neunzehn Bilder von Malern wie Uccello, Martini, Pollaiuolo, Masaccio, Bellini. Zwölf davon wurden in Italien gestohlen, und alle zwölf stehen auf meiner Liste der Verbrechen, die Giottos Handschrift tragen, also die Handschrift des Mannes, der für Dottore Argan ein Hirngespinst ist. Die aufgeführten Bilder ergeben für sich allein schon eine bedeutende Kunstsammlung, die jedem Museum zur Ehre gereichen würde. Wir wissen, wo sich diese Bilder befinden und können sie wohl zum größten Teil sicherstellen. Das ist ein triumphaler Erfolg für meine ganze Einheit.«

Er blickte von einem zum anderen, um zu sehen, ob ihm jemand zu widersprechen wagte.

Er wollte klare Verhältnisse schaffen, deshalb trumpfte er so auf. Die Liste, die er nun herumgehen ließ, damit sie alle gebührend würdigen konnten, hatte Flavia am Abend vorher Winterton abgehandelt. Solange sie einer nach dem anderen studierte, erging sich Bottando in Variationen zum Thema Sachverstand und Erfahrung und warnte vor der Illusion, daß dem wirklichen Leben mit einem Flußdiagramm behördlicher Zuständigkeiten beizukommen wäre. Man mußte unbedingt die Kontinuität wahren und durfte auf keinen Fall jedem Trend und jeder Mode nachlaufen. Daß die Arbeit der Polizei beschwerlich und zeitraubend war, ließ sich nicht ändern, und deshalb war sie auch nicht billig zu haben. Vor allem mußte man einen klaren Kopf bewahren, und es durfte natürlich nicht dahin kommen, daß man Gauner in Schutz nahm, weil man mit ihnen verwandt war. Pflichteifer und Integrität waren nun einmal die Kardinaltugenden des Polizeibeamten.

Das alles trug er in einem ruhigen Ton vor, der in den Ohren der Kollegen am Konferenztisch wie Musik klang. Als er zum Schluß kam, blickten sie fast schon zu ihm auf. Die Stimmung war völlig umgeschlagen. Jetzt wußten die Verbündeten Argans nicht mehr so recht, wo sie hinschauen sollten. Zu gegebener Zeit wären sie natürlich bereit, wieder mit der Forderung nach Reformen hervorzutreten, aber für einen Mann, der so kopflos in einen Hinterhalt getappt war, würden sie sich bestimmt nicht in die Bresche werfen.

Bottando wurde einstimmig das Vertrauen ausgesprochen. Sonderbar fand er nur, daß Flavia nach wie vor einen unglücklichen Eindruck machte. Das konnte eigentlich nur an den zurückliegenden Strapazen liegen. Sie würde wohl erst nach ein paar Tagen Erholung so richtig begreifen, was für vorzügliche Arbeit sie geleistet hatte.

Sogar Argan gratulierte ihm zu seinem Erfolg. Der Mann tat Bottando fast schon leid. Aber nur fast.

17

Bottandos Triumph war Jonathans Alptraum. Als Flavia in Norwich in den Zug stieg, war er allerdings noch sehr zufrieden mit sich. Er fand, daß es ihm gelungen war, alles gut zu durchdenken, eine für alle Seiten günstige Lösung zu finden und Flavia einen unkonventionellen, aber guten Rat zu geben. Immerhin hatte er die ganze Sache gut durchdacht und war zu einem günstigen Ergebnis gekommen. Er hatte schnell, dreist und entschlossen agiert – und dazu riet man ihm schließlich von allen Seiten. Ganz wohl fühlte er sich zwar noch nicht als Draufgänger, aber das würde schon noch werden. Jetzt brauchte er seine neue Rolle nur noch in sein Berufsleben zu übernehmen, und alles war bestens. Im übrigen mußte er bald mit Mary Verney über den Leonardo reden. Seine Hochstimmung hielt bei der Rückfahrt nach Weller House an und ließ ihn in dieser Nacht besonders gut schlafen.

Am nächsten Morgen verflog das Hochgefühl dann schnell. Er verspeiste gerade sein Frühstücksei, als Mary Verney den Kopf durch die Tür steckte und ihn ans Telefon rief.

»Inspector Manstead«, sagte sie.

Höflich, wie er war, rief Manstead einfach nur an, um Argyll für seine Mithilfe zu danken und Flavias Scharfsinn zu loben.

»Ehrlich gesagt kam mir Forster überhaupt nicht wie ein Dieb vor«, gestand er. »Da sieht man mal wieder, wie man sich täuschen kann. Ob wir die Umstände seines Todes jemals aufklären können, weiß ich nicht, aber die Liste, die sie gefunden haben, ist ein absoluter Knüller. Schade, daß Sie nicht gleich darauf gestoßen sind. Gott sei Dank haben Sie sich den Schreibtisch noch einmal vorgenommen.«

»Na ja«, sagte Argyll. »Eigentlich wollte ich nur meinen Federhalter holen. Den hatte ich in der Schreibtischschublade liegenlassen.«

»Wir hatten ja auch unbeschreibliches Glück, daß die Liste nicht mit den ganzen anderen Unterlagen verbrannt wurde. Also, dieser Jessica Forster würde ich die Hölle heiß machen, wenn Flavia mich nicht um Milde gebeten hätte. Wieviel Zeit uns die gekostet hat!«

»Sie sollten Gnade vor Recht ergehen lassen. Für die Frau war es Strafe genug, daß sie mit Forster leben mußte.«

»Stimmt. Sie ist übrigens praktisch mittellos. Weiß der Teufel, wo Forsters Geld hingekommen ist. Der muß doch im Geld geschwommen sein.«

»Irgendwo war von Spielleidenschaft die Rede«, sagte Argyll.

»Ach ja?« rief Manstead überrascht. »Das ist mir neu. Ist das Kunsthändlertratsch?«

»Mehr oder weniger.«

»Na ja, das ist im Grunde nicht so wichtig. Wenn wir den Pollaiuolo sicherstellen können, hat sich die Sache schon gelohnt. Wo er abgeblieben ist, wußten wir ja schon, aber jetzt können wir ihn leichter zurückfordern, weil wir klare Hinweise darauf haben, daß er nicht gutgläubig erstanden wurde.«

»Der Pollaiuolo stand auf der Liste?« fragte Argyll, und der Magen drohte sich ihm umzudrehen.

»Natürlich. Warum fragen Sie?«

»Nur so. Das muß ich vor lauter Aufregung überlesen haben. Und wie war das noch gleich mit dem Uccello? Stand der auch auf der Liste?«

»Klar. Gleich an erster Stelle. Man könnte meinen, Sie hätten die Liste gar nicht gelesen. Richtig bei der Sache können Sie jedenfalls nicht gewesen sein.«

»Scheint mir auch so.«

Argylls gute Laune war wie weggeblasen. Immer mehr kleine Details fielen ihm ein, während er mit finsterem Gesicht sein fast schon kaltes Ei aufaß. Bei ihm selber wunderte es ihn gar nicht besonders, daß ihm nichts aufgefallen war, aber daß auch Flavia nichts gemerkt hatte, war ihm unbegreiflich. Ihr konnte man doch sonst nichts vormachen. Diesmal mußte sie sich allerdings in sehr hohem Maße auf Informationen stützen, die er beschafft hatte. Sonst hätte sie zweifellos die richtigen Schlüsse gezogen. Ihm war jedoch daran gelegen gewesen, ihr nur in groben Zügen von seinen Nachforschungen auf dem Speicher und seinen Streifzügen auf Friedhöfen zu berichten. Wie sollte sie da die Einzelinformationen richtig kombinieren?

Oder waren seine Befürchtungen vielleicht doch nur ein Hirngespinst? Mißmutig starrte er auf seinen Toast. Wohl kaum. Er las den Brief, den der Briefträger während des Telefonats gebracht hatte. Das gab ihm den Rest.

Der Brief war von Lucy Garton. Der Pflichteifer von Italien-Alex hatte so lange wie noch nie vorgehalten, aber jetzt hatte er sich endlich wieder einmal eine ausgedehnte Mittagspause gegönnt. Diese günstige Gelegenheit hatte Lucy genutzt, um in seinen Unterlagen zu blättern, und nun ärgerte sie sich über Argyll, weil er völlig falsche Erwartungen geweckt hatte. Forster hatte nämlich keine italienischen Bilder über ihr Auktionshaus verkauft.

Das hatte sich Argyll inzwischen fast schon gedacht, es traf ihn also nicht besonders. Eine böse Überraschung für ihn war jedoch, daß Forster in den vergangenen Jahren vier englische Bilder verkauft hatte, von denen eines angeblich aus der Sammlung im Weller House stammte. Lucy hatte es nämlich selber geschätzt und war bereit, ihren Ruf als Kunsthistorikerin darauf zu verwerten, daß die Angaben stimmten, die zu diesem Bild gemacht worden waren. Als Nachweis legte sie den Auktionskatalog bei. Wozu er denn das ganze Theater veranstaltet habe, wollte sie wissen. Wie sollte sie zu ihrer wohlverdienten Beförderung kommen, wenn Argyll nur leere Versprechungen machte? War er sich darüber im klaren, daß das Essen, zu dem er sie eingeladen hatte, unter diesen Umständen ein teurer Spaß würde?

Argyll betrachtete im Katalog das eingekreiste Objekt 47 und verfluchte den Tag, an dem er auf den Gedanken gekommen war, diese verdammte Mary Verney zu besuchen. Es war ein Porträt Margaret Dunstan-Beaumonts von einem Schüler Knellers aus der Sammlung im Weller House. Für 1250 Pfund war es verkauft worden und die Fotokopie der Quittung, die Veronica Beaumonts Unterschrift trug, hatte Lucy beigelegt.

Fassungslos schüttelte er den Kopf. Wie war es nur möglich, daß er das nicht gleich gemerkt hatte? Vermutlich war er viel zu sehr mit dieser verdammten Zeichnung beschäftigt gewesen. Dabei war es eine ganz simple Rechenaufgabe. Margaret Dunstan-Beaumont starb 1680 im Alter von sechzig Jahren. Kneller hatte ungefähr seit 1675 in England gearbeitet. Folglich war Margaret Dunstan-Beaumont mindestens Mitte fünfzig, als sie von Kneller porträtiert wurde.

Bei den Schlußfolgerungen, die sich daraus ergaben, wurde ihm ganz schwindlig. Er ging in das Eßzimmer, um sich das angebliche Porträt Margaret Dunstan-Beaumonts noch einmal anzusehen. Zwar war es noch dämmerig, und das Bild war von einer Schmutzschicht überzogen, aber es war trotzdem nicht daran zu deuteln: Die Porträtierte war höchstens fünfundzwanzig. Er ging ganz nahe heran und rieb sogar mit dem benetzten Finger an einem Stückchen Leinwand herum.

Was bist du doch für ein Idiot, dachte er. Und vom Reinigen des Bildes wird die Frau bestimmt nicht älter. Außerdem weißt du sogar, was das für ein Bild ist. Vor ein paar Jahren hast du in Bottandos Büro ein Foto davon an der Wand hängen sehen. Ein gutes Bildergedächtnis kann auch ein Fluch sein.

An sich müßte er jetzt sofort Flavia anrufen, aber womöglich hatte er sich erneut getäuscht. Er setzte kaum noch Vertrauen in seine Urteilskraft, und ein ständiges Hin und Her machte Bottando erst recht zur Witzfigur. Falls er aber doch recht hatte, waren die ganzen riskanten Manöver, die er sich überlegt hatte, bestenfalls überflüssig gewesen. Was sollte er nun tun? Auf einmal machte sich sein altes Ich wieder bemerkbar, und das kraftvolle, dynamische Alter ego verkrümelte sich. Und das war auch verdammt gut so. Man brauchte sich nur anzuschauen, was sein kurzes Gastspiel angerichtet hatte.

Um die Entscheidung weiter hinauszuschieben, ging er in das Schlafzimmer, in dem seine Lieblingszeichnung hing. Das war gar keine arme Waise, sondern ein Prinz, der sich in Lumpen hüllte. Er war enttäuscht von sich, weil er den Stil des Meisters nicht gleich erkannt hatte. Diese kräftigen, selbstsicheren Bleistiftstriche, diese subtile Andeutung von Licht und Schatten mit sparsamsten Mitteln, diese meisterhafte Geschlossenheit ... Allerdings, seine Betrachtungsweise war nicht mehr so wie vorher. Seit er wußte, daß es ein Leonardo war, hatte er eine fast schon ehrfürchtige Scheu vor der Zeichnung, von der er vorher schlicht und einfach hingerissen gewesen war.

Er gab sich noch eine halbe Stunde, um sich dann zu entscheiden.

Eine Dreiviertelstunde später hatte er sich endlich dazu durchgerungen, Flavia die ganze Wahrheit zu sagen. Das war das einzige, was er guten Gewissens tun konnte. Einfach würde es bestimmt nicht werden, aber katastrophal auch nicht unbedingt. Er mußte sie nur erreichen, bevor Bottando in seine Besprechung ging.

»Es war fürchterlich, Jonathan«, sagte Flavia, als er noch nicht einmal richtig Hallo gesagt hatte.

»Wie? Ich dachte, die Besprechung ist erst um vier.«

»Sie ist vorverlegt worden.«

»O Gott! Dann hat er den Leuten schon die ganze Story erzählt? Ohne jede Bedenken?«

»Warum hätte Bottando Bedenken haben sollen?«

Das machte Argyll sprachlos. Nach einer langen Pause fragte er: »Soll das heißen, er hat die Story zum besten gegeben, ohne zu wissen, daß sie frei erfunden ist?«

»Ich konnte es ihm nicht mehr erklären. Wie gesagt, die Besprechung ist vorverlegt worden. Außerdem hätte er ja sowieso nicht mitgespielt, wenn er es erfahren hätte. Das Scheußliche an der Sache ist nur, daß das alles völlig überflüssig war. Bottando hatte Argan sowieso schon am Wickel, weil er nachweisen konnte, daß Argans Schwager Diebesgut verschoben und eine Ausgrabungsstätte ausgeraubt hat. Auf die Geschichten, die wir Forster angedichtet haben, hätte er leicht verzichten können. Es wäre eben doch besser gewesen, ich hätte nicht auf dich gehört.«

»Es hat dich niemand dazu gezwungen«, sagte Argyll eingeschnappt.

»Klar. Tut mir leid. Geschadet hat es ja wohl nicht.«

»Immerhin könnt ihr ein paar Bilder sicherstellen. Ich dachte, darauf kommt es bei euch an.«

»Ja, du hast recht. Das war die Sache wert. Von Strafvereitelung kann ja keine Rede sein. Veronica ist tot, und an Winterton wären wir sowieso nicht herangekommen.«

Argyll wurde ganz schwindlig. Erst nach einer längeren Pause konnte er sagen: »Na, dann. Aber was ist, wenn die Wahrheit doch ans Licht kommt?«

»Kann ich mir nicht vorstellen. Die Berichte werde ich selber schreiben, und die derzeitigen Besitzer der Bilder werden sich hüten, den tatsächlichen Hergang herauszuposaunen. Mary und Winterton halten auch den Mund, wenn sie einen Funken Verstand haben.«

»Und was ist mit den anderen Bildern?«

»Mit welchen?«

»Mit den Bildern von Bottandos Liste, von denen Winterton angeblich nichts weiß. Mit dem Velásquez zum Beispiel.«

»Na, da hat Bottando eben danebengetippt. Bei dem Velásquez kann ich mir auch gar nicht vorstellen, daß der auf Veronicas Konto geht. Zum Teil hat er eben nur geraten.«

»Nun ja ...«

»Wann kommst du?«

»In ein, zwei Stunden fahre ich nach London. Ich muß nur noch ein paar Kleinigkeiten erledigen.«

»Komm schnell nach Hause. Bottando will mit uns feiern.«

Während er sein Zimmer aufräumte und seine Reisetasche packte, überlegte er sich, daß der einzige Mensch, der ihm vielleicht einen Rat geben konnte, Mary Verney war. Wenn irgend jemand in der Lage war, ihm zu sagen, wie er sich verhalten sollte, dann sie.

Er fand sie im Wohnzimmer, dem einzigen gemütlichen Raum in dem ganzen Kasten. Sie saß in einem riesigen viktorianischen Sessel und las ein Buch.

»Wollen Sie mich schon verlassen, Jonathan?« fragte sie lächelnd und nahm ihre Lesebrille ab.

»Ja, es wird Zeit.«

»Was ist denn? Worüber machen Sie sich Sorgen?«

»Na ja, ich habe mir überlegt, ob Sie mir vielleicht ...«

»Sie wollen mich um Rat fragen? Wie schmeichelhaft. Aber natürlich. Schießen Sie los. Worum geht es? Ich kann allerdings nicht versprechen, daß mir etwas einfällt. Ich bin noch ein bißchen durcheinander von der Sache gestern. Mir ist das alles zu turbulent.«

Sie war so charmant wie immer, doch Argyll ging nicht darauf ein. Er konzentrierte sich ganz auf die Fragen, die ihn beschäftigten. »Wissen Sie, es gibt da ein paar Ungereimtheiten«, sagte er. »Lücken in der Beweisführung.«

»Klingt interessant. Könnten Sie mich vielleicht einweihen?«

Unwillkürlich lächelte er nun doch. Sie war eben wirklich eine sehr sympathische Frau. Das war es ja gerade. »Gern. Vielleicht sind Sie sogar der einzige Mensch, dem ich es erzähle.«

»Jetzt bin ich aber gespannt. Ich habe allerdings auch Durst. Was immer Sie zu berichten haben – mit einem Glas Gin in der Hand klingt es bestimmt besser. So große Sorgen haben Sie doch hoffentlich nicht, daß Sie darüber zum Antialkoholiker geworden wären?«

Argyll schüttelte den Kopf, und sie schenkte ihm einen ihrer stets großzügig bemessenen Drinks ein. Dann wartete er, während sie in die Küche hinunterging, um Eiswürfel und Zitronenscheiben zu holen.

»So«, sagte sie, als sie sich schließlich setzte und ihm ihre ganze Aufmerksamkeit widmete. »Sie ziehen ja wegen dieser Ungereimtheiten die Stirn in sehr tiefe Falten.«

»Weil diese Ungereimtheiten zeigen, daß Sie nicht ganz bei der Wahrheit geblieben sind«, sagte er und fand, daß er sich viel zu versöhnlich ausdrückte. Sie betrachtete ihn verdutzt und sagte erst nach einer Weile: »Aber darüber haben wir doch schon gesprochen.«

»Und dann haben wir vor lauter Mitgefühl die Situation so bereinigt, daß man Sie nicht für Ihre Verwandten haftbar machen kann.«

»Das weiß ich durchaus zu schätzen«, antwortete sie. »Es war aber ebensosehr in Flavias Interesse wie in meinem.«

»Das dachte ich eigentlich auch. Aber dann mußte ich feststellen, daß Sie uns noch einmal angelogen haben.«

»Tut mir leid, aber jetzt kann ich nicht mehr folgen.«

Er schüttelte ungehalten den Kopf. »Sie können mir sehr wohl folgen. Daß alles meine Schuld war, macht die Sache nicht besser.«

»Was meinen Sie denn?«

»Weil ich Sie so sympathisch fand, habe ich nicht aufgepaßt. Und Flavia stand dermaßen unter Zeitdruck, daß sie nicht auf ihren Spürsinn setzte, sondern mich einfach machen ließ. Deshalb ist es meine Schuld.«

Sie gab ihm mit einem irritierten Blick zu verstehen, er solle endlich zur Sache kommen.

»Wenn Ihre Geschichte wahr ist, muß Ihre Cousine Veronica alle Bilder gestohlen haben, die auf Wintertons Liste stehen. Wie hätte er sonst wissen können, wo sie hingekommen sind?«

»Stimmt. Eine Olive?«

»Nein danke. Wenn nun aber Bilder auf der Liste stehen, die sie gar nicht gestohlen haben kann, dann stimmt mit Ihrer Geschichte etwas nicht.«

»Ich kann immer noch nicht folgen, Jonathan, aber reden Sie nur weiter. Der Sinn wird sich mir schon noch erschließen.«

»Auf der Liste stehen zwei Bilder, die sie unmöglich gestohlen haben kann.«

»Aha.«

»Fangen wir mit dem Uccello an, den sie angeblich gestohlen hat, als sie in Signora della Quercias Mädchenpensionat war. Aber da war sie gar nicht.«

»Wie kommen Sie denn darauf?«

»Weil sie längst verheiratet war. Die Party, auf der ihr Mann gestorben ist, war an ihrem fünften Hochzeitstag, und auf seinem Grabstein steht als Todesdatum das Jahr 1961. Als verheiratete Frau geht man nicht in ein Mädchenpensionat, und von einem überheblichen Snob wie Signora della Quercia läßt man sich bestimmt nicht als Miss Beaumont anreden, wenn man es schon zur Mrs. Finsey-Groat gebracht hat. Warum erzählt dann aber Signora della Quercia stolz von der guten Partie, die Miss Beaumont später gemacht hat? Und warum schwärmt einem die alte Schrulle von Miss Beaumonts Charme vor, was so gar nicht zu dem paßt, was man sonst über Veronica hört? Weil man nicht Veronica auf das Mädchenpensionat geschickt hat, sondern Sie!«

»Hmm.«

»Dann wäre da noch der Pollaiuolo.«

»Inspector Manstead hat doch herausgefunden, daß Veronica auf der Gästeliste stand.«

»Sie stand auf der Liste, aber sie ist nicht hingegangen. Sie konnte gar nicht hingehen, weil sie hier das Dorffest eröffnen mußte. Der 10. Juli 1976 war nämlich ein Samstag, und zwar der zweite des Monats, also der Tag des traditionellen Dorffests. Ich habe im Gemeindeblatt nachgelesen. Sie war so gütig, eine ausnehmend schöne Ansprache zu halten. Wie George richtig bemerkt hat, versäumte sie nie ein Dorffest.«

»Erstaunlich.«

»Und dann wäre da noch der Diebstahl von Velásquez' Porträt der Francesca Arunta. Das Bild wurde zwei Monate nach Veronicas Schlaganfall gestohlen, und man kann sich nicht gut vorstellen, daß sie es an ihre Gehhilfe gebunden hat und damit durch die Straßen gehumpelt ist.«

»Steht dieses Bild auf der Liste?«

»Nicht auf Wintertons Liste, aber auf Bottandos Liste mit den Großtaten Giottos.«

»Dann wird sich Bottando eben getäuscht haben«, sagte Mary freundlich. »Veronica kann das Bild ja wirklich nicht gestohlen haben.«

»Nein.«

»Eben.«

»Und warum hängt es dann bei Ihnen im Eßzimmer?«

»Ah«, sagte sie. »Das ist eine gute Frage, aber sie läßt sich nicht so einfach beantworten. Was schließen Sie denn daraus?«

»Ganz einfach. Weder Forster war Giotto noch Ihre Cousine. Sie sind Giotto.«

»Was soll ich dazu sagen?« fragte sie lachend.

»Ich hätte erwartet, daß Sie mich mit einem spöttischen Blick fragen, wie ich zu diesem unterhaltsamen, aber leider völlig falschen Ergebnis gekommen bin.«

»Nein, nein. Aber ich will Sie auf eine Schwierigkeit hinweisen. Wenn Ihre Prämisse stimmt, warum sollte ich dann Ermittlungen vor meiner Haustür riskieren? Von allein wäre die Polizei ja nie hier aufgekreuzt. Das ergibt doch keinen Sinn.«

»O doch. Einen sehr beunruhigenden Sinn.«

»Finden Sie?«

»Ihre Cousine merkt, daß irgend etwas faul ist. Sie wendet sich an Forster, der die Familie auch früher schon beraten hat. Er findet heraus, daß Sie auf unsaubere Weise zu Ihrem Geld gekommen sind. Kurz nachdem Sie den Velásquez gestohlen haben, kann er es auch beweisen. Veronica stellt Sie zur Rede. Und stirbt. Ich glaube nicht, daß sie sich umgebracht hat, und ich glaube auch nicht, daß es Forster getan hat. *Sie* haben Ihre Cousine ermordet, weil sie Ihnen auf die Schliche gekommen ist. Sie haben ihr die Tabletten untergejubelt und sie dann alleingelassen. Nun begeht Forster den Fehler, Sie zu erpressen, statt sofort zur Polizei zu gehen. Sie beschließen, auch ihn bei passender Gelegenheit um die Ecke zu bringen. Vorher müssen Sie allerdings noch alles in die Hand bekommen, was er an Beweismaterial zusammengetragen hat. Deshalb sagen Sie Signora Fancelli, daß sie zur Polizei gehen soll, um Forster Feuer unter dem Hintern zu machen. Das funktioniert dann auch ganz prächtig. Nach meinem Anruf holt er sofort das Beweismaterial, und als klar ist, daß er den Köder geschluckt hat, gehen Sie zu ihm, bringen ihn um und nehmen das Beweismaterial an sich.«

»Und was ist mit George Bartons Geständnis? Sie haben es doch mit eigenen Ohren gehört.«

»George Barton hat ja gar nicht gesagt, daß er ihn umgebracht hat. Das ganze Gespräch ergibt auch dann einen Sinn, wenn man annimmt, daß er gesehen hat, wie Sie am fraglichen Abend aus Forsters Haus gekommen sind. Er wollte Ihnen versichern, daß er nichts sagt. Schließlich mag er Sie und hat Forster verabscheut.«

»Er hat ja auch nichts gesagt.«

»Und dabei wird es wohl auch bleiben. In diesem Dorf wird überhaupt sehr viel geschwiegen. Forster ist tot, sein Beweismaterial haben Sie vernichtet, Sie fühlen sich sicher. Doch Sie müssen feststellen, daß wir nach neuen Indizien suchen. Um den Verdacht auf Forster zu lenken, verbrennen Sie kurz entschlossen seine Unterlagen. Für den Fall, daß diese Rechnung nicht aufgeht, erzählen Sie sicherheitshalber gelegentlich auch noch Geschichten aus dem Leben Ihrer verrückten Cousine: daß es Ihnen ein Rätsel ist, wie sie mit ihrem bißchen Geld den Laden in Gang halten konnte. Daß sie von Zeit zu Zeit spurlos verschwunden ist. Daß sie sich für Kunst interessiert hat. Dr. Johnson hat zwar erwähnt, daß sie eine diebische Elster war, er hat aber gleich dazugesagt, daß er das von Ihnen weiß. Und die ganze Zeit hat der Velásquez vor unserer Nase gehangen.«

Mary Verney seufzte tief und sah ihn traurig an. Sie überlegte sich, wie sie darauf reagieren sollte, und kam zu dem Ergebnis, daß alles andere als Offenheit nicht mehr viel Sinn hatte. »Es tut mir wirklich leid, Jonathan. Sie müssen sich schrecklich ausgenutzt vorkommen.«

Er hatte ihr soeben auf den Kopf zugesagt, daß sie eine Diebin und Mörderin war, aber sie gab sich noch immer charmant – und er fand sie noch immer sympathisch. Zum Teufel mit dieser Frau!

»Das ist sehr milde ausgedrückt.«

»Sie haben wohl keine besonders hohe Meinung mehr von mir.«

»Immerhin haben Sie zwei Morde und weiß der Himmel wie viele Diebstähle begangen, Jessica Forster hereingelegt und mir und Flavia und der Polizei eine Lüge nach der anderen aufgetischt. Ich bin schon Leuten begegnet, die sich besser mit den Gegebenheiten abfanden und frage mich nur, warum? Eine sympathische, intelligente Frau mit Ihrer Ausstrahlung ...«

»... wäre natürlich auch ehrlich durchs Leben gekommen. Als Ehefrau eines ungeliebten Mannes und mit einem langweiligen Beruf. Ich hätte mir Sorgen machen müssen, ob das Geld auch noch im Alter reicht, und ich hätte irgendwo in einer engen Wohnung gelebt. Mehr war nicht zu erwarten, nachdem meine Familie sich mir gegenüber von ihrer schlechtesten Seite gezeigt hatte. Ja, so hätte ich es machen können. Aber warum zum Teufel wäre das besser gewesen?«

»Statt dessen haben Sie andere Leute um ihren Besitz gebracht.«

»Schön, ich bin eine Diebin. Aber ich habe nie etwas zerstört und nur Leute bestohlen, für die ein solcher Verlust leicht zu verschmerzen war. Die meisten konnten mit den Bildern sowieso nichts anfangen und wußten nicht einmal, wie wertvoll sie sind. Erst hinterher haben sie ein Wahnsinnstheater gemacht. Ich habe einunddreißig Gemälde gestohlen. Die neunzehn, die wir Ihnen genannt haben, sollten bald wieder in den Händen der ursprünglichen Besitzer sein. Die übrigen werden im Laufe der Zeit in öffentlichen Sammlungen auftauchen. Im Grunde sind das nur Leihgaben – wie alle Bilder. Man kann Gemälde eigentlich gar nicht besitzen. Man hat sie nur für längere oder kürzere Zeitspannen in seiner Obhut. Es gibt diese Bilder schließlich alle noch, und viele von ihnen sind in besseren Händen als vorher.«

»Aber in den falschen Händen. Jedes dieser Bilder ist das Eigentum von jemandem.«

»Ach Jonathan! Plustern Sie sich doch nicht so auf. Ich kenne Sie zwar erst seit ein paar Tagen, aber das nehme ich Ihnen nicht ab.«

»Nein?«

»Ich kenne Sie gut genug, um zu wissen, daß Ihnen solch hehre Prinzipien nicht so wichtig sind. Nehmen wir das Bild von Velásquez. Wissen Sie, wie die Calleones zu dem Geld gekommen sind, mit dem sie es gekauft haben? Durch die jahrhundertelange Knechtung ihrer Bauern und die Dezimierung der Eingeborenen in Südamerika. Den Pollaiuolo leisteten sich die Dunkelds, als sie zweihundert Jahre lang Irland ausgepreßt hatten. Ich tue vermutlich Unrecht, aber wenigstens spiele ich mich dabei nicht als große Wohltäterin auf.«

»Vielleicht wäre ich versucht, Ihnen zuzustimmen, wenn das alles wäre. Bringt es Sie gar nicht in Gewissensnöte, daß sie zwei Menschen umgebracht haben?«

»Ich bin nicht gerade glücklich darüber«, sagte sie ein wenig ungehalten. »Schließlich bin ich keine Psychopathin. Aber ich habe Ihnen schon einmal gesagt, daß es keinen Sinn hat, sich schuldig zu fühlen. Man entscheidet sich dafür oder dagegen, und das war's dann. Das waren

Blutsauger und Erpresser, gegen die ich mich wehren mußte. Die ließen sich von mir aushalten – und besaßen dann auch noch die Frechheit, mich wegen meiner Taten mit Verachtung zu strafen. Veronica hat sich immer besonders viel auf ihren Adel eingebildet. Als meine Mutter im Sterben lag, hat sie Onkel Godfrey davon abgebracht, ihr zu helfen. Mich hat sie stets ignoriert – bis sie erfahren hat, daß ich Geld habe. Dann hat sie sich auf einmal sehr um mich bemüht, weil sie mich dazu bringen wollte, Weller House wieder zum Glanz früherer Tage zu verhelfen. Selber hat sie ihr Leben lang keinen Penny verdient, und wie ich zu meinem Geld kam, war ihr gleichgültig, wenn es ihr auch zugute kam. Ich habe mich dazu bereitgefunden, sie über Wasser zu halten. Es war ja auch eine ideale Anlagemöglichkeit für meine illegalen Einnahmen. Um irgendwann wieder an mein Geld zu kommen, habe ich zur Bedingung gemacht, daß sie mich als Erbin einsetzt. Meine Mutter hat an dem Haus gehangen. An sich hätte sie es bekommen müssen. Ich mag es auch, und ich war mir verdammt sicher, daß ich es bekommen würde. Als Veronica starb, hatte ich es dann ohnehin schon mehrfach bezahlt. Veronica blieb gar keine andere Wahl, als meine Bedingung zu akzeptieren. Nachdem sie eine kräftige Finanzspritze bekommen hatte, machte sie dann aber Anstalten, sich aus unserer Vereinbarung herauszuwinden und Weller House irgendeinem anderen Verwandten zu geben, obwohl ohne mich längst alles unter den Hammer gekommen wäre. Sie wollte unbedingt verhindern, daß es mir zufiel.«

»Und dann kam Forster ins Spiel?«

»Genau. Die alte Kuh hat nach einem Vorwand gesucht, unter dem sie unseren Vertrag aufkündigen und mein Geld behalten konnte. Es muß ihr wohl gedämmert haben, daß mit meinem Reichtum, der scheinbar aus dem Nichts kam, etwas nicht stimmen konnte. Sie hat sich mit meiner Vergangenheit beschäftigt und alte Bekannte von mir ausfindig gemacht. Dabei ist sie auf Forster gestoßen, und der hat ihr von der Sache in Florenz erzählt. Sie hat ihn beauftragt, mehr in Erfahrung zu bringen, und das ist ihm bei dem Pollaiuolo gelungen. Dann hat mich Veronica mit ihrem Beweismaterial konfrontiert. Sie meinte, mein Geld könnte ich abschreiben. Und Weller House auch. Sie wollte das Anwesen in eine Stiftung einbringen, um es meinem Zugriff endgültig zu entziehen, und hatte es damit ziemlich eilig, weil sie todkrank war. Ich ließ mir die Sache durch den Kopf gehen. Da ihr Leben ohnehin zu Ende ging, brauchte ich den natürlichen Vorgang nur ein wenig zu beschleunigen. Was hätte ich sonst machen sollen? Ich konnte es doch nicht zulassen, daß sie mir kurz vor ihrem Tod noch schnell mein Geld stahl.«

»Und wie war das bei Forster?«

»Das war ein hundsgemeiner Dreckskerl«, sagte sie in einem sanften Ton, der in merkwürdigem Gegensatz zum Inhalt ihrer Worte stand. »Maria Fancelli hat er geschwängert und dann einfach sitzenlassen. ›Ich soll der Vater sein?‹ hat er gebrüllt. ›Das ist doch eine Schlampe. Das Kind kann von weiß Gott wem sein.‹ Die Stragas haben Signora della Quercia wissen lassen, wenn sie weiterhin mit ihnen Umgang pflegen wolle, müsse sie sich von dem Mädchen trennen. Das sind intolerante, primitive Zeiten gewesen. Man hat sie einfach hinausgeworfen. Ich fand das entsetzlich und habe beschlossen, ihr zu helfen – wenn es sonst schon niemand tat. Schließlich bin ich auch eher zweifelhafter Herkunft. Man hatte mich in der Hoffnung nach Italien geschickt, daß ich dann schnell einen Mann finden würde, weil man mich endlich loswerden wollte. Ich hatte aber nicht vor, mir einen Mann zu angeln, ich wollte selber für mich sorgen. Selber konnte ich Maria Fancelli finanziell nicht unterstützen, deshalb fand ich es nur recht und billig, dafür die Stragas in Anspruch zu nehmen. Wenn die am Sonntag Punkt zehn Uhr geschlossen in die Kirche getrabt sind, blieb bei ihnen zu Hause immer eine Seitentür unverschlossen, damit das Mittagessen angeliefert werden konnte. Durch diese Tür bin ich hineingeschlüpft und mit dem Bild wieder verschwunden.«

Nun wurde ihre Stimmung richtig nostalgisch. »Das war ganz einfach. Ich glaube, sie haben mehrere Tage gar nicht gemerkt, daß das Bild nicht mehr da war. Ich habe es zu einem alten Freund meiner Mutter geschmuggelt, und der hat es verkauft. Auch das war überhaupt nicht schwer.«

»Dann hat es also nicht Forster mitgenommen? Hat uns die Fancelli einen Bären aufgebunden?«

»Er sollte einfach nur ein Paket für mich mitnehmen, als er mit ihr in die Schweiz fuhr. Ich hatte es sehr gut verpackt. Aber er hat es natürlich doch aufgemacht. Ich mußte ihm Schweigegeld zahlen, aber was übrigblieb, hat Maria Fancelli erhalten. Ich habe sie immer gemocht. Deshalb habe ich ihr geholfen, als sie ihr Kind bekam, und deshalb bezahle ich ihr das Pflegeheim. Dafür hat sie dann auch mir geholfen.«

»Hat Forster Sie damals nicht zu erpressen versucht?«

»Konnte er nicht. Da hätte einfach nur Aussage gegen Aussage gestanden. Damals war es ganz leicht, ihn loszuwerden. Ich habe bei dieser Sache vor allem die Erkenntnis gewonnen, daß Bilderstehlen ein Kinderspiel ist, wenn man es richtig anfängt. Außerdem habe ich gemerkt, daß ich sozusagen ein natürliches Alibi hatte. Wenn meine Diebstähle entdeckt wurden, ging die Polizei immer von einem Mann als Täter aus. ›Hier muß er hereingekommen sein ... Da hat er das Bild abgehängt ...‹ Solange ich mir keinen groben Schnitzer leistete, konnte ich ziemlich sicher sein, daß die Polizei gar nicht auf die Idee kam, daß die Diebstähle auf das Konto einer Frau gingen. Wissen Sie, der Feminismus ist meiner Ansicht nach eine sehr bedauerliche Erscheinung. Durch ihn wurde das Leben viel komplizierter. Ich habe jedenfalls weitergemacht, und nach ein paar Bildern hatte ich für längere Zeit keine Geldsorgen mehr. Ich bin nach England zurückgegangen, habe Verney geheiratet und mit dem Stehlen aufgehört. Aber dann hat mich der Mistkerl verlassen, und ich mußte die Kinder durchbringen. Und da habe ich mir gesagt, daß es noch lange nicht das Schlechteste wäre, richtig in den Kunstdiebstahl einzusteigen. Bis meine Rücklagen aufgebraucht waren, habe ich mich mit Kunstgeschichte beschäftigt, dann war ich Sekretärin in einem Auktionshaus und bei einer Versicherung und habe meine Fühler ausgestreckt. Bei Winterton dachte ich mir gleich, der Mann ist skrupellos, ehrgeizig und absolut vertrauenswürdig, so sonderbar das klingen mag. Vier Jahre lang habe ich geduldig recherchiert, dann war ich soweit. Ich wußte sehr genau über ein Dutzend Häuser Bescheid: Wo die einzelnen Bilder hingen und wie die Alarmanlage funktionierte, wenn es denn eine gab. Außerdem wußte ich, von welchen Bildern Fotografien existierten und von welchen nicht. Nun brauchte ich sie eigentlich nur noch abzuhängen, eines nach dem anderen.«

»Wieviel haben Sie für die Bilder bekommen?«

»Das ließ sich ganz gut an. Die Preise auf dem Kunstmarkt zogen damals ja kräftig an. Von 1971 bis 1975 habe ich fast 600 000 Pfund eingenommen. Von 1975 bis 1980 über eine Million. Ich habe auf Bestellung gearbeitet, bin also erst tätig geworden, wenn wir einen Käufer gefunden und den Kaufpreis im voraus kassiert hatten. Außer einem Mittelsmann, der sich aber auch nie persönlich mit den Kunden getroffen hat, gab es keine Helfer. Ich war sehr vorsichtig und nahm natürlich immer nur relativ kleine Bilder, die ich mühelos allein tragen konnte. Wenn mir an einem Projekt irgend etwas nicht schmeckte, gab ich das Geld zurück. Und ich habe immer darauf bestanden, daß die Bilder mehrere Jahre in der Versenkung verschwanden und erst wieder auftauchten, wenn die Polizei nicht mehr danach suchte.«

»Und der Fra Angelico?«

»Da habe ich mich verkalkuliert – und deshalb sitzen wir jetzt hier. Ich hatte mich in dem Haus als Putzfrau anstellen lassen, was an sich kein schlechter Trick ist. Aber natürlich hätte man Verdacht geschöpft, wenn ich dann einfach verschwunden wäre, ich mußte also noch ein paar Monate weiterputzen. Deshalb habe ich diesem Idioten Sandano den Auftrag gegeben, das Bild außer Landes zu schaffen. Ein großer Fehler. Persönlich bin ich dadurch zwar nicht in Gefahr geraten, da ich ihn natürlich auf Umwegen engagiert hatte, aber das Bild habe ich eingebüßt.«

»Und der Velásquez aus Mailand?«

»Da konnte ich nicht nein sagen, weil man mich schon für den Fra Angelico bezahlt hatte. Als das schiefgegangen war, habe ich dem Kunden angeboten, etwas anderes für ihn zu besorgen. Er hat auf dem Velásquez bestanden. Das paßte mir eigentlich nicht, weil ich wußte, daß es von dem Gemälde einen Druck gab, mit dem man es identifizieren konnte. Außerdem war es so bekannt, daß es für mich normalerweise nicht in Frage gekommen wäre. Aber ich wollte diesen Auftrag endlich erledigen, damit ich mich zur Ruhe setzen konnte. Langsam bin ich wirklich zu alt für diese Art von Arbeit. Ich habe aber darauf bestanden, daß ich das Bild ein paar Jahre aus dem Verkehr ziehe, bevor ich es an den Kunden ausliefere. Dann erbte ich dieses Haus, und da habe ich mir gesagt, daß es hier sehr gut aufgehoben wäre.«

»Warum? War das nicht sehr riskant?«

»Irgendwo mußte ich es ja aufbewahren, und nichts ist verdächtiger als ein Bild in einem Bankschließfach. Ich weiß, die Bankleute dürfen eigentlich nicht reinschauen, aber das war mir zu unsicher. Dafür ist mir meine Freiheit zu kostbar. Und als ich das Bild in einen passenden Rahmen gesteckt und mit einer dicken Schmutzschicht überzogen hatte, sah es doch ziemlich überzeugend aus. Dann habe ich diese Tölpel vom Auktionshaus kommen lassen. Sie sind in einer halben Stunde, für die sie verdammt viel verlangt haben, durch das ganze Haus gerauscht. Den Velásquez haben sie nur im Vorbeigehen angeschaut – und ich habe jetzt eine Bescheinigung dafür, daß es sich um einen Pseudo-Kneller handelt, der auf Grund seines schlechten Zustands kaum fünfhundert Pfund wert ist. Damit kann ich es problemlos außer Landes bringen. Fachleute sind so wichtig, weil ihnen geglaubt wird. Leider haben sich meine Befürchtungen aber bestätigt. Weil Sie den Druck gesehen hatten, erkannten Sie das Gemälde schließlich doch noch. Es hat allerdings eine ganze Weile gedauert.«

Er ignorierte ihre Kritik an seinen Fähigkeiten und fragte: »Was konnte Forster eigentlich gegen Sie vorbringen?«

»Über die Sache in Florenz konnte er eine Zeugenaussage machen, und den Diebstahl des Pollaiuolo konnte er genau belegen. Außerdem war es ihm gelungen, aus dem Vergleich der Bestandslisten im Weller House mit verschiedenen Auktionskatalogen einiges abzuleiten. Im Zusammenhang mit Veronicas Tod hatte er überhaupt nichts gegen mich in der Hand, aber mit zwei Diebstählen konnte er mich eindeutig in Verbindung bringen. Wenn dann erst einmal ermittelt wird, weiß man nie ... Nun, er hat mir sein Beweismaterial zum Kauf angeboten.«

»Und statt es zu kaufen, haben Sie ihn umgebracht.«

»Nein, ich habe sein Angebot angenommen«, sagte sie gekränkt. »Ich bringe nicht so ohne weiteres jemanden um. Aber jedesmal wenn ich zugestimmt hatte, stieg der Kaufpreis gleich wieder. Bald waren wir bei drei Millionen Pfund. Er hat mich weiter hochgepokert, und schließlich habe ich die Geduld verloren. Ich bin zu Signora Fancelli gegangen und habe Winterton zu Sandano geschickt. Die Polizei hat den Köder geschluckt, Sie haben sich mit Forster in Verbindung gesetzt, und der hat sein Beweismaterial aus dem Schließfach geholt.«

»Und Sie haben ihn umgebracht.« Argyll fuhr sich mit den Händen über das Gesicht und schloß die Augen.

»Es tut mir so leid, Jonathan«, sagte sie sanft. »Sie müssen das Gefühl haben, daß Ihnen von mir übel mitgespielt wurde. Und dabei sind Sie mir in den letzten Tagen richtig ans Herz gewachsen. Ich gäbe viel darum, wenn es anders ausgegangen wäre. Aber was hätte ich machen sollen? Sie können nicht von mir erwarten, daß ich ins Gefängnis gehe, weil Sie mir sympathisch sind.«

Argyll nickte einfach nur. Er wußte im Augenblick nicht, was er denken sollte. Und hatte außerdem den

Eindruck, daß ihn Mary Verney mit echter Sympathie und Zuneigung betrachtete.

»Was werden Sie jetzt machen?« fragte sie.

»Hmm?«

»Werden Sie unverzüglich zu Flavia gehen und ihr alles erzählen? Sie brauchen sich keine Sorgen zu machen, daß ich gleich mit der Axt über Sie herfalle, wenn Sie das vorhaben. Bei Ihnen würde ich nie so vorgehen wie bei denen.«

»Das hört man gern«, seufzte Argyll.

»Also?«

»Wie die Dinge liegen, kann ich Sie schlecht um Rat fragen, was eigentlich schade ist, weil ich immer viel von Ihrem klaren Verstand gehalten habe.«

»Das freut mich. Wenn Sie wollen, kann ich skizzieren, welche Möglichkeiten Ihnen bleiben. Ich bin natürlich voreingenommen, aber Sie können ja selber beurteilen, ob ich die Sachlage richtig darstelle.«

»Gut.«

»Möglichkeit Nummer eins: Als rechtschaffener Bürger laufen Sie sofort zu Manstead und verpfeifen mich. Er stellt den Velásquez sicher, und Sie können ihm auch sonst noch zahlreiche Anhaltspunkte geben. Winterton und ich werden verurteilt. Ob man mich des Mordes an Forster und Veronica auch nur anklagt, möchte ich aber doch bezweifeln. Es gibt keine Indizien. Nichts. George wird kein Sterbenswörtchen sagen. Aber immerhin: ein Stück weit wird der Gerechtigkeit Genüge getan, und ich muß für mein liederliches Leben büßen. Sehr schön. Die Befriedigung darüber, daß man mich für ein paar Jahre einsperrt und ein weiteres Bild sicherstellt, hat allerdings ihren Preis – und den hat vor allem Flavia zu bezahlen. Sie muß sich schon eine verdammt gute Erklärung dafür einfallen lassen, warum sie ihre Vorgesetzten und die englischen Behörden belog und Strafvereitelung in einem ziemlich schweren Fall beging. Wenn ich mich recht entsinne, hat sie das alles auf Ihr Anraten getan, und sehr glücklich scheint sie darüber schon jetzt nicht zu sein. Sie werden ja sehen, wie sie reagiert, wenn Sie ihr das alles erzählen.«

Argyll rieb sich die Augen und stöhnte leise.

»Nach allem, was ich von Ihnen gehört habe, ist Flavias Chef dann auch nicht zu beneiden. Er hat seinen Vorgesetzten gerade das reinste Lügengespinst vorgetragen, und wenn er zu ihnen sagt, ›das habe ich aber nicht gewußt‹, wird sie das nicht unbedingt milder stimmen. Der Mann, den er fix und fertig gemacht hat, wird sich die Gelegenheit nicht entgehen lassen, sich an ihm zu rächen.«

Argyll sah sie mit unbewegtem Gesicht an. »Reden Sie nur weiter.«

»Möglichkeit Nummer zwei: Sie halten sich endlich mal selber an den Rat, den Sie anderen so freigebig erteilen, und vergessen die ganze Geschichte. Denken Sie einfach nicht mehr an mich und Forster und Veronica und Winterton und Velásquez. Sie haben sich in die Nesseln gesetzt, und jetzt haben Sie die Wahl, ob Sie alles noch schlimmer machen wollen oder ...«

»Ja?«

»... alles auf sich beruhen lassen.«

Er rutschte tiefer in seinen Sessel und starrte an die Decke.

»Hier«, sagte sie. »Vielleicht finden Sie ein Abschiedsgeschenk jetzt gar nicht mehr angebracht, aber das wollte ich Ihnen geben.«

Sie reichte ihm eine flache Schachtel. Er öffnete sie

und fand darin eine Zeichnung. Die Zeichnung einer Hand.

Ein Leonardo da Vinci. Was er sich immer gewünscht hatte.

»Unter den gegebenen Umständen brauchen Sie sich wirklich nicht groß zu bedanken«, sagte Mary trocken. »Die Zeichnung schien Ihnen zu gefallen, und mir bedeutet sie nichts. Ein kleines Zeichen meiner Zuneigung. Nichts Wertvolles, fürchte ich. Ich möchte nur zum Ausdruck bringen, daß ich in den letzten paar Tagen Ihre Gesellschaft wirklich geschätzt habe – wenn ich auch nicht mehr damit rechnen kann, daß Sie mir das glauben. Es tut mir sehr leid, daß sich alles so unerfreulich entwickelt hat, aber ich hoffe, daß Sie die Zeichnung trotzdem annehmen. Ich möchte mich damit entschuldigen.«

Argyll sah Mary Verney und die Zeichnung traurig an. So ein Mist. Da bot man ihm nun einen Leonardo an, aber zu einem ganz unmöglichen Zeitpunkt. Ein Alptraum.

In den alten Zeiten, heute morgen zum Beispiel, hätte er Mary Verney sofort gesagt, was für eine Zeichnung das war. Dann hätten sie auf seinen Kennerblick und ihr unverschämtes Glück angestoßen und damit ihre Freundschaft besiegelt. Auf gar keinen Fall wäre er damit einverstanden gewesen, sich das Bild einfach so schenken zu lassen, auch wenn es ein gewiefter Kunsthändler, ein Winterton, so gemacht hätte. Aber jetzt? Warum sollte er, nach allem, was vorgefallen war, aufrichtig zu ihr sein?

Noch einmal betrachtete er das Bild. Es steckte in einem verstaubten Rahmen, und das Glas hatte einen Sprung. Mit dem Verkauf dieser Zeichnung käme er zu dem Kapital, das man als Kunsthändler brauchte, um erfolgreich zu arbeiten. Ganz abgesehen davon, daß er dann gar keinen Erfolg mehr brauchte und sich gleich zur Ruhe setzen konnte. Nur so kommt man voran in diesem Geschäft, dachte er. Man paßt einen günstigen Moment ab – und greift dann mit beiden Händen zu. Du brauchst dir nur Winterton anschauen. Der hat auch so angefangen.

»Und wenn ich doch zur Polizei gehe?« fragte er.

»Dann bleiben Sie ein rechtschaffener Mann, müssen aber damit leben, daß Sie allen anderen die Kosten für Ihre ganz spezielle prinzipientreue Wankelmütigkeit aufgebürdet haben. Ihrer Verlobten ganz besonders. Wenn Sie das wollen, kann Sie niemand daran hindern. Nicht einmal ich. Aber dann würde ich Ihnen raten, sich schon mal nach einer neuen Freundin umzusehen. Flavia wird Ihnen das wohl kaum verzeihen. Sie haben ihr gesagt, daß sie es Bottando zuliebe mit der Wahrheit nicht so genau nehmen darf, und sie hat auf Sie gehört. Und jetzt sind Sie nicht bereit, ihr zuliebe das gleiche zu tun?«

Sie sah ihn streng an und sprach sehr bestimmt weiter: »Aber überlegen Sie nicht wieder ewig hin und her. Entscheiden Sie sich für das eine oder für das andere. Diese Unentschlossenheit und diese Gewissensskrupel sind wirklich Ihre schlimmsten Untugenden. Und nehmen Sie diese Zeichnung.«

»Ich will sie nicht.«

Sie hob die Zeichnung mit einer Hand hoch und hielt mit der anderen ein Feuerzeug darunter. »Ich auch nicht.«

»Ich nehme sie, ich nehme sie«, sagte er schnell.

»Gut. Ich weiß zwar nicht warum, aber das ist auch

unwichtig.« Sie zuckte die Schultern, als wundere sie sich über sich selbst. Dann stellte sie den Gin und die Gläser auf das Tablett und ging hinaus. Argyll starrte trübsinnig ins Feuer. Seit zehn Tagen sagten ihm alle, mit denen er zu tun hatte, er solle sich gefälligst entscheiden. Dabei hielt er sich eigentlich gar nicht für so schwächlich, wie man allgemein anzunehmen schien. Es war schon ein starkes Stück, daß ihm eine Mörderin Vorhaltungen machte. Ihr konnte bestimmt niemand nachsagen, daß sie von Unsicherheit und Selbstzweifeln geplagt wurde.

Und in einem Punkt hatte sie recht: Diesmal mußte er sich schnell entscheiden. Die Zeichnung überstieg seine kühnsten Träume, und das Moresby Museum würde ihm ohne weiteres ein Vermögen dafür zahlen. Das Bild war großartig, aber es war untrennbar mit den ganzen idiotischen Fehlern verbunden, die er in den letzten Tagen begangen hatte. Niedergeschlagen starrte er es an und versuchte sich vorzustellen, was geschehen würde, falls er auspackte. Flavia glaubt mir das bestimmt, dachte er. Sie sorgt dafür, daß die Polizei noch einmal anrückt, aber dann ist der Velásquez längst verschwunden, und im ganzen Dorf sagt keiner ein Wort; so kommen wir nicht weiter.

Und die negativen Auswirkungen? Die englische Polizei protestiert offiziell in Italien, Flavia wird fertiggemacht, und Bottando ... Nein. Mary Verney hat recht.

Und was war mit dem Leonardo? Sollte er wirklich so etwas Schönes der Vernichtung preisgeben, nur weil ihn seine Niederlage wurmte? Machte das nicht alles noch schlimmer? Doch. Aber wenn er das Bild annahm, kompromittierte er sich. Das war natürlich der Sinn ihres Geschenks.

»Nun? Was werden Sie tun?« Mary war wieder hereingekommen.

»Etwas müssen Sie mir noch erklären. Sie sagen, Sie haben einunddreißig Bilder gestohlen?«

»Eigentlich zweiunddreißig, aber den Fra Angelico zähle ich nicht mit.«

»Und was ist mit den neunzehn Bildern, die sie Flavia genannt haben?«

»Das sind die, bei denen uns die neuen Besitzer nicht identifizieren können. Das muß Flavia klar gewesen sein, als sie mit Winterton verhandelt hat.«

Was sollte er dazu sagen? Sie hatte recht. Er gab sich betont selbstsicher, stand auf und nahm die Zeichnung. Mary sah sofort, daß die Entscheidung damit gefallen war.

»Gut«, meinte sie ernst. »Ich hoffe, es stört Sie nicht, wenn ich sage, daß Sie sich richtig entschieden haben. Sie sollten gleich die nächste Hürde nehmen und Flavia heiraten.«

Argyll lächelte unfroh und ging schweigend zur Tür.

»Jonathan.«

Er drehte sich um und sah sie an.

»Es tut mir wirklich leid.«

Er nickte und ging hinaus.

Ein paar Minuten später fuhr er schon zur Autobahn Richtung London und Flughafen. Weller House verschwand bereits im Rückspiegel. Er lenkte den Wagen in die Mitte der Straße, um George Barton auszuweichen, der am Straßenrand stand. Wenigstens war für George alles gut ausgegangen. Er winkte ihm. Nun kam er an der Stelle vorbei, wo er vor ein paar Tagen hektisch herumgehüpft war, um Constable Hanson auf sich aufmerksam zu machen. Die Ereignisse der letzten Tage schwirrten ihm durch den Kopf, und er kam sich sehr erbärmlich vor. Wenn er auf andere Gedanken zu kommen versuchte, landete er unweigerlich bei der großartigen, verhaßten Zeichnung auf dem Beifahrersitz. Sein größter Erfolg – und was mußte nicht alles geschehen, bis er ihn verbuchen konnte.

Ohne sich darüber im klaren zu sein, was er vorhatte, bremste er ab, bog in eine schmale Auffahrt ein und stieg aus. Okay, dachte er. Wenn Flavia für Bottando lügen kann, dann kann ich auch für Flavia lügen. Ich bin ja schließlich selber schuld. Aber der Teufel soll mich holen, wenn ich ein zweiter Winterton werde.

Es brannte Licht, und als er klopfte, kam Jessica Forster an die Tür. Er wollte sich nur kurz von ihr verabschieden, weil er sich in gewisser Weise mit ihr identifizierte. Man hatte sie beide ausgenutzt und manipuliert. Eigentlich bestand der einzige Unterschied zwischen ihnen darin, daß sie kein ganz so tiefes Selbstmitleid empfand wie Argyll.

»Ich reise ab«, sagte er, »und wollte mich einfach noch erkundigen, wie es Ihnen geht. Ich heiße übrigens Argyll.«

Mrs. Forster lächelte traurig. »Bitte – kommen Sie doch herein, Mr. Argyll. Sehr freundlich von Ihnen, daß Sie bei mir vorbeischauen. Sie sind der Freund dieser Frau aus Italien, nicht wahr?«

Argyll erklärte ihr, daß Flavia recht überstürzt nach Italien zurückgekehrt war, sich also nicht persönlich verabschieden konnte und ihn gebeten habe, an ihrer Stelle vorbeizuschauen.

Jessica Forster nickte. »Das ist sehr aufmerksam von ihr. Bitte richten Sie ihr meinen Dank aus. Sie ist eine sehr nette Frau. Wissen Sie, seit das alles passiert ist, sind mir nur zwei Menschen freundlich begegnet – Miss Stefano, die ich gar nicht kenne, und Mrs. Verney, die ich nie besonders mochte. Alle anderen sind mir aus dem Weg gegangen, als ob ich eine ansteckende Krankheit hätte. Vermutlich haben sie jeden Augenblick damit gerechnet, daß man mich als Geoffs Mörderin festnimmt.«

»Wie geht es Ihnen?«

Sie zuckte die Schultern. »Den Schock habe ich einigermaßen überwunden. Es muß ja irgendwie weitergehen. Die Polizei hat mir mitgeteilt, daß es eindeutig ein Unfall war. Darüber bin ich sehr froh. Es wäre schrecklich gewesen, wenn ihn jemand umgebracht hätte.«

»Wissen Sie schon, was Sie machen wollen?«

»Darüber habe ich eigentlich noch gar nicht nachgedacht. Wahrscheinlich ziehe ich nach London. Vielleicht finde ich sogar Arbeit, wenn ich auch nicht weiß, was für eine. Ich kann nicht behaupten, daß ich in irgendeinem Bereich qualifiziert wäre. Aber das Leben auf dem Lande war mir schon immer verhaßt. Ich kann die ganzen Kühe und den Tratsch und die Dorffeste nicht ausstehen. Eine Weile werde ich wohl noch dableiben müssen, um Geoffreys Angelegenheiten zu regeln. Viel gibt es da allerdings nichts zu regeln – anscheinend ist außer Schulden nichts da. Ich kann immer noch nicht fassen, was geschehen ist.«

Argyll ging es auch so. Seiner Ansicht nach hatte Mrs. Verney ein zu hartes Urteil über Jessica Forster gefällt. Sie war nicht gerade ein Energiebündel, aber offenbar unbeugsam und sogar mutig. Bestimmt hatte sie es nicht verdient, so schäbig behandelt zu werden. »Ihr Mann hat ein ziemliches Tohuwabohu hinterlassen, nicht wahr?«

»Es sieht leider ganz so aus«, sagte sie mit einem tapferen Lächeln. »Ich bin ganz auf mich gestellt. Keine Ersparnisse, keine Versicherungen, aber eine Menge Schulden und Hypotheken. Seine Bilder sind offensichtlich nicht viel wert.«

»Ich wollte übrigens nicht nur fragen, wie es Ihnen geht. Ich habe etwas für Sie.«

Er gab ihr die flache Schachtel. »Das hat Ihrem Mann gehört. Er hat es Ihnen hinterlassen.«

Sie verzog das Gesicht. »Dann muß ich wohl den Eigentümer ausfindig machen.«

»Nein. Das hat ihm wirklich gehört. Er hat es ganz legal erworben. Ich dachte, es würde Ihnen vielleicht gefallen.«

Sie öffnete die Schachtel und betrachtete die Zeichnung skeptisch. »Könnte ich nicht behaupten. Ziemlich klein, nicht?«

»Ja, ziemlich klein, aber wenn Sie es verkaufen, könnte es Ihre finanzielle Situation erheblich verbessern. Das Moresby Museum in Los Angeles ist immer auf der Suche nach solchen Bildern. Wenn Sie wollen, setze ich mich mit dem Direktor in Verbindung. Ich habe alle Angaben zu dem Bild, die er braucht.«

»Sie meinen wirklich, die Skizze hat einen gewissen Wert? Das kann doch eigentlich gar nicht sein. Die Zeichnung ist ja gar nicht fertig.«

»Ich erledige das für Sie, ja? Ich sage dem Direktor, wie hoch der Preis ist, und sorge dafür, daß Sie das Geld auch bekommen.«

Mrs. Forster zuckte noch einmal die Schultern und wunderte sich darüber, wie sonderbar es auf der Welt zuging. Sie nahm das Bild und stellte es auf ein Regalbrett über dem Fernseher.

»Das ist sehr nett von Ihnen«, sagte sie. »Ich werde Sie natürlich für Ihre Mühe bezahlen ...«

»Nein«, sagte er so scharf, daß sie zurückzuckte. »Nein«, wiederholte er freundlicher. »Das ist schon in Ordnung. Es ist mir ein Vergnügen.«

»Vielen Dank«, sagte sie schlicht.

»Keine Ursache. Aber außer mit dem Moresby Museum sprechen Sie mit niemandem darüber, ja?«

»Warum?«

»In der Welt der Kunst geht es mitunter ziemlich seltsam zu. Und wenn das Finanzamt das Bild dem Nachlaß Ihres Mannes zuschlägt, können Sie es womöglich monatelang nicht verkaufen.«

Mrs. Forster nickte.

»Ich muß jetzt gehen, wenn ich mein Flugzeug nicht verpassen will«, sagte er und gab ihr die Hand. »Viel Glück. Achten Sie bitte gut auf das Bild, damit es Ihnen nicht abhanden kommt.«

Und dann ließ Jonathan Argyll, vormals Kunsthändler, dieses Dorf und alles, was damit zu tun hatte, hinter sich.

Während er so dahinfuhr, wurde ihm leichter ums Herz. Er begann in Gedanken ein Schreiben an die internationale Universität in Rom aufzusetzen, in dem er sich für das freundliche Angebot bedankte und die Stelle annahm. Er fragte sich sogar schon, wie um alles in der Welt er einem Haufen unwissender, pickliger Jugendlicher die Raffinesse, die Anmut und den Tiefsinn der barocken Kunst nahebringen sollte.

Nun, das würde sich zeigen, und statt weiter darüber nachzusinnen, summte er sich lieber ein Liedchen vor.